D1748504

Hamid Sadr
Der Gedächtnissekretär

HAMID SADR

Der Gedächtnissekretär

ROMAN

Deuticke

1 2 3 4 5   09 08 07 06 05

ISBN 3-552-06006-5
Alle Rechte vorbehalten
© Deuticke im Paul Zsolnay Verlag Wien 2005
Satz: Eva Kaltenbrunner-Dorfinger, Wien
Druck und Bindung: Ebner & Spiegel, Ulm
Printed in Germany

FÜR KUROSCH AFTASSI

»Ja ja, so ist es halt«, sagte Herr Sohalt zu mir, und wir starrten eine Zeit lang aus dem Wohnzimmerfenster hinaus zu dem Flakturm in der Stiftskaserne.

Zwischen Herrn Sohalt und mir existiert eine Stadt, die ich, vor Antritt meiner Arbeit für ihn, nicht gekannt hatte: Die Häuser sind (mit wenigen Ausnahmen) die gleichen geblieben, die Gassen und Plätze auch, aber (und dieses Aber ist ein merkwürdiges) ihre Farbe und ihr Klang sind anders geworden.

Obwohl ich zum Beispiel immer und vom ersten Tag an die Mondscheingasse als Durchgang zur Siebensterngasse benutzt habe, blieb ich zuletzt dort öfter stehen, sah umher, als ob ich die Gasse zum ersten Mal betreten würde, und staunte. Viele Fragen tauchten auf, und als ich in der Siebensterngasse ankam, in der Herr Sohalt wohnte, schaute ich nach oben, als könnten im nächsten Moment Granatsplitter von den Dächern fallen.

Genauso ging es mir an anderen Orten der Stadt: Der Kahlenberg zum Beispiel hat mit einem Mal aufgehört, jener Hügel zu sein, von dem aus ich die Hauptstadt immer bewundert hatte. Und der Volksgarten? Im Volksgarten bemerkte ich zwischen den Reihen der Rosenstöcke flüchtige Soldatenschatten, die mit der Waffe im Anschlag an frischen Gräbern Wache hielten und ab und zu gelangweilt zum Heldenplatz blickten, wo sich die Wiese in einen Kartoffelacker verwandelt hatte und wartende, abgemagerte Kinder von heißem Püree träumten.

So hat die Stadt des Herrn Sohalt begonnen mein Stadtbild zu verdrängen; sie hat sich, ohne dass ich es vorerst bemerkt hätte, an Stelle der früheren Stadt ausgedehnt und langsam breit gemacht. Als ich begann, in seinem Auftrag durch die Stadt zu laufen und Fotos aus dem letzten Krieg mit den Häusern und Straßen von heute zu vergleichen, ging es vorerst um Gebäude, nicht um Menschen. Ich hatte keine Ahnung, auf welches Abenteuer ich mich da eingelassen hatte und welche Überraschungen bevorstanden. Nicht nur die Häuser und die Gassen veränderten sich allmählich, sondern auch die Bewohner dieser Stadt, später sogar die Bäume und dann auch die Donau. Die alten Schwarzweißfotos und die Notizen von Herrn Sohalt hatten die merkwürdige Eigenschaft, in meinem Kopf lebendig zu werden. In meinen Augen war Wien – ich schmeichle nicht – immer eine geduldige, freundliche Stadt. Warum sie als Stadt nicht an gewisse frühere Zeiten erinnert werden wollte und erbost dreinschaute, wenn ich mit einem Foto in der Hand in ihren Gassen und Straßen herumging oder in einem Oktavheft blätterte, verstand ich nicht. Ich hatte auch Herrn Sohalts Verhalten dieser Dame gegenüber (er bezeichnete Wien als Dame) zuerst als Schamgefühl gedeutet. Er möchte manche Hässlichkeiten dieser Stadt ein wenig vertuschen, dachte ich, und bohrte nicht nach. Auch seine Wortkargheit sah ich als stille, diskrete Haltung. Herr Sohalt, dachte ich, der alte Hobbyfotograf aus der Siebensterngasse, will ungern aussprechen, was er wirklich meint. In vielem überließ er es mittels der mir gestellten Aufgaben mir, herauszufinden, was mit dieser Stadt los war.

Eines Tages (an einem grauen Dezembermontag) sagte er, ich solle zwischen zehn und zwölf Uhr mittags zum Stephansdom gehen und mich dort vor das Haashaus stellen. Warum? Er möchte wissen, sagt er, ob ich es auch so empfinde wie er. »Was?« frage ich. »Gehen Sie dorthin und erzählen Sie es mir dann!« Ich gehe also hin und warte von zehn bis zwölf Uhr vor der Kirche (es ist sehr kalt) und schaue mir alles genau an: den Turm, die Menschen und sogar das O5-Zeichen, das man dort in die Mauer neben das Portal geritzt hat. Vom Betrachten der Fotos weiß ich, dass nur der Turm den Bombenangriff überlebt hat, das Hauptschiff nicht. Müde und hungrig gehe ich schließlich nach Hause und verrechne wütend drei Stunden Arbeitszeit, macht 150 Schilling.

»Haben Sie es bemerkt?« fragt mich Herr Sohalt, als ich ihn einige Tage später in seiner Wohnung besuche. »Was?« will ich wissen. »Na, den Unterschied.« Ich schaue ihn stumm an. »Die Pummerin«, sagt er, »sie läutet anders als alle anderen Kirchenglocken.« Ich verstehe ihn nach wie vor nicht. »Der Klangunterschied«, sagt er, sichtlich ein wenig von mir enttäuscht, »ist unüberhörbar. Nächstes Mal vergleichen Sie sie bitte mit den anderen Glocken. Mit denen der Michaelerkirche oder der Peterskirche. Die Pummerin klingt anders als alle anderen. Sie klingt nicht ganz deutsch, aber auch nicht ganz türkisch.«

Ich notiere mir das Wort Pummerin und schaue zu Hause im Lexikon nach. Pummerin, lese ich dort, berühmte, geschichtsträchtige Glocke im Stephansdom. 1711 aus 180 türkischen Kanonen gegossen. Nach dem Zweiten Weltkrieg erneuert. Läutet nur zu Silvester.

Ein anderes Mal stehe ich vor der Urania, und von der Schirmspitze tropft es auf die Seite 32 des Buchplans von Wien, den ich aufgeschlagen habe, um die Straße der Julikämpfer zu finden. Dort, wo ich gerade stehe, ist nicht die Straße der Julikämpfer, dort tropft es auf den Julius-Raab-Platz. Ich habe nach der Straße der Julikämpfer gefragt und bin zum Julius-Raab-Platz geschickt worden. Dass die Leute hier statt Julikämpfer Julius-Raab-Platz zu hören meinen, hängt wahrscheinlich mit dem Vorurteil zusammen, der Fremde verwechsle oft Orts- und Straßennamen. Aber die Gasse auf dem Foto, das ich aus meiner Aktentasche nehme, ist mit dem Platz, auf dem ich stehe, nicht zu verwechseln. Auf dem Foto sieht man eine enge Gasse, die trotz der Trümmer in der Mitte, trotz der zerbrochenen Fenster und den von den Dächern hängenden Balken ganz andere Konturen zeigt als dieser Platz. Auf der Rückseite des Fotos steht (von Herrn Sohalt notiert): »Julikämpfer, 12. Februar 1944, nach einem Volltreffer.«

In einem Gasthaus in der Nähe des Julius-Raab-Platzes kontrolliere ich noch einmal die Notizen. In einem Oktavheft hat Herr Sohalt nach jeder Aufnahme das Datum notiert, danach den Ort der Aufnahme. 12. Februar 44, lese ich, Julikämpfer. Und weiter: »Am 12. Februar 44 Alarm. Brandbomben. Ich sehe, wie die Leute in Richtung Flakturm laufen. Eine Brandbombe fällt auf die Fahrbahn. Einige versuchen, die Bombe mit Sand zu bedecken. Vergeblich. Ein Regen von Flaksplittern. Blau-grauer Phosphor.« Der Rest ist nicht lesbar.

Flakturm? Ich schlage den Stadtplan auf: Wo sind die Flaktürme? Einen davon kenne ich schon, er steht im Hof der Stiftskaserne, in der Nähe der Siebensterngasse. Ich erinnere mich genau daran, wie ich im Haus Nr. 16 im vierten Stock war. Der Flakturm beobachtete mich durch das Fenster des Wohnzimmers.

Ich bestelle Gulaschsuppe und Bier und starre beim Wegtrinken des Schaums in den Regen nach draußen. Der Regen wäscht den Schmutz von den Straßen. Ich bin unfähig, die anderen Flaktürme auf der Karte zu finden.

Zwei oder drei Tage später sitze ich in Herrn Sohalts Wohnzimmer und trinke Tee. Ich zeige ihm das Foto und sage, dass es in Wien keine Straße der Julikämpfer gibt. Der Name existiert nicht. »Der Name vielleicht nicht«, sagt er, »aber die Straße schon.« »Und wo?« will ich wissen. Er steht langsam auf und geht zum Fenster.

Er schiebt den Vorhang zur Seite und zeigt mit dem Kinn nach unten. »Da! Man hat sie wegen der Turnhalle dort in Straße der Julikämpfer umbenannt. Das war schon nach dem Dollfußmord.« »Und warum heißt die Straße dann nicht Dollfußstraße?« Er sieht mich an und geht pfeifend in die Küche.

In der Nationalbibliothek finde ich heraus, dass die illegalen Parteigenossen am 25. Juli 1934, während des Putschversuchs, Dollfuß ermordet haben, und dass man die Siebensterngasse, von der aus sie ihre Aktion am selben Tag starteten, nach dem »Anschluss« zu Ehren der hingerichteten Nazis in Straße der Julikämpfer umbenannt hat. Herr Sohalt erinnert sich, dass er an dem Tag vor dem Haustor stand und auf seinen Vater wartete. Er hat gesehen, wie die da aus der Turnhalle in einen Lastwagen gestiegen und zum Bundeskanzleramt losgezogen sind. »Wer?« »Na die.«

Und so ist mit der Fremde in der Stadt, die durch meine Arbeit für Herrn Sohalt ständig zunahm, auch eine fremde Sprache in mir gewachsen. Es ist eine kodierte, manchmal bis zur Unkenntlichkeit verstümmelte Sprache, die mich immer aufs Neue befremdet. Beim Lesen der Notizen (ein Teil meiner Arbeit bestand darin, Herrn Sohalts Notizen mit den Fotos zu vergleichen), stieß ich immer wieder auf Abkürzungen. Ich fand meistens selber heraus, was sie bedeuteten. Aber was sollte »Flak« heißen? (Ich glaube, es sei ein Eigenschaftswort, bis er mich belehrte, dass es sich um Fliegerabwehrkanonen handelte.) Und Gestapo? Herr Sohalt schwieg zuerst hartnäckig. Dann sagte er leise: »Geheime Staatspolizei«, aber so, als hätte er Kreide geschluckt.

Als ich seinen Lebenslauf zusammenstellte, kam oft die Abkürzung HStOV vor. Ich vermutete zu Recht, dass das etwas mit seiner letzten Anstellung zu tun hat. Und wirklich – später kam ich dahinter, dass damit Heeresstandortverwaltung gemeint war. Andere Abkürzungen wie LS (Luftschutz) waren leichter zu erraten, aber solche wie Pak wiederum nicht. Während ich diese und jene Abkürzung entzifferte, neigte ich manchmal selbst dazu, abzukürzen. So wollte ich probieren, ob sich Begriffe wie Lebenslust und Liebeserklärung abkürzen lassen. Ich versuchte es mit Le und Ll, gab aber diese Versuche bald auf. Kein Mensch würde jemals herausfinden, was damit gemeint war.

Da Herr Sohalt unter Gicht litt, durfte ich ihm meine Beine zur Verfügung stellen. Die ersten paar Wochen bezeichnete er mich (ein wenig gönnerhaft) als seinen Sekretär und später, als ich ihn an manches, was ihm unangenehm war, erinnert hatte, als seinen Gedächtnissekretär. In regelmäßigen Abständen ging ich zu ihm und holte mir das Arbeitsmaterial, das oft aus fünf, sechs Fotos und ein paar Seiten eines Oktavheftes bestand.

Wenn das Wetter schön war, nahm ich mir mehr Zeit, ging zu Fuß und studierte nicht nur die Fotos und die Notizen, sondern auch die Stadt. Ich schaute mir die von den Trümmern befreiten Häuser und Gassen an, verglich die Gebäude auf den Fotos mit den Gebäuden in ihrem jetzigen Zustand, die Menschen auf den Fotos mit den Menschen von heute. Ich stand oft an einer Straßenecke und horchte genau hin – kein Heulton war mehr zu hören, weder ein Fliegeralarm noch eine Entwarnung; die Straßenbahnen quietschten in den Kurven, irgendwo in der Nähe bellte ein Hund und weckte die Gassen. War die Welt wieder in Ordnung?

Mit Hilfe von fünf Oktavheften und mehreren überwiegend losen, meist beidseitig beschriebenen Blättern unterschiedlichen Formats sollte ich herausfinden, wo und wann genau das jeweilige Foto aufgenommen worden war. Es gab zwischendurch auch Fotos (ihre genaue Zahl ist mir nicht bekannt), die andere Motive als Bombentreffer zum Inhalt hatten. Diese Art von Arbeitsmaterial versetzte mich viel intensiver in die damalige Zeit zurück als die Aufnahmen der beschädigten Häuser. Die Beförderung in die Vergangenheit war oft so nachhaltig, dass ich manchmal Stunden brauchte, um zurückzufinden.

Die Notiz über den im rechten Hof des Messepalastes erschossenen Wehrmachtsoffizier war mit Bleistift auf dasselbe Blatt geschrieben, auf dem Herr Sohalt seine Notiz über den Treffer auf das Deutsche Volkstheater gemacht hatte. Nachdem ich das passende Foto gefunden und beschriftet hatte, wollte ich nach Hause gehen. Ich ging aber noch durch die Höfe des Messepalastes, um im Glacisbeisel etwas zu trinken. Im Gehen las ich, wie man den Offizier durch den Hof geschleppt hatte, er kniete zweimal in der Regenlache, bevor die Russen ihm an der Ziegelsteinmauer neben der Pappel, die es an genau der Stelle noch gab, auf die Beine geholfen haben.

Ich stand neben der Pappel, und Herrn Sohalts Bemerkung, dass der Wehrmachtsoffizier seine Uniform nicht ausziehen wollte, zwang mich, diese Mauer genauer zu betrachten. Es war im Monat April, an einem Frühlingsnachmittag, und da es am Vormittag geregnet hatte, dampfte es überall. Ich stand im sonnigen Hof neben dem Baum und starrte auf die Schattenflecken, die die Pappel in leichter Bewegung auf die alten Ziegel warf.

Zu Hause schlief ich mich über das ganze Entsetzen hinweg. Herrn Sohalts Anliegen, aus den Fotos und Notizen ein Buch zu machen (»Bevor ich sterbe«, sagte er), wurde langsam auch meine Angelegenheit. Sein diesbezüglicher Wunsch war schon fünfzig Jahre alt, aber konkret ausgesprochen wurde er vorerst nicht. Am Anfang tat auch ich so, als ob ich nicht wüsste, worum es ihm ging. Ich tat, was er mir sagte, denn für fünfzig Schilling pro Stunde konnte man nicht mehr erwarten.

Eines Nachmittags aber, ich kann mich an den Samstag gut erinnern – wir hatten über Vor- und Nachteile von Rollstühlen gesprochen –, deutete er an, die ganze Anstrengung solle einen Zweck erfüllen. Ich nickte. Herr Sohalt begann zuerst zögernd und dann ausführlich über seine ersten Veröffentlichungsversuche zu reden. Gleich nach dem Krieg hatte ihm ein Verleger die Vorlagen zurückgegeben, weil aus Bildern von Trümmern seiner Ansicht nach kein Buch werden konnte. Er (ein gewisser Sternig) fragte, was daran interessant sein sollte. Ein Haus neben dem anderen in Trümmern und alles im gleichen Licht, kaum Menschen, nicht einmal ein Toter. Herrn Sohalts fixe Idee, dass so ein Buch ein besonderes Andenken an Wien sein könnte, hatte er zurückgewiesen. Er belehrte Herrn Sohalt, dass aus einer Niederlage kein Buch zu machen sei, kein Mensch würde jemals in so etwas blättern wollen, geschweige denn dafür bezahlen.

Und dann? Ja, dann hat die Sekretärin, als Herr Sohalt das Material abholen wollte, ihm höflich mitgeteilt, dass das Manuskript und die Fotos im herrschenden Tumult nicht mehr zu finden seien. Herr Sohalt stand hungrig mit beiden Händen in den Hosentasche vor dem Verlagshaus. Er sah ein, dass ihm nichts anderes übrig blieb, als die Idee, aus den Fotos und Notizen ein Buch zu machen, vorläufig auf Eis zu legen. So ging er in die Siebensterngasse zurück, warf alle Filmnegative und Notizen in eine Schachtel und trug sie auf den Dachboden.

Ein Jahr nach dem Abschluss des Staatsvertrags, 1956, hatte irgendein Bekannter nach ihm gesucht, mit der Absicht, aus den Fotos eine Auswahl zu treffen. Es war ein Jahrbuch geplant, das anlässlich der Feierlichkeiten zum Jahrestag des Staatsvertragsabschlusses erscheinen sollte, Titel »Nie wieder Krieg«, ein großes Projekt, wie er behauptete. Herr Sohalt ließ mit großem Aufwand erneut die Negative entwickeln und nahm sie in einer großen Schachtel zu einer Vorstandssitzung mit. Dort stellte sich heraus, dass es sich nicht um ein Buch, sondern um eine Broschüre handelte, die nicht mehr als vierzig Seiten haben sollte. Es war bereits beschlossene Sache, dass man fünf ausgesuchte Fotos verwenden würde. Um Herrn Sohalt zu beruhigen, suchte der Präsident dann noch persönlich ein Foto von der Kuppel des Kunsthistorischen Museums aus. Herr Sohalt packte beleidigt die Fotos ein und verließ die Versammlung.

Und jetzt standen wir (Herr Sohalt und ich) vor dem selben Problem wie vor fünfzig Jahren. Damals, an einem heißen Sommertag, war er im selben Wohnzimmer vor dem offenen Fenster gesessen, vom zerbombten Wien umgeben, und hatte überlegt, mit welchen Fotos sein Bildband am besten zu gestalten wäre. Nun, im Unterschied zu damals, war ich hinzugekommen, und da er wegen seiner Gicht, die er inzwischen hatte, nicht mehr gehen konnte, musste ich an seiner Stelle herumlaufen.

Ich sah ihm zu, und als er fragte, was ich von seiner Idee, den Bildband zu veröffentlichen, halte, schwieg ich, denn an eine solche Veröffentlichung glaubte ich nicht. Er sah den Bildband als eine Art Lebensaufgabe an. Das Buch soll mit Ihrer Hilfe, hat Herr Sohalt gesagt, meine Trauer über manches verstorbene Gebäude dieser Stadt festhalten. »Unser armes Wien«, hatte er auf die Rückseite eines der Fotos geschrieben (das Foto zeigte die Staatsoper in Flammen), »wann wird man einmal diese Wunden wieder schließen können?«

In den acht Monaten und zwanzig Tagen, die ich für Herrn Sohalt in Wien unterwegs war, seine Aufnahmen mit den Häuserfassaden verglich, sie mit den Notizen überprüfte und so von einer Gasse zur nächsten eilte, hatte ich genug erlebt, von den Wunden aber hatte ich eigentlich nichts bemerkt. Die Stadt war, bis auf einige Mietshäuser in Außenbezirken, renoviert und saniert: keine Kriegsspuren mehr, man sah nirgends Einschusslöcher oder auffällig tiefe Mauerrisse. Es gab nichts, was an einen Krieg in Wien erinnert hätte. Die Löcher und eingestürzten Brandmauern, die man auf den Fotos sah, waren alle weg. Weit und breit schienen die Wunden, die er meinte, geheilt.

Meine Hoffnung bezüglich der Schachtel (sie lag neben seinem Sofa) war eine andere, nämlich die Arbeit so lange wie möglich behalten zu können. Wie viele Fotos darin waren und wieviel ich damit verdienen konnte, war wichtig. Denn meine einzige Sorge war, das Geld für die Zimmermiete in der Brandmayergasse zu verdienen. Die Frage, ob ich sie den Winter über bezahlen können würde, beschäftigte mich andauernd. Er brauchte sich als Rentner um Miete und Lebensunterhalt keine Sorge zu machen. Ich war derjenige, der schauen musste, wie das Geld hereinkam.

Während ich stundenlang umherlaufen musste, um ein paar Groschen bei ihm zu verdienen, saß er gemütlich in der Siebensterngasse vor seinem Karton, suchte die eine oder andere Aufnahme heraus, betrachtete sie lange und überlegte, ob sie für den Bildband geeignet wäre. Sah er auf dem Bild Wunden (das heißt ein zerbombtes Haus, ein Baudenkmal oder eine Brücke), legte er das Foto zur Seite, um es dann von mir bearbeiten zu lassen; passte ihm aus irgendeinem Grund das Foto nicht, warf er es wieder in die Schachtel zurück.

Meine Rechnung, je mehr offene Wunden auf den Fotos, desto mehr Geld für mich, ging nicht auf. Es gab genug Fotos, die seinen Vorstellungen nicht entsprachen. Die Wunde lag entweder vor oder hinter einem Objekt, das ihn auf unergründliche Art störte. Die Freilichtbilder, wie er sie bezeichnete, waren ihm nicht eindeutig genug.

So schrumpfte die Zahl der Fotos, mit denen ich die Miete zu finanzieren hoffte, Monat für Monat. Seine strengen Anweisungen, worauf ich Acht geben solle, und seine Pedanterie bei der Fotoauswahl führten dazu, dass ich immer weniger verdiente. Jedes Mal, wenn ich über die Auswahl der Fotos etwas sagen wollte, reagierte er damit, dass ich im Krieg nicht dabei gewesen wäre und daher nur er sagen könne, was in den Bildband kommen solle und was nicht. Dass ein Fensterrahmen, der schief hing, ein Teil des Daches einer Mietskaserne, das irgendwo verbrannte, und das Pflaster einer Gasse, das mit Glasscherben bedeckt war, nicht hundertfach wiederholt werden müsse, um zu belegen, wie schrecklich die Kriegsschäden gewesen waren, wollte ihm nicht in den Kopf gehen. In der Schachtel gab es Fotos, die den Bildband leicht vor dieser Eintönigkeit hätten bewahren können. Doch diese wollte er nicht. Er wollte nur die verheerenden Kriegsschäden an den Bauten, sonst nichts.

Wenn auf einem Foto etwas anderes als ein abgestürzter Dachstuhl oder kohlschwarze Balken zu sehen war, warf er einen freudlosen Blick darauf und legte es weg. Das Bild war entweder unpassend, bedenklich oder nicht zumutbar, weil irgendwo die Leiche eines Menschen auf dem Pflaster verblutete. Bilder dieser Art landeten in seinem Karton, und es wurde nicht mehr darüber gesprochen.

Weshalb das Bild der beschädigten Statue des Malers Moritz von Schwind, der ohne seinen durch Treffer abgeschlagenen Kopf zwischen zertrümmerten Steinblöcken saß, auch noch verschwinden sollte, sagte er nicht. Er sagte nur: »Vergessen Sie es«, und dies so hasserfüllt, als ob der Maler Schwind am eigenen Zerfall Schuld gewesen wäre, und nicht der Treffer.

Ein anderes Foto, für das er nicht bezahlen wollte, war das Bild mit den zwei im Gesicht getroffenen Landsern am Michaelerplatz. Darüber ärgere ich mich noch heute: Als ich an einem sonnigen Herbstnachmittag dorthin kam, war der gepflasterte Platz mit der hell strahlenden Kirche und der Kaffeeterrasse an der Ecke Schauflergasse so friedlich und ruhig wie selten ein Ort auf der Welt: Die zwei Musiker (Hornisten), die am Tor zur Hofburg ein Mozart-Stück spielten, die Zeitung lesenden Gäste im Schanigarten des Kaffeehauses, die schläfrig mitlauschten, und die Leute, die mit einem Stadtplan in der Hand herumstanden, machten jede Vorstellung vom Krieg unmöglich.

In den Notizen stand: »Auf dem Michaelerplatz hat ein Treffer Verwüstungen angerichtet, von den Ladenfenstern ist keine Scheibe mehr ganz, denn die Bombe hat nicht nur den Erzengel aus dem Portal der Michaelerkirche weggerissen und zu Boden geworfen, sondern auch durch den Druck alle Scheiben der Umgebung zersplittert. Ein Bombentrichter versperrt den Eingang zur Schauflergasse.«

Ich ging an den Fiakern vorbei zur Schauflergasse, blieb beim zugedeckten, trockengelegten Apollobrunnen vor dem Eingang zur Schauflergasse stehen, schlenderte wieder zurück zur Römischen Ruine, legte dort die Aktentasche auf die Brüstung und stöberte abermals in den Fotos nach dem Bombentrichter und dem gefallenen Erzengel vor dem Portal. Ich fand keine einzige Aufnahme davon. Er schrieb weiter: »In der Augustinerstraße kehrt eine Truppe von singenden Ostarbeiterinnen die Straße von den Glasscherben frei, wird aber von den vorbeigehenden Passanten angerempelt.« Auch von den erwähnten Ostarbeiterinnen war kein Foto dabei.

Enttäuscht, dass ich wieder nichts verdienen würde, ging ich zur Kirchenglocke, die links vor dem Portal am Boden stand, und klopfte mit dem Finger einige Male darauf: Der Ton war stumpf, leer und hohl. Auf keinem Foto war das, was er auf dem Papier so ausführlich beschrieben hatte, zu sehen. Nur ein zertrümmerter Fensterladen, und da war nicht erkennbar, ob die Aufnahme von hier, auf diesem Platz gemacht worden war, oder anderswo in der Stadt.

Die einzigen Aufnahmen, auf denen man von der Kirche und dem Platz etwas sehen konnte, zeigten keinen Bombenkrater, sondern zwei erschossene Landser am Gehsteig. Eine Gruppe von Rotarmisten ging mit gezogenen Pistolen an den erschossenen Landsern vorbei. Die Einfahrt von der Schauflergasse zum Platz war mit Schutt und Ziegelbrocken bedeckt.

Die beiden Toten lagen zwanzig Meter vom Schanigarten des Kaffeehauses entfernt (auf dem Foto auf beiden Seiten eines mittlerweile entfernten Hydranten), wo die Leute nun Zeitung lesend in der Sonne saßen. Auf dem Foto war der herabgelassene Rollbalken des Geschäftes hinter den gefallenen Soldaten von Gewehrkugeln durchlöchert. Auch das Geschäft (Formanek – Uniformen, Parteikleidung) existierte nicht mehr. Zwei alte Frauen, eine sah direkt in die Kamera von Sohalt, die andere blickte entsetzt auf das zerstörte Gesicht des Toten auf dem Gehsteig, gaben dem Foto eine Lebendigkeit, die ich bei allen anderen Aufnahmen von Herrn Sohalt vermisste.

Als ich Wochen später Herrn Sohalt bei der Abrechnung die zwei Fotos zeigte, schnaufte er laut, zuckte mit dem Mund und legte sie auf den Tisch. Dafür würde er nicht einmal einen Groschen zahlen, murmelte er. Und warum nicht, wollte ich von ihm wissen. Von der Sorte habe er genug, sagte er, erhob sich mühsam vom Sofa, ging schleppend in das Schlafzimmer, kam mit mehreren, vom Inhalt her viel schlimmeren Fotos zurück und breitete sie vor mir auf dem Tisch aus. Ich warf einen flüchtigen Blick darauf und schaute gleich weg. Er suchte im Karton nach einem anderen Foto. »Und was sagen Sie dazu?« Das Bild, das ich mir anschauen sollte, zeigte zwei Tafeln, übereinander auf einen Baumstamm genagelt. Auf der oberen Tafel stand:

»Die Bestattung von Leichen auf diesem Platze ist strengstens verboten. Sämtliche Todesfälle sind dem Gesundheitsamt für den VI. u. VII. Bezirk, Amerlingstraße 11, 3. Stock, anzuzeigen.«

Auf der kleineren Tafel darunter stand:

BEZIRKS POLIZEIKOMMISSARIAT MARIAHILF
MISTABLADEN
VERBOTEN!

Ich sah ihn an, während er gespannt auf meine Reaktion wartete, las noch einmal den Text auf den Tafeln. Er flüsterte mir zu, dass die Stadt damals von Leichen dieser Art so voll war, dass man nicht wusste, wo man sie begraben sollte. Und das Grinsen, als er das sagte? Er wurde wieder ernst, sagte, dass er vorhabe, nur Ruinenfotos in den Band aufzunehmen. Ein Baudenkmal oder ein Palais habe Symbolcharakter, und der Band müsse zeigen, wie schrecklich dieser blindwütige Krieg für die Österreicher gewesen sei. Denn die armen Häuser und Steine, was könnten die dafür? »Bitte, schauen Sie sich das an!« sagte er und klopfte mit dem Finger auf das Foto eines Hauses. Ich kannte das Haus, es stand an der Stelle, an der jetzt das Hauptbüro der OPEC liegt. Das Haus sah mit seinen aufgerissenen Mauern, mit den schwarzen, heraushängenden Balken und den durch Treffer geöffneten Zimmerwänden elend aus: »Ein Volltreffer, aber ich frage mich, warum?« Ich nahm das Foto, auf dem das beschädigte Liebenberg-Denkmal stand, aus seiner Hand und las auf dessen Rückseite: Das Haus gegenüber der Universität durch Volltreffer zerstört. Ich zeigte dann, nicht ohne Befriedigung, auf den Löwen vor dem Denkmal, der durch die Wucht der Detonation in die Grünanlage geschleudert worden war, und sagte, es sei tragisch. Er dachte, ich meine das Haus. Ich meinte aber die Stellung des Löwen (eine für Löwen unwürdige Stellung, nämlich mit angehobenem Hintern Richtung Universitätsgebäude). Er erzählte wieder vom Haus und ich vom Löwen, bis er aufgab. Resultat: Er zahlte mir viel weniger als vereinbart, und ich schwieg dazu, denn auch der Spaß hatte bekanntlich seinen Preis.

Was ich sagen will: Es war schwierig, Herrn Sohalt zu einem »lebendigen Bild« zu überreden. Eine große Niederlage war das Foto der vom Vater umgebrachten Familie im Park am Schmerlingplatz. Einer meiner letzten Versuche, ihn von der Wahl eines lebendigen Bildes zu überzeugen. Wir saßen in der Siebensterngasse und verglichen die Aufnahmen vom zehnten Bezirk. Er schaute kurz auf das Foto und sagte: »Na, der Frank! Wie kommt das Bild hierher?« Ich bemerkte leise, dass die Notiz zu dem Foto mir leider nichts sage. Er las vor: »Donnerstag, den 12. April 45: Karl Frank. Nach dem Familienselbstmord am Schmerlingplatz, goldenes Parteiabzeichen auf dem Rockaufschlag!«

Die zwei Parkbänke in der Grünanlage versperrten, zusammengeschoben, den Kiesweg der Anlage. Der Mann (Karl Frank), der anscheinend zuerst die Frau und die zwei Kinder und dann sich selbst umgebracht hatte, lag links vor der Bank auf dem Kiesboden. Seine Frau saß, gut und neu gekleidet, mit offenem Mund auf der Bank. Sie machte einen schlafenden Eindruck, ihr Mantel mit Pelzkragen stand offen. Auf der Bank links neben ihr saß der Sohn (vierzehn oder sechzehn Jahre alt), auch bei ihm zog sich eine dünne Spur Blut aus Nase und Mund zum Ohr. Die vielleicht zwei, drei Jahre jüngere Schwester lag neben ihm, mit dem Gesicht auf der Bank. Auf Stirn und Wange Blutflecken.

Ich glaube, es war das Licht auf dem Foto, das es, wie die Sonne nach einem schnellen Wolkentreiben, so grell, weiß und fahl machte. Alles auf dem Bild schimmerte in Weiß, ein unsauberes Weiß. Herr Sohalt hörte mir genau zu. Kein Wort davon, dass das Foto unspektakulär, nicht passend, bedenklich oder unzumutbar wäre. Er hörte mir zu, nahm es dann vom Tisch und warf es in den Karton. Er brummte leise, dass das Foto irrtümlich in diesen Bezirk hineingerutscht sei, es gehöre – wenn schon – zu den Fotos vom ersten Bezirk. Ich nickte und redete nicht mehr darüber.

Landete ein Foto im Karton, bedeutete das, dass ich nichts damit verdienen würde. Nur wenn er ein Bild in die gelbe Mappe steckte (in den engen Auswahlkreis), durfte ich die Arbeitsstunden abrechnen. Das Problem war nicht die Auswahl, sondern die ständige Änderung des Ausleseverfahrens. Einmal sagte er, ein Denkmal, das nicht wieder errichtet worden war, sei Geschichte. Ein anderes Mal meinte er, gerade wegen der Bedeutung der kriegsbeschädigten Bauten, wegen des Symbolcharakters, müssten wir dieses oder jenes Foto in den Band hineinnehmen. Es wurde immer schwieriger, ihn zu verstehen.

Nein, nicht die Fotos, auch nicht die Auswahl oder die Leichenberge auf den Fotos waren schuld an meinem Zustand. Ich glaube, die Sorge, ob ich die Miete demnächst bezahlen können würde, war ein größeres Problem. Sicher, die Leichen und die Nähe zur Totenstadt waren nicht angenehm. Wenn man jedes Bild von einer Kriegsruine, jede Aufnahme und jeden Schauplatz stundenlang betrachtet, um ja nichts zu übersehen, steigt man mit der Zeit in die Geschichte ein.

Und die Bilder im Kopf?

Das war etwas anderes. Es kam so leise daher, dass ich es nicht einmal spürte. Das Gefühl, dabei gewesen zu sein, befiel mich hauptsächlich bei den Freilichtbildern (wie er sie nannte) der historischen Bauten. Das allererste Mal so richtig eindeutig war es in der Teinfaltstraße.

Am frühen Morgen, als ich über die Freyung eilte und gleich neben dem Brunnen die Fotos auspackte, wehte von der Kirche eine frische Brise her, und die Sonne schien. Das Pflaster war nass, die Dächer der Umgebung tauten langsam auf, und die Ruhe, die durch das Plätschern des Wassers gestört wurde, war versöhnlich wie in einem Dorf. Ich öffnete den ersten Schutzumschlag und hielt mich an seine Anweisungen. Öffnen Sie den ersten Schutzumschlag und nehmen Sie die ersten drei Fotos! Ich nahm die Fotos heraus und las: »Das Palais Harrach zeigt im ersten Stock eine heraushängende Barocktür.«

Das Foto zu der Notiz zeigte ein staubiges Areal mit viel Schutt und Stein; kein Palais war darauf zu erkennen. Auch von der Barocktür war nichts zu sehen, nur ein zertrümmerter Platz in Staub und Stein. Der Morgen auf den Fotos war verstaubt und müde, die Trümmer und die Überreste von Mauern mit verkohlten Balken, Ziegelsteinen und gebogenen Trägern standen unter einer dicken Schicht Mörtelstaub. Ich machte mich an die Arbeit und suchte wie üblich zuerst nach dem Standort seiner Kamera, ging, den Brunnen vor Augen, ein paar Schritte vor, korrigierte mich um einen Schritt nach links und wieder einen Schritt zurück, bis ich jene Stelle erreicht hatte, von der aus das Foto aufgenommen worden war. Auffallend auf dem zweiten Foto waren Gestalten, die in Schwarz vor den Ruinen standen und zusahen, wie zwei, drei Frauen im weißen Staub Ziegelsteine aus dem Schuttberg aussortierten.

Die aufgestapelten Ziegel bildeten entlang der Straße eine niedrige Mauer. Auch im Hintergrund stöberten einige Frauen in Trümmern herum. Herrn Sohalts Bemerkung: Palais Harrach zu einem Drittel zerstört, mochte zwar mit den Fotos übereinstimmen, denn auf der rechten Seite lag ein Schuttberg, aber ob ein Drittel oder die Hälfte davon zerstört war, konnte man nicht sagen.

In die Fotos vertieft, merkte ich nicht, dass das Plätschern des Wassers verstummte und die Taube, die vorher ihre Federn ins Becken getaucht hatte, wegflog; auch das Traben des Fiakerpferdes war nicht mehr zu hören. Nur das leichte Frauenlachen aus der Nähe hielt die Gegenwart noch ein wenig fest. Mit dem Durchblättern der Notizen beschäftigt, verdrängte ich die Stille, doch als ich aufblickte, war der Platz in seine Kriegstage versetzt; zertrümmert wie im Bild. Weil der Weg zum Schottenstift durch Ziegelbrocken bedeckt und nicht mehr begehbar war, machte ich einen Umweg und ging vorsichtig, als ob nichts geschehen wäre, zur Teinfaltstraße zurück.

Um das zweite Foto, welches von der Kreuzung Schottengasse/Teinfaltstraße aufgenommen worden war, zu kontrollieren, stellte ich mich mit dem Rücken zur Wand des Schottenstifts und schaute von dort das Foto mit dem zertrümmerten Palais Harrach an, und so stellte sich heraus, dass der gerundete Seitentrakt zur Parkgarage doch das verlorene Drittel auf dem Foto war.

So ging es mir bei der Besichtigung der aufgenommenen Fotos von Herrn Sohalt oft. Ich stand an einer Straßenecke, um mir das Objekt besser vorstellen zu können, betrachtete das Haus, das Geschäft oder die Brücke. Ich verglich dabei die Hausnummer, die Fensterrahmen und die Giebel mit jenen auf dem Bild, und so verkeilte sich etwas in mir, das ich zwar kaum zu sehen bekam, das aber da war.

Nun, wenn ich gefragt werde, was tun Sie eigentlich hier, in der Heil- und Pflegeanstalt Baumgartner Höhe am Steinhof, antworte ich, ich sitze auf einer Parkbank im Schatten eines Lindenbaums und sehe von dem Hügel nach unten, auf die Stadt (oder mit Herrn Sohalts Zunge gesprochen: auf unser armes Wien), die durch den Dunst von der Sonne bestrahlt wird, und denke, hätte man mich nicht durch den Verlust des Mietzimmers in der Brandmayergasse faktisch in den obdachlosen Zustand getrieben, wäre mein Bild der Stadt sicher viel besser.

Der Spiegelgrund ist ein fotofreier, kriegszeitfreier Ort, und das Leben ist aus diesem sicheren Abstand erträglicher als in Wien. Ich habe keinen Grund, mich zu beklagen: Hier ist es grün und ruhig, ich darf mich innerhalb des Geländes frei bewegen, bekomme wie jeder andere Raucher drei Zigaretten pro Tag und kann mir die restliche Ration durch Gartenarbeit (pro Tag sechzig Schilling) dazu verdienen. Das Essen ist gut, auf jeden Fall besser als in der Mensa, und die zwei Kaffeehäuser (eines oben, neben unserem Pavillon, das andere vor dem Haupteingang) stehen den Patienten (die von den geschlossenen Abteilungen ausgenommen) immer offen.

Hier unter einem schattigen Lindenbaum am Holztisch zu sitzen und den ganzen Tag, wie es mir empfohlen wurde, Notizen zu machen, ist sehr angenehm. Wie alle anderen hier zu essen oder zu plaudern, auf das Ende eines Bleistiftes zu beißen und im Heft zurück zu blättern macht zwar müde, aber langsam führt es zu einer Erleichterung, die mir im vorigen Jahr verloren gegangen war.

Als ich, des Zauderns, Zweifelns und Wartens müde, den Rucksack nahm, zum 48er Bus ging, in den Bus einstieg und hierher fuhr, war ich mir nicht so sicher, ob ich das Richtige tue. Der Portier der Heil- und Pflegeanstalt, Herr Wächter (ein netter Mensch), sah den belgischen Stahlhelm auf meinem Kopf und rief gleich Herrn Magister Egon, den Zivildiener, an. Dieser kam und war sehr freundlich und rücksichtsvoll mir gegenüber. Ich solle gleich zur Ambulanz mitgehen, sagte er, und, bevor wir den Schlafraum erreichten: ob es mir etwas ausmache, den Stahlhelm der Stationsschwester zu überlassen.

Herr Egon meint, es sei für das Vergessenkönnen sehr notwendig. Das Vergessenkönnen (so verstand ich es) wird möglich, wenn man schreibt. Nur ist die Sprache ein Problem.

Ich wollte gestern vom Flakturm in der Siebensterngasse beginnen, und die Nähe von unheimlich und Heimweh machte mir da große Probleme. Wenn ich unheimlich sagen wollte, fiel mir sogleich der Flakturm in der Stiftskaserne ein. Beim Wort Heimweh standen die Bäume meiner Heimatstadt vor mir. Wohlgemerkt, auch die Sprache beginnt, mir Schwierigkeiten zu machen.

Nur keine Panik, dachte ich, und musste, bis ich mit der Raserei im Herz und in der Lunge fertig war, abwarten.

HEFT NR. I

Bei der Erwähnung des Wortes Flakturm, also jenem grauen, hohen, kalten, nassangeregneten Betonbunker in der Stiftskaserne, sehe ich das Gesicht von Herrn Sohalt vor mir, der schweigt. Und dies vielleicht deshalb, weil ich zum ersten Mal den Flakturm vom Fenster seines Wohnzimmers aus gesehen habe.

Es war an einem Sonntag oder, genauer gesagt, an einem nebligen, kalten Oktobersonntag, als ich um acht Uhr früh in seinem Wohnzimmer saß und, weil es noch dunkel war, dort Licht aufdrehen musste. Er saß auf dem alten Sofa und erst, nachdem er sich genau über meine Aufenthalts- und Arbeitserlaubnis erkundigt hatte, fragte er, ob ich jemals vom Krieg in Wien gehört hätte. Vom Krieg? Ja, davon hatte ich gehört, warum? Er deutete zu den Fenstern, die trotz Kälte beide offen standen, auf das Dunkel des nebligen Morgens und erhob sich mühsam vom Sessel: »Kommen Sie mit, ich will Ihnen was zeigen!«

Er schleppte sich, auf einen Stock gestützt, langsam zum Fenster, um mir mit ausgestrecktem Gehstock jene Rauchsäulen zu zeigen, die nach dem Luftangriff am 10. September 1944 über den brennenden Häusern der Stadt standen. Ich sah, während er weiterredete, über die Brüstung nach unten, wo die Siebensterngasse, vier Stockwerke tiefer, menschenleer, nass und verlassen lag und ihren Sonntag ausschlief. Die Arbeit hatte irgendwie mit dem Krieg zu tun, aber wie genau, war mir nicht klar. Die Spitze seines Gehstocks schwankte auf und ab und blieb, auf den Flakturm im Hof der Stiftskaserne gerichtet, still. Ob ich friere, wollte er wissen. »Nein«, antwortete ich, und hörte weiterhin aufmerksam zu.

Während er bei seinem Thema (technische Details der Phosphorbomben im Vergleich zu Fliegerbomben) war, stieg eine Art Kälte von der Gasse herauf, die einen Geruch von brennender Steinkohle und Laubverwesung verbreitete. Der festungsartige Betonkoloss im Nebel, dieser runde, fensterlose Betonbau, der über die umliegenden Häuser wachte und auf die nassen, altbraunen Dachziegel der Kaserne herabsah, machte von diesem Tag an einen bleibenden Eindruck auf mich.

Ich kann mich gut erinnern: Als Herr Sohalt dabei war, die Unterlagen (die Hefte, Zettel und Fotos) durchzublättern, um mir den genauen Zeitpunkt des Luftangriffes an diesem 10. September 1944 sagen zu können, beugte ich mich aus dem Fenster und sah zu der Kaserne, ob sie es war, die mir Angst machte. Die kalte Stille dort war wie in Erwartung eines Signals vor dem Angriff, man hörte weder Marschschritte noch irgendeinen Befehl. Im Gegenteil, das Licht, das in einigen Fenstern der Häuser ringsum brannte und die zwei, drei Rauchfänge, die rauchten, machten einen friedlichen, gelassenen Eindruck: ein ruhiger Sonntagmorgen in Wien, würde man sagen.

Mit dem Anflug der Tauben, die in einem Schwall aus dem nassen Kasernenhof aufflogen, war die Beklemmung plötzlich weg; ein Teil landete nach einem Kurvenflug auf der Kuppelspitze des Hauses an der Ecke Siebensterngasse; der Rest versuchte, bis zum Dach des Flakturmes zu fliegen, um auf dem Plateau zu landen.

Herr Sohalt kam zum Fenster zurück und sagte nachdenklich: »Um 10.22 Uhr war Alarm, es dauerte bis 11.15 Uhr, bis die Vorentwarnung kam.« Ich schaute ihn an, und nur um etwas gesagt zu haben, fragte ich: »Ist das ein Wasserspeicher?« Seine Bemerkung, ich sollte als Chemiestudent eigentlich wissen, dass FLAK Fliegerabwehrkanonen bedeute, ließ mich verstummen.

Er redete dann weiter von den Bomberverbänden, von der Flakdetonation und über die zahlreichen Flakwölkchen in der Luft, brach aber plötzlich in der Mitte des Satzes ab: Vom Fluglärm eines Hubschraubers im Nebel erschreckt, sah er zu mir und lauschte mit offenem Mund dem Motorengeräusch. Ein Rettungshubschrauber, sagte ich, er hielt trotzdem den Atem an und blieb stumm, bis die 49er Straßenbahn unten klingelnd abgefahren war. Auf den geschwollenen Schlagadern am Hals und auf den Stirnadern bis zur Mitte des Glatzkopfes konnte ich seine Pulsschläge sehen. Mit auf den Nebel gerichtetem Zeigefinger sagte er: »Darf ich mich hinsetzen? Meine Beine, wissen Sie!« Und er schleppte sich, auf den Gehstock gestützt, zum Sofa. Nach lang anhaltendem Schweigen streckte er das versteifte Bein unter dem niedrigen, runden Tisch aus und sagte: »Na ja, leicht war es nicht.«

Nach einer weiteren langen Pause blickte er auf und zog mit einem »So!« eines der kleinen braunen Hefte aus dem Stoß heraus und legte es aufgeschlagen vor mich hin: »Glauben Sie, dass Sie das lesen und verstehen können?«

Ich sah auf das Heft in seiner Hand und sagte, ich würde es versuchen, und erinnerte mich dabei, dass auf dem kleinen Zettel in meiner Tasche, auf dem »ein alter Herr sucht jemanden zur Erledigung kleinerer Arbeiten, auch Ausländer kein Hindernis« stand, nichts davon erwähnt war, dass ich ihm vorlesen müsste. Ich schaute erschrocken auf die geöffnete Seite und fing an:

»Sonntag, den 10. September 1944. Der Tag des ersten großen Luftangriffs in Wien war ein sonniger Tag. Um 10 Uhr morgens, nachdem ich vom Fliegeralarm aus dem Sonntagsschlaf gerissen worden war, hat die Flak angefangen, wie wild um sich zu schießen. Die Geschoss-Splitter flogen bis zu uns, so heftig war das Feuer. Meine Frau heulte im Nebenzimmer, und als ich fragte, warum sie nicht zum Flakturm oder zu den LS-Kellern gehen wolle, plärrte sie nur. Um wegzulaufen, war keine Zeit, so sind wir in der Wohnung geblieben und schauten aus dem Fenster. Die Flak feuerte, bevor die Bomber da waren. Zehn Sekunden noch und man hat sie da und dort in der Sonne silbrig blinken sehen können. Und da ging es dann so richtig los! In der Kredenz schepperte alles: Porzellan, Gläser, das ganze Geschirr, die Vase.«

Ich blickte mit angstgetrocknetem Mund auf, ob ich noch weiterlesen sollte. Sein Kopf lag seitwärts über dem Polster. Er machte die Augen auf und bedeutete mir, weiterzulesen.

»Nach dem ersten Einschlag in der Lindengasse glaubten wir, es wäre aus, demnächst seien wir dran. Im dröhnenden Gehämmer der Motoren schaute ich vorsichtig hinaus: Von überall stieg eine giftgelbe Wolkensäule aus den Bränden hoch. Der Donnerlärm der Bomber schmetterte alles nieder. Die ersten Schwärme hatten abgeladen und wollten weg, da flogen schon die nächsten heran. Wahllos verstreut pfiffen die Bomben auf uns zu. Um 11.15 Uhr war dann – Gott sei Dank – Vorentwarnung! Rauchschwaden überall, ein Regen aus feiner Asche zog mit dem Wind herein und deckte alles zu. Die Wohnung war verdreckt. Meine Frau heulte. Ich sagte, steh auf, sie sind weg, es ist vorbei.«

Ich legte das Heft auf den Tisch und sah, dass meine Hände leicht zitterten: mir war wie nach einer mündlichen Prüfung. Ob ich sie nun bestanden hatte? Herr Sohalt wandte den Kopf zum Schlafzimmer, dessen Tür halb offen war, und sagte lächelnd: »Sie war schon damals furchtbar krank. Mein Gott, ihre Hysterie!«

Ich blickte mit ihm zur halb offenen Zimmertür und hatte das Gefühl, als ob die Frau im Zimmer sitze und uns die ganze Zeit belauschen würde, obwohl sie längst verstorben war. Herr Sohalt warf mit einem »Naja!« die ganzen Erinnerungen von sich weg, schaute, während ich noch gespannt auf seine Reaktion wartete, auf das Landschaftsbild mit dem Hirsch, streifte mit müdem Blick über das alte Klavier, und kam wieder zu mir zurück. Anstatt mir aber zu sagen, welche Arbeit ich bei ihm zu machen hätte, erzählte er weiter, von unten, vom Flakturm und was sich vor der Apotheke damals täglich abgespielt habe. Dass die Leute ab sieben Uhr vor der Kaserne Schlange standen, um früher hineinzukommen. Nicht nur Mütter mit Kindern im Kinderwagen wollten hinein, auch alte Leute warteten stundenlang. Er sagte, wer nicht in den Betonbunker gelassen wurde, musste schauen, dass er schnell in den LS-Keller in der Nr. 17 und 19 kam, die Keller dort waren aber nicht so geräumig und sicher wie jene im Flakturm.

Ich rieb die verschwitzten Hände auf den Knien und sah abwartend zum Fenster, wo der Tag sich langsam aufhellte. Er brach das Schweigen und fragte, ob er mir nicht einen Tee anbieten könne. Froh darüber, dass ich die Arbeit wohl bekommen hatte, lehnte ich mich im Sessel zurück und nickte ihm dankend zu. Die mit Fliegendreck bedeckte, schwache Vierzigwattbirne könnte man jetzt ausschalten, dachte ich, und während er im Vorraum (auch die Küche und eine Duschkabine waren dort untergebracht) den Tee zubereitete, überflog ich schnell die Aufzeichnungen: Nach und nach sind die Leute dann aus dem Flakturm herausgekommen, halb tot, schrieb er, und leichenblass. Man schlich stumm und schwach über die Siebensterngasse hinauf und fürchtete sich davor, nach Hause zu gehen und Heim, Hab und Gut nicht mehr vorzufinden.

Um mir den Flakturm und die Rauchsäulen an diesem Tag besser vorstellen zu können, stand ich auf und ging leise zum Fenster: Zehntausende passten in den Turm hinein, sagte er. Aber wo? Die Brunnen, Wasser- und Abwasserleitungen, Stromzufuhr und Notstromaggregate und die Lüftungssysteme, die diese Zehntausenden mit Luft, Klosetts, Wasser, Treppen und Gängen versorgen mussten, erwähnte er nicht ohne Stolz.

Das war mein erster Lokalaugenschein. Bis er zurück war, begutachtete ich auch die Zimmereinrichtung. Wie Flakturm und Gasse passte sie gut zu ihm: die Standuhr neben der Kredenz war stehen geblieben; das Landschaftsbild, auf dem ein Hirsch im hohen Gras stand und Richtung Wald röhrte, während der weiße Pulverrauch vor dem Gewehrlauf stand, war staubig. Das Sofa war abgewetzt, der Esstisch und das Klavier abgenutzt, und alles war irgendwie mit dem Bunker draußen verwandt.

Als Herr Sohalt mit dem Tablett hereinkam, rauchte die Teekanne in der kalten Zimmerluft. Ich ging ihm entgegen, weil ich dachte, er würde es nicht schaffen. Er setzte sich aber ruhig hin und schenkte mir eine Tasse ein. Die zwei Semmel-Hälften auf dem Teller (die Butter roch ein wenig ranzig) sahen nicht gut aus, so blieb ich beim vorsichtigen Nippen am heißen Zitronentee mit Zucker.

Dann beobachtete ich nur noch ihn. Ich schaute ihm zu,

wie er besorgt das weiße Taschentuch auf der Hand ausbreitete, sich zwei-, dreimal kräftig hineinschnäuzte, hineinspuckte und den Auswurf zur Kontrolle ansah. Nach dem Frühstück nahm er aus dem Kasten neben dem Sofa eine Rolle Klopapier, stellte sie auf den Tisch und begann geduldig, die abgerissenen Stücke genau abgezählt übereinander zu legen. Er griff nach seinem Gehstock, holte den Kloschlüssel, der neben der Wohnungstür hing, und ging hinaus. Es dauerte eine Weile, bis auch die Klotür auf- und zugesperrt war.

Wer war dieser alte Mann? Eine Frage, die ich mir während der acht Monate oft genug gestellt habe. Äußerlich betrachtet ein freundlicher alter Herr mit guten und schlechten Seiten. Seine Angewohnheit zum Beispiel, mit beharrlichem Schweigen in der Nase zu bohren und das Ergebnis an der Fingerkuppe zu inspizieren, war eigenartig. Sein Aufstoßen nach dem Tee, seine Art, die Essensreste mit Hilfe eines gebrochenen Zündholzes aus den Zahnbrücken zu holen oder die Ruhe, die er zum Lesen benötigte, waren in seinem Alter vermutlich normal. Auch sein Händewaschzwang war nicht unüblich. Jedes Mal, wenn er vom Klogang zurückkam, hielt er lange die Hände unter den Wasserstrahl und seifte sie mehrfach ein.

Ansonsten aber war er nicht viel anders als die anderen Pensionisten hier, jene also, die in der Straßenbahn die Fensterplätze bevorzugen und lärmempfindlich auf Hunde und andere laute Lebewesen reagieren. Nur seine Beharrlichkeit im Schweigen war eine andere, war schon vom Anfang an sonderbar. Oft stand er an der Türschwelle zum Schlafzimmer und überlegte, ob er auf eine gestellte Frage eine Antwort geben solle. Oder er ging hinein und sperrte sich, ohne mir etwas zu sagen, im Schlafzimmer ein, wo er die Fotos und die Unterlagen in einem Biedermeierkasten aufbewahrte, und hämmerte dort auf der Tastatur der Schreibmaschine die Hinweise über die Strecke, die am selben Tag zu inspizieren war.

Ich dürfe in der Wohnung nicht rauchen und, falls ich rauchen wolle, nur hinaus zum Lichthoffenster am Gang, meinte er. Die Luft im Zimmer war mit einem seit dem Krieg dort abgestandenen Geruch beladen: eine Mischung aus Arzneimitteln, alten Tapeten und dem Sofa. Und – wie soll ich sagen – das Zimmer roch nach getragenen Stiefeln, trotz des geöffneten Fensters.

Als der Nebel gewichen war, die dünnen Schwaden langsam zerstoben und auch die Sonne ins Zimmer schien und im Haus die Sonntagsschnitzel laut geklopft wurden (das einzige heitere Geräusch an diesem Morgen), kam er mit einem gelben A4-Umschlag in der Hand aus dem Schlafzimmer und meinte, all das, was ich bei der Arbeit nicht außer Acht lassen solle, stecke in diesem Umschlag. Die Zahl der Fotos, die Route, und welche Gebäude an diesem Tag zu besichtigen waren, stand auf dem Zettel. Herr Sohalt murmelte etwas von Genauigkeit und Probezeit. Die zerbombten Häuser, die nach dem Luftangriff vom 10. September 1944 inspiziert werden sollten, waren nicht viele.

Unten, vor der Kaserne, glänzte die Straße wie nach einem Regenguss. Die Sonne schien scharf, so dass die Augen schmerzten.

Ein wenig verwirrt ging ich zu dem Gasthaus an der Ecke Lindengasse/Stiftgasse, bestellte dort zur Feier des neuen Jobs etwas Warmes. Nicht viel, eine serbische Bohnensuppe mit Speck. Beim Essen blätterte ich in den Papieren und Notizen und sah mir die Fotos an. Warum sie mich deprimierten? Auf den ersten Blick sahen die Bilder alle gleich aus, eine eintönige, langweilige Arbeit, dachte ich mir: die Wiederholung von immer gleichen Häuserruinen in Trümmern und Schutt. Unter »Sonntag, den 10. September 1944« stand: »Gehe Nachmittag aus dem Haus und versuche von der Stiftgasse zu Fuß zur Bellaria durchzukommen. Überall noch Asche und Brandreste der getroffenen Häuser. Die Straßen sind verdreckt und verstaubt, die Leute geistern ziellos herum, jedem ist die Angst vom Vormittag noch ins Gesicht geschrieben.«

Vom Gehsteig aus wollte ich, an eine der zwei Litfasssäulen gelehnt, an der Kaserne vorbei zum Flakturm schauen. Er war verschwunden. Wohin nur, rätselte ich, und auf den Eingang der Kaserne, wo der Wachtposten vor dem Schilderhaus Wache schob, fixiert, zögerte ich, dorthin zu gehen und zu fragen, ob ich den Flakturm im Kasernenhof besichtigen dürfte. Das hämische Grinsen der verfärbten Sandsteinlöwen über dem Haupteingang hinderte mich daran.

Besorgt darüber, dass die zwei Semmelhälften in meiner Tasche (eine Nettigkeit von Herrn Sohalt) die Fotos beschmieren könnten, überlegte ich, sie los zu werden. An der Ecke zur Lindengasse packte ich die eingewickelten Semmeln aus und suchte nach einem Mistkübel. Die vergebliche Suche brachte mich bis zur Kirchengasse. Dort legte ich die Semmeln einfach an einer Ecke ab und kehrte um: Der Flakturm, den ich hinter dem langgezogenen Kasernentrakt verschwunden glaubte, versperrte jetzt in vollem Umfang die Sicht in die Gasse. Je mehr ich mich ihm näherte, desto mehr versank er hinter dem Kasernentrakt, bis er wieder ganz weg war.

Es war Herrn Sohalts Idee, dass wir den Bildband mit den Fotos vom 10. September 1944 beginnen sollten. Warum musste ich zum Lokalaugenschein am Heldenplatz unbedingt an einem Nachmittag gehen? Schon deshalb, sagte er, weil er auch am Nachmittag des 10. September dort gewesen sei. Außerdem wäre es klug, sich immer an den Lichtverhältnissen zu orientieren, denn so würde ich es beim Vergleichen der Fotos leichter haben.

Im Gehen las ich: »Am Heldenplatz angekommen, musste (ich) zuerst auf eine günstigere Gelegenheit warten, um mich nicht beim Fotografieren erwischen zu lassen. Der Platz macht einen recht deprimierenden Eindruck. Die Liegewiese auf dem Heldenplatz war an mehreren Stellen durch Bombentrichter zerpflügt ...«

Der Platz wirkte, als ich ankam, in der Mittagssonne hell und gepflegt. Die erste Anweisung von Herrn Sohalt lautete: »Zum Inspizieren der zerbombten Objekte sollen Sie, falls bei der Suche Probleme auftauchen, von den Begleitnotizen Gebrauch machen!« Ich machte eine Pause. Während ich auf der Bank saß und mich in der Sonne aufwärmte, drehte sich plötzlich der Wind und wehte aus Richtung der zwei alten Museen, und dies so mild und leicht wie eine angenehme Sommerbrise. Die Stadt lag gemütlicher und fauler da denn je, gähnte mir ihre Langeweile entgegen und wollte von Herrn Sohalts Ruinenfotos nichts wissen. Die Baumkronen entlang der Ringstraße und im Rathauspark schimmerten herbstlich gelb, und ich hatte immer noch keine Lust, mit der Arbeit zu beginnen. Eine Zeit lang studierte ich den Text auf der schwarzen Tafel an dem Sockel, auf dem das auf die Hinterbeine gestellte Pferd (von Erzherzog Carl) im Begriff ist, nach vorn zu springen, und zögerte es hinaus, die Aktentasche zu öffnen.

Die zehn, fünfzehn maschingeschriebenen Seiten, die mir helfen sollten, meine Aufgabe leichter zu erledigen, machten es komplizierter. Demnach sollte ich zuerst die numerierten Fotos nach Aufnahmestellen ordnen, sie mit den Objekten vergleichen, den Begleittext kontrollieren und, falls es trotzdem nicht klappte, dies auf einem Zettel notieren. Die Bilder – alle sorgfältig eingepackt und nach Routen und Strecken geordnet –, waren kleine, vergilbte, schlecht entwickelte Schwarzweißfotos, wie sie mir aus Großelternzeiten bekannt waren. Alles über den Ort, die Uhrzeit und das Gebäude wurde extra notiert. Er schrieb: »Die Liegewiese auf dem Platz ist an mehreren Stellen durch die Bombentrichter zerpflügt. Die demolierten Flak-Scheinwerfer und die Ruinen der Wehrmacht-Ausstellung dürfen nicht fotografiert werden. (Ich werde es trotzdem versuchen.) Der Eingang zur Bibliothek und ein Teil des Balkons über der Loggia sind beschädigt (siehe Fotos von Serie eins).«

Ich suchte jene Aufnahmen aus, die auf dem Heldenplatz aufgenommen worden waren, und begann, sie mit der Umgebung zu vergleichen. Die Umstellung war nicht leicht: Vor allem das Foto, auf dem der Platz wie eine verlassene Baustelle aussah, änderte alles. Der große Teich (er nannte ihn *Löschwasserteich*), der auf dem Foto zwischen den zwei mit Ziegeln ummantelten Denkmälern lag, machte aus dem sauberen, geräumigen Platz eine überflutete Baustelle.

Auf dem Foto mit der Beschreibung »der Sieg im Westen 1940« waren da, wo ich jetzt saß, einige von der Wehrmacht erbeutete französische und englische Flugzeuge ausgestellt. Auf dem zweiten Foto war mit Bleistift notiert: »1944. Die Wehrmacht-Ausstellung nach dem Angriff«, und das Haus hinter dem Pferdedenkmal war samt Flugzeugen demoliert.

Als ich von dem Bild aufsah, war ich über die leichten Föhnwolken über dem breiten, weitläufigen Platz froh. Und auch über die abgeschnittenen Kastanienbäume in den Alleen, die freundlich gestimmt zu sein schienen. Nicht weit von mir entfernt lagen Leute auf der Wiese, sie schlummerten oder schauten zu, wie Hunde aufeinander sprangen.

Ich blätterte zur nächsten Aufnahmestelle: »Regierungsgebäude am Heldenplatz!« Das Bundeskanzleramt mit den zwei Flaggen auf dem Dach war noch an der Ecke des Platzes auf der rechten Seite des Volksgartens vorhanden. In den Eintragungen stand: »Ein Volltreffer! Das Bundeskanzleramt wurde an der rechten Ecke bis zum Parterre zerstört. Am Ballhausplatz ist der Boden mit Schutt und Glassplittern bedeckt.«

Auf allen vier Fotos in meiner Hand sah das Gebäude gleich aus: bis zur linken Hälfte zerstört. Um Fehler oder eine Verwechslung zu vermeiden, stand ich auf und ging langsam zum Bundeskanzleramt. Dort verglich ich die intakten Fensterrahmen auf den Fotos mit jenen des Gebäudes: Die Aufnahmen stimmten mit dem Objekt überein. Dann entdeckte ich etwas, was ich in der Aufregung übersehen hatte: Es handelte sich zwar um ein und dasselbe Gebäude, aber Herr Sohalt hatte die Bilder offenbar an verschiedenen Tagen aufgenommen. Denn jene Fotos, die von der Schauflergasse aus gemacht worden waren, zeigten das Haus mit einem provisorischen Dach, auf dem dritten und vierten Foto gab es noch kein Dach, dort hingen die Dachbalken hinaus. Ein paar Schritte weiter, und das Bundeskanzleramt war, wie auf dem Foto, durch die Sonne halbiert und die heraushängenden Balken aus dem zerrissenen Dach rauchten wieder.

Ich zog nervös an der Zigarette und grübelte über eine Beschreibung des Ballhausplatzes nach: Herrn Sohalts Hinweis, er wäre »mit Schutt und Glassplittern bedeckt«, stimmte mit dem Foto nicht überein. Auf keinem der Fotos sah ich Schutt und Splitter auf dem Platz. Auch die andere Bemerkung: »Der Kongresssaal; der Raum, in dem Dollfuß sterben musste, ist zerstört«, machte Probleme. Ich gab auf und folgte dem Satz: »Bin durch die – Gott sei Dank – unbeschädigte Burg hineingegangen.«

Im schattigen Innenhof der Burg vor der Durchfahrt zum Michaelerplatz stand ich im kalten Luftzug aus dem dunklen Durchgang, der nach Pferdeurin roch, und hörte eine Weile den Hufschlag eines langsam trabenden Fiakerpferdes, und mit ihm eine mir unbekannte Geschichte, die laut hereintrabte. Und der Trichter? Wo lag der durch die eingeschlagene Bombe entstandene Trichter? Achte nur darauf, ob die Fotos übereinstimmen. Und schon war es geschehen. Durch Überlesen einer Fußnote auf Seite drei eilte ich in einem sinnlosen Lauf bis zum Hohen Markt und musste wieder zurückkehren. Was ich in der Fußnote übersah, lautete: »Tuchlauben war gesperrt, unpassierbar, anscheinend auch ein Treffer, vielleicht auch ein Blindgänger. Ich musste umkehren und es durch die Wallnerstraße versuchen.« Also musste ich wieder von der Wallnerstraße aus beginnen: eine enge kalte Gasse mit alten Häusern auf beiden Seiten. Die Fassaden und Fenster hatten samt ihren Ornamenten (Balkonen, Konsolen, Männerfiguren und weiblichen Gestalten, mit steinfesten Muskeln und Busen bestückt) alle den Krieg schadlos überstanden. Die wiederholte Eintragung über die Glassplitter, »Glas und wieder Glas auf der Straße«, ging mir langsam auf die Nerven. Denn die Fotos zeigten nichts von dem. Die Häuser und die Menschenmenge sahen auf den kleinen Fotos wie verschwommene Schatten aus. Er schrieb: »Die Leute stehen herum und fragen vor dem alten Palais, wo vormittags eine Bombe eingeschlagen hat, nach Verwandten. Der Boden ist mit einer Schicht aus Sand, Schutt und Glassplittern bedeckt. Sämtliche Scheiben sind durch den Luftdruck zerbrochen. Ein trauriger Anblick.« Und wo war dieses Palais?

Ich suchte unter den Fotos nach dem angekündigten Hauptwirtschaftsamt. Auf dem Zettel stand: »Am Hauptwirtschaftsamt Ecke Strauchgasse ist ein ganzer Teil weggerissen – man sieht die Zimmer wie bei einem Querschnitt.« Ich ging weiter, und an der Ecke Strauchgasse/Wallnerstraße schaute ich hinauf zu den Fenstern des Hauses und wusste nicht, ob er mit dem Hauptwirtschaftsamt das Bankgebäude meinte, das auf dem Foto mit vielen schwarzen Fensterhöhlen dastand. Ich machte auf der Rückseite des Bildes ein Fragezeichen und ging gleich zum nächsten Foto über: »Die Menge des Glases mehrt sich um das Hochhaus, das selbst nicht getroffen, dessen große Glasflächen aber schwer beschädigt sind.« Ich notierte: »Ich sehe da kein Hochhaus«, und ging weiter.

Beim Café Central in der Herrengasse sah es besser aus: Es gab mehrere Aufnahmen, die das Kaffeehaus in der schattigen Gasse in Rauch und in Trümmern zeigten: »Café Central: Die Fensterhöhlen werden von der Wehrmacht mit Brettern vernagelt. LS-Wache und Wehrmacht stehen vor den beiden Einfahrten und lassen niemanden durch. Weiter vorne kehren die Hausbesorger die Gehsteige von den Glassplittern frei, viel Staub in der Luft.«

Die Bemerkung »viel Staub in der Luft« stimmte ausnahmsweise mit den Gegebenheiten in der Gasse überein:

Ich roch den Staub, auch die Glasscherben knirschten unter den Schuhsohlen. Vielleicht war es der Hunger, denn mein leerer Magen knurrte schon seit einer Stunde. Vielleicht waren es auch Müdigkeit und Kälte. Das Kaffeehaus war in meinen Augen immer der Inbegriff von Bequemlichkeit und Ruhe. Die Tische standen dicht nebeneinander und waren, bis auf einige wenige, alle besetzt; die aufgestellten Mehlspeisen und Kuchen im Schaukasten leuchteten einladend, und ein wenig Staub in der Luft oder Glasscherben auf dem Gehsteig hätten weder die Zeitung lesenden Gäste drinnen noch mich auf der Gasse stören können. Sie saßen im gelben, warmen Licht und plauderten mit ihrem Gegenüber, keiner dachte an irgendeinen Bombeneinschlag. Weshalb auch alle noch dort saßen, als die Wehrmacht kam, um die Fensterhöhlen mit Brettern zu vernageln. Sah ich aber von dem Foto auf, war alles weg: das Licht erlosch, die Plüschsessel verkohlten im Feuer, die Scheiben waren kaputt, und die Wände – die wunderschön bemalten Wände – auf einmal rauchschwarz. Die große Kaffeemaschine, das verkohlte Klavier und die Garderobe wurden herausgeworfen. Im Haus stürzte eine Zwischendecke ein und wirbelte viel Staub auf; eine dicke Rauchwolke umhüllte die Herrengasse, die durch die Wehrmacht von beiden Seiten abgeriegelt war – die Luftschutzwache ging auch nicht sehr sanft mit den Menschen um. Die durch diese Aufnahme verursachte Verwirrung dauerte bis zur Regierungsgasse, dort las ich weiter: »Regierungsgasse unpassierbar, mit Schuttbergen von vier Metern Höhe verlegt. Aus den Stockwerken werden Glastrümmer entfernt und auf die Straße geworfen, wo sie zersplittern.« Auf dem Foto herrschte bis in die Mitte der Gasse schwarze Kriegsstimmung, danach, ich meine, nachdem ich hineinging, nicht mehr. Der herbstlich rote Strahl einer untergehenden Sonne schien tief auf die grauen Fassaden der Amtsgebäude auf beiden Seiten der Gasse und belebte die Fenster. Gleichzeitig erinnerten mich die hohen Gitterfenster immer an die Fremdenpolizei: die Amtsstuben mit alten Stempelkissen, Ärmelschonern und großen Tischen mit unzähligen Tintenflecken für die Personen mit dem Anfangsbuchstaben A, also mich.

Während ich in der Gasse stand und im Sonnenlicht die Fotos studierte, kehrte die Ruhe langsam wieder zurück. Zur Überprüfung von Herrn Sohalts Angaben über die nächste Aufnahme ging ich weiter und erreichte das nächste Objekt: »Ich steige über die Trümmer in der Metastasiogasse zur Löwelstraße, denn die Stimmung unter den Arkaden der Kirche (unter den herumstehenden und wartenden Frauen und Männern) ist schlecht. Der erste Bezirk wird mit sofortiger Wirkung zum Sperrgebiet erklärt und alle müssen deshalb den Platz räumen. Es gibt ohnehin kein Licht mehr zum Fotografieren. Der Bombentrichter auf der Fahrbahn vor dem Café Landtmann!«

Ich wollte vor dem Bombentrichter aufhören, dachte aber, er liege sowieso auf dem Nachhauseweg, also warum sollte ich – »zur Klärung der näheren Umstände« (so Herr Sohalt) – nicht einen kleinen Abstecher machen? Als ich ankam, ging es auf der Terrasse vom Café Landtmann sehr gemütlich zu. Trotz der frischen Abendluft saßen noch viele draußen. Das Gelb der gefallenen Blätter deckte den breiten Gehsteig, und das Plaudern ging im Klingeln der Radfahrer auf und machte die Ringstraße herbstlich mild.

Von dem Bombentrichter war kein Foto dabei, also konnte das Geplauder auf der Terrasse weitergehen. Als ich, in Feierabendstimmung, dabei war, die Fotos und Notizen zu ordnen, um sie einzupacken, bemerkte ich, dass ich ein Blatt völlig übersehen hatte. Auf dem Blattkopf stand »Treffer hinter dem Burgtheater!«.

Auf dem Weg vom Café Landtmann bis zum Hintereingang des Theaters las ich schnell die Seite durch. Ich hatte aber keine Lust, die Fotos wieder auszupacken, beschloss daher, alles genau zu beobachten, um das Bild, falls es vorhanden war, später zu erkennen. Auf der Rückseite des Theaters setzte ich mich auf einen Steinsockel und beobachtete die Tankstelle und das leere Areal vor mir. Bei der Schilderung der getroffenen Bäume des Volksgartens dramatisierte Herr Sohalt ein wenig: »Die Bäume schauen erbärmlich aus; viele von ihnen stehen nach dem feindlichen Angriff kahl und mit gebrochenen Ästen da wie auf einem Schlachtfeld.« Dann suchte ich links und rechts jene Stelle, wo die schräg eingeschlagene Bombe im Parterre (am Hintereingang) eingedrungen war. Die verschütteten Theatergäste mussten hinter mir, wo ich gerade saß, im Keller des Theaters Zuflucht gesucht haben. Als wäre ich selbst dabei gewesen, sah ich die eilenden Partei- und DRK-Leute, die Hals über Kopf die Sache in Angriff nahmen, der SS die Arbeit erklärten und die Schaulustigen zurückdrängten. Die Menge schaute schweigend hinüber und wollte wissen, wann und wie den Helfern ein Durchbruch gelingen werde. Vor allem, wer unter den Verschütteten war. Er stand sicher mit dem Fotoapparat in der Tasche vor dem Trümmerhaufen, der mauerhoch den Weg zum Keller versperrte, um die Rettung der Verschütteten aus dem brennenden Kessel fotografieren zu können. Drei Aufnahmen meinte er von der Stelle aus gemacht zu haben, was ich, ehrlich gesagt, nicht glaubte, denn zehn, fünfzehn Schritte weiter stellte ich mir die DRK-Leute und die HJ vor, die versuchten, durch das nächste Kellerfenster an die Verletzten heranzukommen.

Er schrieb, wo der Treffer zwischen Hauswand und Gehsteig eingedrungen war und wo die Geflüchteten Schutz gesucht hatten. Er sprach auch von einer Preisverleihung, die gerade an diesem Nachmittag im Theater stattfinden sollte, und redete von viel Prominenz, die dort zusammengekommen war. Lustvoll schilderte er, in welchem Zustand die ersten Verletzten aus dem Keller gebracht worden waren: Blutbeschmiert und mit Brandwunden bedeckt, gaben sie keine Lebenszeichen mehr von sich. Hatte er sie alle fotografiert? Einer nach dem anderen wurden sie durch die aufgerissene Wand nach oben gereicht und nebeneinander auf den Gehsteig gelegt.

Ich blickte auf und sah die Helfer vor mir, die in Wolken aus Mörtelstaub und Rauch mit Tüchern vor dem Mund und Staubbrillen hinein und hinaus hasteten. Die verstümmelten Leichen wurden von der Feuerwehr abtransportiert.

Am Schluss listete er die verunglückte Prominenz auf:
– Prinzessin Marie Elise Liechtenstein, geb. Leutzendorf,
– Dr. Mann, SS und Führer der Wiener ns. Anwaltschaft,
– Frau des Prof. Starlinger, eine Tochter der Eiselsberg.

Und so folgten noch etwa zwanzig, dreißig Namen. Ich schaute zum letzten Mal zum Hintereingang, packte meine Tasche und ging nach Hause.

HEFT NR. 2

Vom Labor in der Währingerstraße, wo ich damals das Praktikum machte, zu den beiden Becken im Rathauspark war es nicht weit, zehn bis fünfzehn Minuten zu Fuß. Ich ging, wenn die Sonne schien und der Nachmittag herbstlich mild war, am Heimweg in den Park und machte bei den Springbrunnen eine kleine Pause. Sie strömen stark, sprühen, je nach Windrichtung, Wasserwolken um sich, und das ist für jemanden, der aus einem wasserarmen Land kommt, ein Vergnügen. Meine Nase war nach ein paar Minuten von den Gestankresten der H_2S Präparate gereinigt.

Am Freitag (dem 15. Oktober), als ich in den Park kam, wollte ich mich zuerst abseits vom Becken an einen der metallenen Tische setzen, aber das Gekicher zweier Studentinnen in der Nähe jagte mich von dort weg. Ich nahm einen der weißen Sessel mit, stellte ihn dicht ans Wasserbecken und setzte mich. Die zwei, drei ausgewachsenen Platanen um das Becken spendeten Schatten: überall, wohin ich auch sah, ob zu den unbeweglichen Schattenflecken am Boden oder zu dem frisch gemähten Rasen, schien sorglose Ruhe zu herrschen. Ich streckte, wie alle anderen, die Beine zum Beckenrand aus und versuchte vorübergehend das Unangenehme an der bevorstehenden Arbeit zu verdrängen. Aber der Fluch dieser Arbeit bestand darin, dass der Kopf nie davon verschont blieb. Es gab keine Rettung vor dem Mörtelstaub. Ich öffnete die Tasche, um das Schinkenbrot, das zu Mittag übrig geblieben war, herauszunehmen, dachte gleich an die Fotos, nahm sie auch heraus, und ging sie während des Essens durch. Die Stelle, an der sie aufgenommen waren, »Am Hof«, war nicht weit vom Park. Der Umschlag, mit dem Herr Sohalt die Fotos umwickelt hatte, lag auf der Aktentasche. Er flatterte nach unten und wollte im Wind wegfliegen. Als ich das Papierstück aufhob, bemerkte ich, dass es eine von Sohalts indirekten Mitteilungen enthielt. Ich starrte eine Weile den Wasserstrahl an und begann dann zu lesen. Was er dort schrieb und wie, ist unwichtig. Das Wichtigste war, dass er mit dem Papier (es war, wie ich später erfuhr, ein herausgerissenes Blatt aus seinen Notizen im Novemberheft 1944) meine Pause ruinierte.

Mit der Arbeit ging es bisweilen nicht so schlecht, er erlaubte sich zwar hier und da einen kleinen Spaß, der mich auch manchmal kränkte, aber inzwischen kannte ich ihn so gut, dass ich mir das nicht sehr zu Herzen nahm. Im großen und ganzen herrschte eine nüchterne Beziehung zwischen uns. Er redete oft über den Krieg (hauptsächlich über die technischen Details des Luftkrieges), und ich schwieg fast immer. Nachdem ich das von seiner Frau gelesen hatte, breitete sich langsam eine graue, traurige Wolke über den Park. Die Platanen am Becken, die bis dahin so sanft zu uns flüsterten, während sie welke Blätter abwarfen, machten keine Freude mehr. Unter ihnen sah ich nur Laubleichen herumliegen, die den Fußgänger beim Gehen behinderten: Herbstopfer, dachte ich, die knöchelhoch tot im Wege standen.

Vor der Creditanstalt sah ich noch die zehn unterbelichteten, kleinen und schlecht entwickelten Fotos durch. Unschlüssig, ob ich arbeiten oder lieber nach Hause gehen sollte, blätterte ich in seinen Notizen. Ich hatte keine Lust, in seine Vergangenheit zu schlittern und in seiner Geschichte zu wühlen: »Innenstadt mittlerweile bis zur Ringstraße gesperrt, eine Völkerwanderung am Ring. Vor der Creditanstalt, die Ladenlichter gehen schon jetzt (um 16 Uhr) aus: Eine neue Maßnahme bei der Durchführung der Verdunkelung. Nur die Schottengasse ist durchlässig. Gott sei Dank, denn M., mit dem ich verabredet bin, wartet schon in der Naglergasse auf mich. Die Leute gehen, mehr neugierig als bestürzt, in diese Richtung. Überall die gleichen Verwüstungen, so dass man durch die Häufung der Trümmer abgestumpft wird. Um 17 Uhr Am Hof ...« Ich sah auf die Straßenuhr, es war kurz vor 17 Uhr. Die Wolken, die sich immer dichter zusammenpressten, bedeuteten Regen: Die Häuser schimmerten wie vor einem Gewitter plötzlich heller als der Himmel. Und wie viele Tage würde es regnen? Besser jetzt als morgen, dachte ich, und eilte auf den Platz Am Hof. Dort las ich auf dem Zettel folgendes: »Ein Treffer im Heidenschuß, an der Ecke Freyung. Fahnenfabrik Fleck ist schon zerstört, rund um den Platz keine Fensterscheibe mehr heil, das gebrochene Glas wird aus den Wohnungen und Büros geräumt und auf die Straße geworfen. Ein Treffer in der Färbergasse (unpassierbar), und die Oberleitungen liegen offen auf dem Platz. Volltreffer auch beim Zeughaus, es ist bis zum Parterre zerstört.«

Von der erwähnten Fahnenfabrik Josef Fleck war tatsächlich nur noch das Namensschild übrig. Die Ladenfenster waren mit Brettern zugenagelt und sie standen bis zur Hälfte in Schutt. Bereits durch die Routine geübt, stellte ich mich vor die Tankstelle hin und schaute, wie durch den Sucher seiner Kamera, tief in die Freyung hinein. An der Stelle der Fahnenfabrik Fleck stand jetzt eine Bankfiliale.

Die Arbeit ging gut voran, nur das Licht der Aufnahmen

stimmte mit den Zeitangaben nicht überein. Auf den Bildern war es noch hell, während es auf dem Platz (jetzt, fast 17 Uhr) bereits dunkel war. Am Hof (so groß wie ein gepflasterter Fußballplatz) standen dieselben Amtsgebäude, Bankfilialen und dieselbe Kirche wie vor fünfzig Jahren. Ich notierte auf den Rückseiten der Fotos: Das Haus so und so ist weg oder abgetragen, und ging zum nächsten Bild über.

»Von dem Zeughaus ist nur noch die Fassade geblieben, das große Haus von nebenan liegt bis zur Hälfte in Trümmern. Die Fleischhauerei Neumayer ist restlos verschwunden. Die Färbergasse ist durch einen Schuttberg (einen ganzen Stock hoch) unpassierbar. Die Feuerwehrautos stehen alle (außer Betrieb) im Freien und sind von Schutt und Trümmern umgeben.«

Ich verweilte kurz vor der Feuerwache, um mir die parkenden Fahrzeuge vor dem Haus von damals besser vorstellen zu können. Unter den roten Reklamelichtern (für eine bekannte Sektmarke) sahen die Zerstörungen auf den Fotos schlimmer aus. Die in Panik verlassenen Fahrzeuge (die Feuerwehrautos) standen kreuz und quer auf dem Platz, manche lagen unter Balken und Trümmern, manche waren mit weißem Mörtelstaub bedeckt. Eines der Fahrzeuge stand, nach dem Abmontieren der Reifen, auf Ziegelsteinen, und dort, wo jetzt Palmen in hölzernen Kübeln im Abendwind zitterten, stand auf dem Foto ein Feuerwehrmann. Ich verglich im Vorbeigehen das Zeughaus mit dem, was auf dem Foto von ihm übrig war, und währenddessen schaute ich kurz in die enge, zertrümmerte Färbergasse hinein.

Ob es an dieser Stelle war oder ein paar Häuser weiter, kann ich nicht mehr sagen, der Donner schlug auf jeden

Fall, wenn nicht vor dem Eingang der Drahtgasse, dann vor den Außenfenstern des Gasthauses an der Ecke Drahtgasse/Schulhof ein. Als ich vor dem Ladenlicht dabei war, auf dem Stadtplan nach der Naglergasse zu suchen, hörte ich, wie in der Drahtgasse etwas Metallisches zu Boden fiel. Eine leere Bierdose rollte, von einem Windstoß getrieben, auf die Fahrbahn. Ich sah in die enge Gasse hinein. Sie war so dunkel wie im Krieg. Der Wind wirbelte von der Baustelle am Judenplatz mit dem Mörtelstaub auch etwas Vergangenheit in den großen Platz hinein. Der erste Donnerkrach platzte wie ein Einschlag über meinem Kopf. Die hängenden Lichtröhren in der Mitte fingen an zu schaukeln, und bei jedem weiteren Seufzer des Windes flog mehr Staub in die Luft. Während ich mir ein Staubkorn aus dem Auge entfernte, erfasste mich ein zweiter Windstoß, riss mir den Stadtplan aus der Hand und wirbelte ihn hoch.

So lief ich dem fliegenden Stadtplan nach, stampfte so oft darauf, bis er liegen blieb, und kehrte mit ihm unter die Bögen in den Schulhof (zum Gasseneingang) zurück.

Als ich mich fragte, wo jetzt die Naglergasse war, begann der Fliegeralarm: »Vom Luftalarm überrascht, schaut jeder zum Himmel! Mit dem Heulton der Sirenen rennt man den anderen nach, man will nur so schnell wie möglich in einen nahe liegenden Luftschutzkeller kommen. Wohin genau, wissen wir nicht – vielleicht in die Richtung Heidenschuss, denn es ist möglich, dass es dort einen LS-Keller gibt. Wie in Panik geratene Tiere, jeder will als erster den Keller erreichen, laufen wir alle hin. Die LS-Helfer und Polizisten treiben uns dann wie eine Schafherde in die Naglergasse hinein …«

Dass der Gehsteig vor der Fahnenfabrik versperrt war, wusste ich schon, aber dass ich, um den Heidenschuss zu erreichen, über den Schuttberg hinauf klettern musste, erschütterte meine Jetzt-Welt endgültig. Ich glaube, zwischen Schulhof und Tankstelle holte mich die Vergangenheit ein. Das Sich-in-der-Zeit-glauben begann dort. Durch die staubige Luft wollte ich blind über die Straße laufen, als irgendwo ein offen gebliebener Fensterflügel zusammenschlug. Wollte ich nicht schnell zu dem Denk-Haus gehen? Mit den zwei restlichen Fotos in der Hand suchte ich rechts und links nach dem Haus. Auf dem Zettel stand: »Das Denk-Haus kurz vor dem Einstürzen.« Aber wo genau, stand nicht.

»In der Naglergasse warnen mehrsprachige Wandplakate vor den Plünderern. Wer denkt jetzt an Plünderer? Überall patrouilliert die Wehrmacht und LS-Wache mit entsicherten Waffen. M. ist zu meinem Bedauern noch nicht da. Wahrscheinlich verhindert (oder auch vom Alarm überrascht).«

Vom Fliegeralarm gehetzt überquerten wir die Straße und rannten immer den weißen, in Leuchtfarbe gezeichneten Pfeilen nach, die uns dick auf die Hausmauern aufgetragen zum Luftschutzkeller führen sollten. Der Eingang zur Naglergasse wurde eng, denn alle, um ja nicht auf der Strecke zu bleiben, wollten gleichzeitig hinein.

Ich stellte mir die Stahlhelme in der engen Gasse vor, die Gewehre der Luftschutz-Helfer und die metallenen Blicke der Wehrmachtsmannschaft, während manche von ihnen im Wolkenstaub der Naglergasse die Schaufenster mit Holzbrettern zunagelten. Wozu, fragte ich mich? Die leeren, gelöschten Auslagen hatten ohnehin nichts zu bieten. Keine Rücksicht auf die Leute, dachte ich, und stieß alle, die mir in die Quere kamen, zur Seite. Auf der Höhe der Irisgasse aber wurde es plötzlich leer um mich herum, und, von einer Böe überrascht, geriet ich vollends in die Vergangenheit. In einer Panik, die durch ein fliegendes braunes Packpapier verursacht worden war (es schlug zuerst auf meinen Kopf, bäumte sich dann vor mir auf und blieb erst an der Mauer stehen), wich ich in die kleine Gasse Haarhof (eine an sich unbedeutende Verbindung zur Fahnengasse) aus.

Ich landete, ohne es zu wollen, hinter dem Vorbau an der Ecke mit dem einsamen Baum, dem ich einiges zu verdanken habe. Der Baum nämlich, selbst klein und unbedeutend, bot mir Schutz. Der erste Regentropfen fiel wie ein Kieselstein auf die trockenen, kreisenden Blätter um den Baum, die anderen folgten nach und nach. An die Hauswand gedrückt, beobachtete ich, wie zuerst der mittlere Teil der Gasse und dann die Mauerwinkel langsam dunkel wurden. Nach dem minutenlangen zermürbenden Geheul (von Sirenen des benachbarten Platzes) platzten die ersten Granaten über meinem Kopf, das Glucksen in der Höhe, ihr anschwellendes Pfeifen, dann das Ächzen der Detonation schreckte mich.

Herr Sohalt notierte: »In der Irisgasse kracht es ...«

Halb zur Flucht gewandt, sah ich, wie zuerst der Zeitungskiosk und dann der Würstelstand in die Luft flogen. Der Blumenstand war noch unversehrt, aber alles andere brannte schon lichterloh. Die Tankstelle explodierte laut, und brennende Balken fielen aus den Dächern.

Ich bin mir nicht mehr sicher, ob es vor dem Treppeneingang war oder schon nachher, das heißt, nachdem ich die Eisentür des Weinkellers geöffnet hatte: Ein Gefühl des Unbehagens, das beim Betreten eines fremden Lokals entsteht, ließ mich an der Türschwelle erstarren. Mit einem Mund voller Mörtelstaub aus dem Krieg und einem Kopf voller Zerrbilder von den Häuserruinen blieb ich dort stehen und zögerte, hineinzugehen. Ich glaube, eine Ahnung von Gestapo-Regenmänteln hing noch am Kleiderständer neben der Tür. Mit einem *Doch nicht vor denen da* sorgte die innere Stimme für Mut, indem sie auf die vor sich hindösenden, schwankenden Gestalten im Keller zeigte, welche herablassend und desinteressiert das Weinglas zu den geschlossenen Lippen führten und es dann lautlos auf den Tisch stellten.

Verursacher dieses beklemmenden Gefühls konnte kein anderer als Sohalt selbst sein, der mich aus seiner Unterbrechung des Satzes auf dem Zettel mitten auf der Naglergasse in die Vergangenheit entlassen hatte. Wie weit ich schon in seine Vergangenheit hineingelaufen war, wurde mir erst vor dem Glaskasten klar, als ich nicht mehr wusste, ob ich nun in einem Weinkeller oder, wie ich schon aus seinen Notizen entnommen hatte, in einem Luftschutzkeller war.

Im gelbschwachen Schein der alten Glühbirnen, die von der ziegelgemauerten, gewölbten Decke herunterhingen, hätte man beides, sowohl einen Weinkeller als auch einen Luftschutzkeller, annehmen können. Der Dunst des warmen G'selchten, das Lachen der Schankfrau oder das Gejammer der Musik konnten aber nicht darüber hinwegtäuschen, dass es sich hier wenigstens um einen früheren Luftschutzkeller handelte, denn der Muff eines Luftschutzkellers, der aus dem Bericht Sohalts über seine Frau zu riechen war, war auch hier zu verspüren. Auch die Herumsitzenden und die, die vor der Schank herumstanden, passten genau. Sie hatten, oberflächlich betrachtet, zwar mit Insassen eines Luftschutzkellers nichts gemein, sie hätten aber welche gewesen sein können. Man hätte in ihnen dieselben Leute vermuten können, die damals, nachdem die Bomben in der Irisgasse eingeschlagen waren, hierher geflüchtet waren und seitdem auf die Entwarnung warteten.

Die in sich versunkene Gestalt an dem Tisch vor der Tür, die mühsam ihre schwere Hand mit erloschener Zigarette zu mir hob und mich durch die geschwollenen Tränensäcke anglotzte, um sich dann müde, sehr müde abzuwenden, war sicher eine von ihnen. Daher konnte ich nicht einfach zu einem Tisch gehen und nach einem freien Platz fragen. Unbeholfen stand ich da, sah mich um und war unschlüssig, ob ich gehen oder bleiben sollte.

Warum ich blieb (und mich in unnötige Ausgaben stürzte), lässt sich mit meiner von der Arbeit ausgetrockneten Kehle erklären. Ich musste eine der Serviererinnen, die mit einem Tablett voll klirrender Weingläser in den Kellergängen unterwegs waren, fragen, wie ich am besten zu einem freien Tisch käme. Die Kellnerin, die ich mir ausgesucht hatte, bog nach rechts und bahnte sich mit *Vorsicht!* den Weg. Als ich ihr näher kam, rief sie: *Vorsicht, Stufe!* Eine Stufe erwartend stolperte ich auf dem festen Steinboden.

Durstig lief ich ihr nach und sah zu, wie sie hier und dort stehen blieb, Weingläser austeilte und die leeren Gläser wegräumte. Hin- und hergezerrt zwischen beschwipsten Gesichtern, Gelächter und Musik *('s muss ein Wein sein)*, kam ich dann in einen größeren Kellerraum und tat so, als würde ich nach einer bestimmten Person suchen: alle Sitzbänke und Tische waren besetzt. Ich wartete auf die Serviererin, die gerade in einer kleineren Kellernische eine Männerrunde bediente und trotz des unerträglichen Lärms, des Schweißes und des Rauches weiterhin freundlich blieb.

Sie musste sich von den rot und nass angelaufenen Männergesichtern Schmähungen gefallen lassen, wovon ich nur *Abergeh! Sowas! Naund? Mirdochwurscht! Nakumm!* und

Hörauf! Naservas! verstand. Ich blieb abseits und schaute weg, weil mir die obszönen Anspielungen auf den Körper des Serviermädchens peinlich waren. Sie blickte in meine Richtung und merkte, dass ich ihretwegen dort wartete, riss sich von der Männerrunde los und eilte zu mir. *Einen freien Tisch?* fragte sie und schob die Haarsträhnen aus dem Gesicht: *Am Freitag geht's immer zu, wissen S'?* (und überlegend) *versuchen S' 's mal da vorne, in dem Raum links!* Dort, wo sie hinzeigte, lag eine andere kleine Kellernische, in der sechs, sieben alte Damen im Chor ein Lied übten: *Brüderlein fein!*

Ich kenne mich bei Opern- und Operettenmusik nicht aus. In meinen Ohren klingt sie laut und eintönig, weshalb ich mich auch jetzt abseits hielt und nur ein- oder zweimal zu fragen versuchte, ob der kleine Tisch dort an der Ecke noch frei sei. Ich wartete, bis sie mit dem *Brüderlein fein* zu Ende waren. Auf die blaugetönten Fönfrisuren konzentriert, die mit dem Gesangsrhythmus auf- und abtauchten, verlor ich langsam die Geduld. Die Damen aber wurden allmählich auf mich aufmerksam und sangen lauter in meine Richtung: *Brüderlein fein!* Und dies nicht nur einmal, sondern so oft, dass ich glaubte, sie wollten mir damit etwas mitteilen. Sie kreischten immer lauter, bis es mir zuviel wurde und ich mich umdrehte. Ich hörte noch, wie eine etwas im Dialekt sagte, was ich nicht verstand, worauf alle anderen eine Lachsalve auf mich feuerten. Krampfadern-Geschwader war das einzig passende Schimpfwort, das ich (von einem Studienkollegen geborgt) im Talon hatte. Ich murmelte die Beleidigung halblaut in die Runde und ging hinaus.

Die gutmütige Kellnerin hatte mich, als sie mich hinausgehen sah, mit einem freundlichen: *Gibt's doch nicht!* zu beruhigen versucht. *Schaun S' da entlang, vielleicht finden S' dort was.*

Als ich im letzten Kellerraum den einzigen freien Tisch ergatterte (der ausnahmsweise mit keinem Reservierungszettel versehen war), rutschte ich auf der Sitzbank bis zur Wand hinein und schaute auf meine Hände, die, auf die Ellenbogen gestützt, leise zitterten.

Bitte, nur kein blutiger Aufschrei im Wind, ja?

Das Bild, das ich mir aus Rache ins Gedächtnis holte, wirkte beruhigend auf meine Wut: Die Aufnahme mit mehreren hässlich gebastelten Hakenkreuzabzeichen aus Karton, die schief an den Hälsen von jungen Frauen hingen – wobei ich mir die Frauen als jene alten Damen vorstellte, die mich vorhin mit ihren *Brüderlein fein* beleidigt hatten –, befriedigte mich sehr. Die Damen so auf dem Trümmerhaufen zu sehen, wie sie unter der Bewachung russischer Soldaten Ziegelsteine abputzen, während sie ihre schwarzbestrumpften Beine zur Schau stellen, war angenehm. Das verkrampfte In-die-Kamera-Lachen und ihre verschämten Blicke sollten der Lage die Peinlichkeit nehmen.

Das zweite Bild, das ich mir ins Gedächtnis rief, war eine Aufnahme, die man als Befreiungsfoto bezeichnen könnte: Die russischen Soldaten feierten vor dem Parlament, indem sie mit den Wienerinnen walzten, den großen Sieg. Das Besondere auf diesem Bild war das Gesicht eines Mädchens in der dritten Reihe von links, das ängstlich und blass in die Kamera sah, sodass man glaubte, sie habe Angst, sich das Gesicht an der aus dem Mund des Tanzpartners hängenden Zigarette zu verbrennen.

An die Mauer gelehnt und auf die Decke (mit den spinnbewebten Wasserrohren unter dem Kellergewölbe) starrend, wiederholte ich die Bilder aus dem Steinbruch. Das

Schlimmste war nicht die Wut auf die Damen, sondern die Lawine, die diese Bilder in meinem Kopf auslösten. Der Rat von Herrn Egon, ich solle doch die Fotos vergessen, klang zwar fürsorglich und gegen die Panikattacken gerichtet, aber die Bilder aus dem Granitsteinbruch waren granithart und zäh. Um davon loszukommen suchte ich das zerknüllte Papier mit der Erzählung Sohalts über seine tüchtige Frau heraus. Um den Eindruck zu erwecken, hier sitze jemand, der mit etwas anderem (wichtigerem!) beschäftigt war, tat ich so, als würde ich angestrengt lesen. Das war keine gute Idee, denn beim Lesen stieg ich zum zweiten Mal (dieses Mal tiefer als das erste Mal) in einen anderen Luftschutzkeller hinab. Die Inventarliste der Gegenstände, die von seiner Frau betreut werden mussten, war lang. Und je länger ich sie durchging, desto mehr wurden Stahlhelme, Gasmasken, Wasserkübel, Sandsäcke, Los-Koffer, nasse Matratzen (nasse Matratzen?), Luftschutzsender. Und auf einer separaten Liste über den Inhalt der LS-Koffer: Zwei Handtücher, Unterwäsche, Staubzucker (Staubzucker?), Rasierzeug für Männer … Während es passierte, war ich dabei – über den Aschenbecher gebeugt, um die Asche hinein zu schütten –, einen kalkähnlichen Rest zu betrachten, der von der abgeblätterten Decke gefallen war. Ich legte das Papier mit der Liste weg, beobachtete lange das Kalkstück auf meiner Fingerkuppe und fragte mich: Verputz oder Mörtel? Jetzt oder damals?

Von der Decke rieselte aus den Zwischenräumen mehr Kalk und Mörtel herab. Das leise Brummen und Dröhnen der Bombermotoren über uns wurde langsam hörbar. Nicht nur ich, sondern auch alle anderen waren aufmerksam geworden. Denn auf den Holzbänken wie angenagelt sitzend, schaute man leichenblass zur Decke und wartete auf das Rauschen der Bomben, fragte sich, wo sie wohl in der Sekunde landen könnten. Die Stahlhelme, aufgesetzt, die Sandsäcke aufgemacht, die LS-Koffer bereit, die Matratzen am Boden, die Gasmasken auf dem Tisch, und anstatt Schrammelmusik wiederholte ein Luftschutzsender eintönig das Gebet. Als Blechnapf und Becher zu vibrieren begannen, sah alles auf die verstaubten, leeren Weingläser, die seit Ewigkeiten dort standen. Bei dem sich nähernden Grollen schlossen alle die Augen und murmelten mit der Stimme aus dem Sender mit:

> Lieber Hitler, bitt' für uns!
> Lieber Himmler, bitt' für uns!
> Lieber Goebbels, bitt' für uns!
> Lieber Eichmann,
> lieber Göring,
> lieber Heydrich, bitt' für uns!
> Lieber ...

Und ich erlebte sie alle in ihren alten zerrissenen HJ-Hemden, BdM-Lederjacken, braunen SA- und schwarzen SS-Uniformen, Angstschweiß und Mottengeruch inbegriffen. Nach der Detonation der ersten Bombe in der Irisgasse waren die schönen Erinnerungen an die Sonnwendmärsche dahin, jeder sah die bevorstehenden Fußmärsche in den gefrorenen sibirischen Steppen. Nach jedem Einschlag flackerten mit dem gelbschwachen Licht von der Decke auch die zuckenden Augenwimpern. Aus der Nähe fragte mich die sanfte, ruhige Frauenstimme: *Hab'n S' schon bestellt?* Ich musste sie lange anschauen, um: »Einen halben Liter Riesling und eine Flasche Mineralwasser!« aussprechen zu können. Eine Zigarette lang grübelte ich noch, bis die Normalität wieder hergestellt war. Die schmeichelnde Stimme, die hereinkam und den Nachbartisch begrüßte, lenkte mich ab von Sohalt:

»*Küss die Hand, gnä' Frau. Grüß Gott, die Herrschaften. Seids ihr schon lange da? Bussi Herbert, wie geht's? Bevor ich vergiss, schöne Grüße von der Mama und der Meli Tant, gratulieren den Großeltern zur goldenen, es schüttet draußen wie …*«

Der Mann umarmte die Greisin am Tisch, zog den nassen Regenmantel aus, setzte sich hin und begann, um die Anwesenden beim Weiteressen nicht zu stören, seine angeregnete, beschlagene Brille zu putzen. Die Gesellschaft war um die sechzig, siebzig und darüber, alle nur brave, tüchtige Leute; dementsprechend kaute man langsam und vorsichtig. Jeder war auf die eigene Stelze konzentriert und nagte andächtig am Fleisch, das zäh und fett war. Man schnaufte beim Kauen schwer.

Ich sah nur anständige glückliche Menschen vor mir, die alt und jung, nachdem sie mit dem Essen fertig waren, brav den Mund abwischten und zu den Gläsern griffen. Von einem Dialektlosen, Familienlosen und allein an einem Tisch hockenden Einzelnen darf man nicht mehr erwarten. Alle waren mit den Familienangehörigen da, mit der Ehefrau, mit dem Mann, mit den Kindern, mit den Geliebten, mit den Arbeitskollegen, mit den Nachbarn, nur ich nicht. Angesichts meiner Verfassung mündete alles, was ich auch an diesem Abend sah oder dachte, im Krieg; jede harmlose Frage, jede Bemerkung, jeder Gesichtsausdruck, wurde sofort nationalsozialistisch gedeutet. Es waren manchmal winzige, ganz kleine Zeichen, die mich dazu provozierten, sie alle als durch und durch nationalsozialistisch zu sehen. Die älteren Herren am Nachbartisch hatten statt eines üblichen Trinkspruchs *Prost allerseits* immer mit *à la Votre* und einem russischen Trinkspruch (den ich leider vergessen habe) die Gläser erhoben und, bevor sie tranken, einander zugezwinkert. Was sollte dieses Zwinkern bedeuten, fragte ich mich?

War das ein Weißer G'spritzer oder ein halber Liter Riesling?

Ich sagte Riesling und räumte schnell das Blatt weg. Die Stimme war sanft und geschmeidig. Keine Frage, das Fräulein war ausgesprochen nett, sie schenkte mir ein und erwiderte dabei freundlich mein dankbares Lächeln. Sie machte einen Strich auf dem Zettel, den sie in ein leeres Glas steckte, und bemerkte leise: *Wenn S' was zum Essen bestell'n woll'n, können S' 's entweder bei mir mach'n oder nach vorne geh'n. Wie Sie woll'n!*

»Später dann, danke!« sagte ich. Sie warf einen kurzen Blick auf den Wasserring, den die verschwitzte Karaffe auf dem Tisch hinterlassen hatte, wischte ihn mit einem lauten *So!* weg, und zog mit dem Tablett weiter. Ich sah ihr nach und spülte mit dem Wasser den Mörtelstaub im Hals hinunter. Mit dem Wein ließ ich mir noch Zeit. Sanft streifte ich mit dem Daumen über den kalten Schweiß auf der Wand des Glases, und als der goldgelb schimmernde Wein im Glas sichtbar wurde, sog ich den sanften Traubengeruch, der über dem Glas stand, in mich ein. Durch den Geruch war ich gleich auf den Nussberger Höhen und bekam eine tiefe Sehnsucht, ins Persische umzuschalten. Dafür stellte ich weißes Papier und Füllfeder bereit, und das erste Wort Riesling sah dann in persischer Schrift so aus:

ریزلِنْگ

Der Rückzug in die Muttersprache war vorteilhaft. Von rechts nach links zu schreiben bedeutete eine andere Wirklichkeit. Die Welt, die von links nach rechts schreibt, war damit fort: die Bilderflut verschwand, und der Krieg und sein Zubehör ebenfalls. Was blieb, war eine langsame, ruhige und andauernde Welt, in der man aus tiefstem Herzen lacht. Ab diesem Moment war mir die Anwendung der Muttersprache als privater Luftschutzkeller zur Gewohnheit geworden. Damals hatte ich nicht ahnen können, wie wichtig sie war und wie gewappnet ich mich damit durch die bevorstehenden Kriegsmonate retten würde. Kaum war der erste geschriebene Satz auf dem Papier, schon waren die NS-Rauchwolken verschwunden.

Während des Schreibens war ich weg. So weit weg, dass ich mich wunderte, warum die Schrammelmusikanten (ein Harmonikaspieler und ein Geiger), die gerade das Programm mit der Blauen Donau beginnen wollten, diese nicht auf persischen Instrumenten spielten. Ich steckte die Füllfeder in die Tasche und kehrte wieder in die Realität zurück. Ich atmete leichter, und die Stimmung war im allgemeinen gut. Die Beschreibung des Rieslings hatte mich einiges gekostet, denn ohne Kostproben wäre dies nicht möglich gewesen, darum war bald kein Tropfen Wein mehr übrig. Und jedes Mal, wenn ich zwischendurch zu den Musikanten aufgeblickt hatte, musste ich lachen. Das Nichtaufstehen-können eines alten Mannes, der unbedingt eine Tischrede halten wollte, lenkte mich vom Schreiben ab. Seine Frau steckte ihm das aus der Hose hinausgerutschte Hemd zurecht und stützte ihn beim Aufstehen. Sein Trinkspruch war atemlos und kurz. Die Greisin putzte ihm währenddessen Mund und Lippen und trocknete ihm mit dem gleichen Taschentuch den Schweiß von der Stirn. Er war noch nicht fertig. Das Weinglas musste, um den langen Weg zum Mund heil zu überwinden, mit beiden Händen festgehalten werden. Nach dem mühsamen Schluck flüsterte er seiner Frau etwas zu, wogegen sie mit einem langgezogenen *Abergeh* protestierte. Dann schaute er herum, suchte die Musikanten und rief:

»Maurerklavier! Wo is denn des Maurerklavier?« Er meinte die Ziehharmonika, worauf die zwei Musiker, die in der Nähe lauerten, spielend zu dem Tisch kamen: *Hin, Wien, Hin* war zu verstehen. Dann flüsterte die Greisin ihrem Mann etwas ins Ohr, das dieser mit heftigem Kopfschütteln ablehnte. *Oja!* sagte sie und *Bitte!* und wieder *Oja!*, bis er den Musikanten ein Zeichen gab. Der Geiger nickte ihm zu, und alle miteinander begannen: *Es wird a Wein sein / und mia wer'n nimmer sein, 's wird schöne Maderln geb'n / und mia wer'n nimmer leb'n.*

Da ich den Dialekt nicht verstand, konnte ich dem Inhalt nicht ganz folgen. Aus seiner Kehle klang das Lied höher als die Geige. Ich registrierte, wie die dürre Greisin zu ihm aufsah. Bei *'s wird schöne Maderln geben und wir wer'n nimmer leben* bebten ihre trockenen Lippen, und sie führte das Taschentuch zu den Augen. Er zwinkerte den anderen zu und zeigte auf sie, die sich ihr Spitzentaschentuch in die Augengruben drückte. Als die letzte Strophe mit dem Knödel im Hals von allen Anwesenden mitgesungen wurde, sah ich viele Ringeltauben, die am blauen Himmel einer Insel, welche als Insel der Seligen bezeichnet wird, hin und her flogen.

Vorübergehend waren die Anwesenden in meinen Augen alle ausgesprochen nett. Dabei nahm die Servieren einen besonderen Platz ein. Das Fehlen ihrer Hand auf meiner Stirn machte sich durch einen dumpfen Kopfschmerz bemerkbar: Jedes Mal, wenn ich ihr nachsah, spürte ich jene Traurigkeit, die zuerst ameisenhaft mit Kribbeln in den Venen zu meinem Herz lief und dann langsam in den Kopf stieg. Nachdem ich mehrfach statt Wein Luft aus dem Glas geschluckt hatte, wurde mir bewusst, dass es leer war. Also bestellte ich wieder.

Mit der Frage, wie man *Sich gehen lassen* schreibt, vertrödelte ich meine Zeit und ließ mich dann gehen. Die steilen, geraden Treppen beim Hinausgehen sind mir noch in Erinnerung geblieben. Sie waren eine Gefahr. Ich war darüber froh, das Lokal treppauf und nicht treppab verlassen zu müssen.

Die Gasse grüßte mit frischem Wind. Es gibt eine Art Lachen aus Traurigkeit, das dem Weinen sehr nahe ist. Im Haarhof war ich beim Anblick von Blumenstand, Zeitungskiosk und Würstelstand, die den Krieg heil überstanden hatten, sehr erleichtert. Ich lachte zum himmelklaren Regenwind, der gewaschen, entstaubt und sauber aus dem Platz Am Hof wehte, und freute mich über die zwei, drei Regentropfen, die mir aufs Gesicht fielen.

Das müde, nächtliche Warten auf der metallenen Sitzbank an der Haltestelle 59A war eine zermürbende Geduldsprobe: Man warf einen Blick auf den Zeiger der Uhr auf dem leuchtenden Zifferblatt an der Spitze des Laternenpfahls und machte sich auf die bevorstehenden Warteminuten gefasst. Manche sahen, um die Langeweile zu umgehen, nach links, zu den Rolltreppen, nahmen das rollende Geräusch der Treppe als Zeitvertreib oder blieben gleich im Treppeneingang stehen. Andere gingen auf und ab, sahen Richtung Karlsplatz, ob der Bus in Sicht war. War er dann da, eilte man zurück, um die besseren Sitzplätze nicht den anderen zu überlassen, war er noch nicht da, schaute man ungeduldig auf die Uhr und zündete sich eine Zigarette an. Dazwischen blieb die Rolltreppe still. Sie setzte sich nur in Bewegung, wenn sie ein Passant betrat.

Normalerweise ging ich zu Saman Khan, dem Lehrer aus dem Punjab, der vor dem Eingang seinen Stammplatz hatte, und schaute ihm beim Zeitungsverkaufen zu. Wir plauderten ein wenig, und er hatte immer etwas zu erzählen. In dieser Nacht blieb ich auf der Metallbank sitzen, steckte Mund und Nase tief in den Kragen des Regenmantels und wiederholte den selbstgereimten Blödsinn: »Kalt, kalt, kalt ist die Luft. Hund, Hund, Hund ist die Nacht. Hin, hin, hin ist das Wien, dumm, dumm, dumm ist der Bus, Wind, Wind, Wind ...« bis die Brille durch den warmen Hauch des Atems beschlagen war. An diesem Abend kam noch etwas hinzu: die Umgebung sah anders aus. Die Ringstraße, die Staatsoper und die Bäume waren dieselben, das schon, aber durch das beschlagene Glas sah die Stadt wie durch einen *NS-Hauch* benebelt und sehr kalt aus. Wo war ich hier? Was tat ich hier?

Und ich vernachlässigte Saman Khan, der mit mir plaudern wollte. Ich will mich nicht entschuldigen, aber mir war kalt (das nasse Leder der Schuhe klebte auf dem Fuß), ich hatte Hunger (das Trinken auf leeren, nüchternen Magen zeigte langsam Wirkung) und das, was ich erlebte, konnte nicht nur das Produkt eines Atemhauches auf einer Brille sein.

Wohin ich blickte, die Zigarette, die ich rauchte, die Staatsoper auf der anderen Straßenseite oder meine eigenen Finger, alles hatte keine Farbe mehr, alles war plötzlich in Schwarzweiß oder in das Grau der Aufnahmen umgeschlagen. Deshalb hatte ich vergessen, den Gruß von Saman Khan richtig zu erwidern. Beleidigt drehte er sich um, hustete gekränkt in sein Taschentuch und schaute weg. Er liebte diese Stadt und gab es auch offen zu. Die ältere Dame im Persianermantel, die allabendlich mit ihrem Hund auf und ab ging, immer leicht beschwipst und schlecht geschminkt, war für ihn kein Problem, er redete mit jedem. Als er sie von der Operngasse kommen sah, nahm er gleich aus dem Zeitungsstapel ein Exemplar heraus, faltete es zusammen und eilte zu ihr. Der Rest war ein Ritual, sie sagte zuerst: *Moment, Moment!*, suchte nach langem Fingerzählen in der kleinen Geldbörse einige Münzen heraus, und drückte sie ihm dann in die Hand:

Stimmt? Ja, danke! *Wie geht's?* Danke! *Und das Geschäft?* Wetter kalt, sehr kalt. *In Wien sagt man nicht kalt, man sagt, frisch, das Wetter ist frisch.* Ja, frisch! Bitte!

Dass der stolze Khan aus dem Punjab so dankbar lächelte, sich so höflich vor den Leuten verbeugte, tat unsäglich weh, und trotzdem genügte es der alten Frau nicht, sie erwartete immer mehr, sie wollte, dass ihr Zeitungskolporteur aus dem Punjab wusste, wie nett sie zu ihm war. Sie rühmte seinen Sikh-Turban und sein orientalisches Lächeln, ob er, Saman Khan wisse, dass er mit seinem grauen Bart wie Harun al Raschid aus *Tausendundeiner Nacht* aussehe? (Woher wusste sie so genau, wie Harun al Raschid aussah?)

Als der Autobus kam, zog sie verärgert die Hundeleine an sich, und, weil sie die Trennung nicht ertragen wollte, fauchte sie ihren Hund an: »*Sitzzz!*«

Der Hund setzte sich sofort hin, schaute den Busfahrer an, der im leeren Bus einmal auf und ab ging, um den üblichen Kontrollgang an der Endstation durchzuführen, ausstieg, ein Stück vom Bus wegging und sich mit dem Rücken zu uns eine Zigarette anzündete.

Ohne Hast und ohne Eile stieg ich als erster ein, bedacht, jenen Fensterplatz zu nehmen, der beheizt und entfernt von den Türen war. Die Traurigkeit der Bilder wollte nicht enden. Das Licht im Bus war grau und machte uns zu Leichen. Ja, sagte ich mir, macht uns zu Leichen, und blickte gefühlsleer aus dem Busfenster. Ja, sie auch; so wie sie im Pelzmantel, mit durchsichtiger Plastikfolie als Kopftuch und schlecht geschminkt auf die Abfahrt des Busses wartete, war sie sogar mehr, sie war die Traurigkeit der Liebe in Wien. Und dass sie den Hund streichelte, mit der Absicht, zu verschleiern, weswegen sie dort wartete, half in diesem Fall nicht viel.

Den entschuldigenden Blick Saman Khans – er war dabei, die Zeitungsstapel zum Bus zu schleppen –, dass er sie jetzt leider verlassen müsse, belohnte sie mit dem Bahnhofsblick einer Ehefrau, welche vor dem Zugfenster ihrem Mann auf Wiedersehen sagen möchte. Was fehlte, war ein weißes Taschentuch.

Der Busfahrer stieg ein und die Türen gingen zu. Das schlecht geschminkte Gesicht, der Persianermantel und die vergeudete Liebesmüh blieben uns bis zum Bärenmühlendurchgang in Erinnerung. Dass das Leben ohne Liebe in Wien nicht so leicht war, dass es eine kalte, raue, nachtähnliche Angelegenheit war, in welcher der Wind immer sein Unwesen trieb, wussten wir alle. Dabei dachte jeder an sich und an ein lichtloses, ungeheiztes Zimmer, das seit Ewigkeiten frauenlos und leer wartete.

Zur Wiedergutmachung drehte ich mich um und grüßte Saman Khan laut, und er, der an der Haltestange in der Mitte des Busses schaukelte, nickte mit dem Kopf zurück. Er blieb auf Distanz und begnügte sich mit einem leisen *Wie geht's*. War er noch immer beleidigt? Ja, denn anstatt zu mir zu kommen und sich hinzusetzen, zog er den gelben Zeitungsanorak aus, und darunter war er der Volksschullehrer aus dem Punjab, der er immer geblieben war. Die schwarze Krawatte um den Hals sollte daran erinnern. Normalerweise kam er zu mir, hielt meine Hand fest in seinen von Druckerschwärze und Schillingmünzen schwarz gewordenen Händen und grüßte mich auf Persisch, und erzählte mir, während er mir direkt in die Augen sah, von seinem Glück, in Österreich zu sein. Einmal, als ich aus dem Busfenster hinaussah, mit dem Finger auf die Fassaden mit unzähligen dunklen Doppelfenstern deutete und erwähnte: Ich möchte nicht wissen, wie es hinter diesen Fenstern zugeht, klärte er mich auf. Die, die blau leuchten, bedeuten, dass die Leute fernsehen, und die, die gelb schimmern, bedeuten, dass die Leute noch beim Essen sind, und die dunklen Fenster bedeuten, dass sie schon schlafen.

Saman Khan liebte alle Menschen gleichermaßen und zeigte es auch. Hätte er von meinen neuesten Erfahrungen gewusst, würde er mich sofort von den positiven Seiten der Stadt überzeugen wollen. Dass die Stadt in meinen Augen tief unglücklich war und in ihrem Unglück wie ein erkalteter Ofen nach Asche roch, hätte er nicht gelten lassen. Hätte der Wind, wollte ich ihm sagen, nur für einen kleinen Moment nachgelassen, würde er (so wie ich) das leise Schluchzen aus allen Wohnungen vernehmen können. Vor zwei Wochen hatte ich ihn so nebenbei gefragt, ob er schon wisse, warum alle Häuser hier aufgrund baupolizeilicher Bestimmungen gleich hoch sein müssen? Und er tischte mir eine Fenstertheorie auf, die optimistischer nicht sein konnte: Die Verteilung der Fenster unter den Einwohnern zeige den Grad der hier herrschenden Gerechtigkeit. Er sagte, man habe die Wohnungen hier, ob Alt- oder Neubau, mit oder ohne Klo, verwahrlost oder geputzt, im Mezzanin, Parterre oder im obersten Stockwerk, gerecht und demokratisch unter den Menschen verteilt. Die vier Wände, die einem zustehen, folgen der gleichen Regel, hatte er gesagt. Als Ausländer oder Lehrling hätte man ein Anrecht auf ein Fenster (Kabinett); als jung verheiratetes Ehepaar auf zwei Fenster (Zimmer-Küche-Wohnung), für die mit einem Kind reiche eine Wohnung mit zwei Zimmern und Küche vollkommen aus. Mit jedem weiteren Kind bekomme die Familie noch ein Fenster dazu. Vor dem Ableben habe man dann eine Wohnung mit mehreren Fenstern, die aber bei fehlendem Weitergaberecht nach dem Ableben wieder unter den Wohnungssuchenden verteilt werde. Ist so etwas schlecht? Er übersah dabei, dass ich den Zeigefinger hob, um einzuwenden, dass er das Unglück und die Dopplerflaschen in den Küchenfenstern wohl vergessen habe. Saman Khan wechselte das Thema, prüfte, ob er nicht bald aussteigen müsse.

Ich beobachtete gespannt, ob er sich vor dem Aussteigen wieder mit mir vertragen würde. Er hing noch müde an der Haltestange und schaukelte mit dem Bus hin und her und sein *Khoda Hafez* blieb aus.

Nachdem er die Zeitungen abgeladen hatte, bedankte er sich beim Fahrer mit einem Händedruck, und stieg aus, ohne sich von mir zu verabschieden. Morgen wird er es vergessen haben, tröstete ich mich, und suchte mein Spiegelbild in der Scheibe.

Ich stieg aus. Das Gebäude des Brausebades im Einsiedlerpark und die umliegenden Mietskasernen deprimierten mich noch mehr. Die Trostlosigkeit, die von dem Platz und den Häusern, die ihn umgaben, ausging, war an diesem Abend besonders stark.

Das leise Tropfen auf das Laub, Nachtnebel zwischen den Bäumen und der allgemeine Herbstschmutz auf dem Gehsteig verstärkten meine Beklemmung. Vielleicht war ich mit meinen Kräften am Ende? Die Lichtröhre über der Straße, die schwach in der Mitte schaukelte, verbreitete ein pessimistisches Licht auf der Fahrbahn, die halb verrosteten Blechtafeln vor den drei kleinen Geschäftslokalen an der Kreuzung, der geflickte Asphalt in der Arbeitergasse und die zwei vergitterten Kellerfenster in der Brandmayergasse erhärteten meinen Verdacht, sie hätten damals alles mit eigenen Augen gesehen. So ähnlich wie die verrosteten Schienen der stillgelegten Linien, welche die Gassen an ihre befahrbare Vergangenheit erinnerten. Vieles war auch neu: das Reklameschild vor dem Einsiedlerbad, das sich schwach auf den dicht parkenden Autos spiegelte, oder die dunklen Gassenfenster, die jetzt aus Plastik waren. Auch die renovierten Häuserfassaden hatten nicht mehr dieselben Farben.

Die alte Geschichte, es war nicht zu übersehen, wohnte noch hier und verbreitete eine Kälte, die von der Kriegskälte nicht zu unterscheiden war. In der Brandmayergasse vor dem Haustor wurde ich nach dem Aufsperren von ein paar verlaufenen welken Blättern überrascht, die durch den Luftzug aufgeschreckt waren. Auch der Armutsgeruch des Hauses, eine Mischung aus Chinakohl und Sauerkraut, erinnerte an die Vergangenheit. ==Die abgenützten Steinstufen, das gelockerte Holzgeländer, die zwei schwarzen Klotüren am Gang und die ausgetrockneten Bassenas grüßten mit einem heiseren *Heil!*==

Um die alte Frau Ottawa (eine der alten Damen aus dem zweiten Stock, die besonders nett war) nicht aufzuwecken, ging ich auf leisen Sohlen in Richtung Wohnungstür und sperrte geräuschlos auf. Das Kabinett mit dem dunklen Hoffenster erwartete mich gar nicht: es war ungeheizt und kalt. Zuerst den Gasherd aufdrehen, und dann beim Händeaufwärmen über der blauen Gasflamme werden wir weitersehen, flüsterte ich. Ich knipste das Licht über dem Waschbecken an und schaute mürrisch in das längliche, schmale Zimmer: Seit drei Jahren lebte ich hier, und das Inventar unter der Glühbirne sah aus, als wäre ich zum ersten Mal da: Das kleine Bücherregal stand schief, die Mendelevium-Tafel (Chemie) an der Wand war vergilbt, der altdeutsche Schreibtisch war vollgeräumt und das schmale Eisenbett im letzten Drittel des Zimmers einsam. Das gesamte Mobiliar stammte, wenn nicht aus der Vorkriegs-, dann sicher aus der Kriegszeit.

Mein Blick fiel auf das gesprungene Waschbecken neben dem Gasherd. Soviel stand fest: Viele der Gegenstände hier, mit Ausnahme des Bildes meiner verstorbenen Mutter und des *Diwan* von Hafez auf dem Bücherregal, hatten mit großer Wahrscheinlichkeit das Zittern des Bombenangriffes aus der Nähe erlebt.

Ich schob den Sessel zum Gasherd und setzte mich. Die Schnürsenkel waren noch nass und das Schuhinnere roch unangenehm. Während ich die Füße aufwärmte, schaute ich den jungen Kastanienbaum vor dem Fenster im Hinterhof an, der mich als einziges Lebewesen in der Umgebung grüßte. Sonst war im Hinterhaus alles ziegelgemauert tot.

Das Stück Glas, das in der Ecke über der Wohnungstür eingemauert war, fiel mir zum Schluss ein. Der Spion (so nennt ihn Herr Gebhardt, mein Hausherr): eine schmale, rechteckige, dünne Glasplatte, die zur Feststellung der relativen Verschiebungen von Gebäudeteilen in die Mauer eingesetzt wird, hatte, und das ist nicht so ganz unwichtig, auch den Krieg unversehrt überstanden. Und ich selbst? Welche Spuren dieser Tag bei mir hinterlassen hatte, kann ich in Anbetracht meines jetzigen Zustandes schwer sagen. Eines steht fest: In jener Nacht habe ich endgültig aufgehört, in persischer Sprache zu träumen.

HEFT NR. 3

Die Bäume Wiens sind der freundlichere Teil dieser Stadt, sie sorgen für Grün und Gelassenheit, und das ist gut so, denn wären sie nicht da, wüsste ich oft nicht, an wen ich mich wenden sollte. Nehmen wir einmal die Buchen und Platanen hier, im Sanatorium, als Beispiel. Immer gut gelaunt und zu Späßen geneigt, lassen sie einem, der darunter sitzt, liest oder schreibt, ein Blatt auf den Kopf fallen und lachen.

Die verehrten Damen und Herren des Sanatoriums sind besser als ich über die Eigenheiten des Monats November informiert und wissen, dass der letzte Tag des großen Blätterfalls ein trauriger ist. Als ich am frühen Morgen (es war ein Mittwoch) an der Bushaltestelle Einsiedlerplatz auf den Bus wartete, war es, obwohl die Sonne nach fünf, sechs Tagen erstmals schien, ziemlich kalt. Während ich das Wehen des Windes in den Bäumen beobachtete (und das freundliche Kopfschütteln), kam ein Fallwind. Er nahm ihnen die Regentropfen ab, schüttelte ihnen das verstorbene Laub zu Boden, und, was besonders niederdrückte, wehte die welken Blätter so weit in die Luft, dass sie bis zur Bushaltestelle vor der Tabak-Trafik flogen und vor uns landeten. Der Wind, der dies alles anrichtete, roch nach sterbenden Buchenblättern, Moder, Moos, Fichtennadeln, nach nassem, durch Regenpfützen verschlammten Boden, kurz, er roch nach Wienerwald im Herbst.

Die Vorstellung, dass ich bald aus dieser frischen reinen Luft in einen stickigen Bus mit schlechtem Atem einsteigen würde, war abstoßend. Als der Bus mit beschlagenen Scheiben vor uns bremste, atmete ich noch einmal tief ein. Die dicke Luft im Bus – durch die sparsame Körperpflege in den kalten Monaten verursacht – wirkte in letzter Zeit aus unerklärlichen Gründen immer unangenehmer auf mich. Etwas ganz Neues, denn auch ich gehörte zu denjenigen, die das Brausebad am Einsiedlerplatz nicht öfter als einmal in der Woche benützten. Vor dem Ausgang sah ich, zwischen den Körpern eingeklemmt, zu den kleinen Busfenstern, die so konstruiert sind, dass sie immer geschlossen bleiben müssen. Ich versuchte schrittweise von dem Wein- und Knoblauchatem wegzukommen. Ich schaffte es bis zum kleinen Stehplatz am Fenster und atmete bis zum Bärenmühlendurchgang nicht durch die Nase. Es war eine große Erleichterung, als an der Endstation die Tür aufging. Die kühle, frische Luft der Ringstraße war eine Freude an diesem denkwürdigen Tag. Eine Zeitlang blieb ich an der blaubeschatteten Bushaltestelle stehen. War es nicht jammerschade, einen Tag wie diesen wieder dem Krieg zu widmen? Die Brise, die vom Karlsplatz herüberwehte, war noch vom Nachtregen ein wenig feucht.

Der Zwang der letzten zwei, drei Wochen, überall an jeder Feuermauer, in jeder Baulücke zwischen zwei Häusern und auf jeder unrenovierten Fassade Kriegsspuren zu suchen, war weg. Die Ringstraße – oder, mit Sohalts Zunge gesprochen, die prachtvolle Straße mit Denkmälern von historischer Bedeutung – war mit bewegtem, welkem Blätterschwall keine Straße mehr, sondern ein gelber Fluss.

Wären die restlichen zwei Fotos vom 10. September 1944 nicht gewesen, die ich schon seit einer Woche mit mir herumschleppte, und nicht die fällig gewordene Miete vom vorigen Monat, wäre ich gleich nach links in den nahe gelegenen Stadtpark abgebogen. So blieb ich kurz vor der Konditorei am Anfang der Operngasse stehen, um wenigstens den Zimtgeruch des frisch gebackenen Apfelstrudels und den Duft der gemahlenen Kaffeebohnen einzuatmen. Der Ring stritt ab, jemals den Krieg erlebt zu haben: Vor dem Goethe-Denkmal beim Burggarten schimmerte das Laub von Weinrot bis Ockergelb in der Sonne. Und es ging so weiter: die Baudenkmäler an der Straße glänzten weiß in der Sonne, der Himmel in hellem Blau. Zum ersten Mal sah ich kein Anzeichen irgendeines bevorstehenden Bombenangriffes in der Luft. Die kindische Freude, mit der ich durch das fliegende Laub stapfte, hielt bis zum Parlament an. Keine Frage, das Gebäude sah wie ein lebendig gewordenes Kalenderbild aus, es war daher unverständlich, wieso all das auf einmal durch ein Schwarzweißfoto mit Hakenkreuzfahne ins Schwanken kommen sollte. Bis dahin war die Welt so friedlich: Man ging über das trockene, welke Laub auf dem Gehsteig weiter, und das Laub kreischte unter den Füßen. Auf Höhe der Babenbergerstraße kreisten die Blätter um sich, dass ich glaubte, auf einem Fluss zu rudern. Die Straße wurde zum zweiten Mal durch einen heftigen Windstoß gelb gefärbt, und als ich vor der roten Ampel zur Seite blickte, sah ich eine Straßenbahn, mehrere Autos, zwei Fiaker und drei Radfahrer am Radweg neben mir vor dem Zebrastreifen stehen.

Die Fiakerpferde wieherten laut und die Straßenbahn klingelte heftig. Das war, bevor ich die Kurve erreichte. Danach legte sich der Wind, so wie es im November dieser Stadt eigentümlich ist, und in dieser Luftstille wurde, kurz bevor ich das Parlamentsgebäude erreichte, aus der Straße des wilden Blätterfalls und des Kreisverkehrs eine stille Straße der Geschichte.

Es begann mit einem Schwarzweißfoto, auf dem die zwei Fahnenmasten vor dem Parlament (links und rechts des Brunnens) mit zwei Hakenkreuzfahnen zu sehen waren. Unglaublich, was eine einzige Aufnahme alles auslösen kann. Ich ging niedergedrückt zur Haltestelle, um dort auf der Sitzbank in Ruhe eine Zigarette zu rauchen. Ich beobachtete die weiße Säulenreihe vor dem Gebäude. In der Sonne, die grell auf die Parlamentsrampe schien, sah ich andere Bilder nachrücken: die Bilderflut wollte nicht mehr aufhören. Die Strecke zwischen der Bellaria und dem rechten Trakt des Parlamentsgebäudes (mit den Säulenreihen im Hintergrund) ist kaum mehr als zweihundert Schritte lang; doch was dort nicht alles vorgefallen war! Während ich rauchend dort saß und von der Haltestelle aus den Straßenabschnitt beobachtete, näherte sich von der rechten Seite ein marschierender Zug (Gefolgschaft irgendeiner NS-Bezirksorganisation) mit zum Hitlergruß erhobenem Arm. *Wiener erwacht, gebt Hitler Macht* stand auf einem roten Spruchband, das mitgetragen wurde; *Volk zu Volk, Blut zu Blut* auf einem anderen Transparent. Nach der Großaufnahme einer Wehrmachtsparade vor dem Führer (im März 1938) stand ich auf, um den Rest der farbigen Herbststimmung vor dem grauschwarzen Himmel der Schwarzweißfotos zu retten. Mein Fluchtort Volksgarten, gleich nebenan, taugte mit seinen Rosenstöcken, die in den Jutesäcken steckten, auch nicht. Ein kurzer Blick durch den Gartenzaun, und die Bilder waren wieder da: Goebbels, der mit einem Blumenstrauß in der Hand inmitten seiner Gefolgschaft grinsend zur Parlamentsrampe eilte. Die Vorliebe der Fotografierten, sich gerade vor diesen Säulenreihen verewigen zu lassen, war enorm, musste wohl mit dem Bau zu tun haben, dessen Säulen Ewigkeit prophezeiten. Eine andere Art von Kundgebung tauchte dort auf. Die finsteren Gesichter im Fackellicht verhießen nichts Gutes. Auf dem weißen Transparent stand *Rot-weiß-rot, bis in den Tod, Vaterländische Front!* Es gab auch Bilder, die den Fotografierten nicht angenehm waren: die vor der Straßenbiegung aufgenommenen Fotos, auf denen eine von Polizeipferden verjagte Menschenmasse im Feuerrauch zu sehen war. Ein verbranntes Haus im Hintergrund. Oder das Bild der Eisenbahner vor der Parkanlage, wo das Republikdenkmal im Nebel stand, darunter: 12. Februar 1934. Aus dem Bild war die Februarkälte zu spüren, und die kleine Gruppe trug dunkelblaue Uniformen mit einem Spruchband darauf: Nie wieder Krieg! Ein trauriges Spiel an der selben Stelle, das alle Kalenderbilder der Ringstraße wegsäbelte.

Das letzte Foto der Ringstraße war vom Kaiser-Jubiläums-Huldigungs-Feldzug. Es versöhnte den schönen Herbst wieder mit der Straße. Ich ging dem Bild vom Kaiser-Jubiläums-Huldigungs-Feldzug nach, und die Straße war wieder jene, die von Herrn Sohalt so geschätzt wurde: ruhig, schön, prachtvoll und kaiserlich. Um zum Schottentor zu kommen, wo das Dreimäderlhaus (mit den reichen Dekorationen im Zopfstil, wie Herr Sohalt schrieb) zu bearbeiten war, nahm ich die Abkürzung durch den Park. Als ich am Schottentor ankam und die Arbeit aufnahm, war die Welt wieder in Ordnung.

Ich packte vor dem Haus, in dem Beethoven einmal gewohnt hatte, die Fotos aus und besserte die Adresse auf dem Zettel von Schottenbastei, wie er fälschlicherweise schrieb, in Mölker-Steig aus. Auch die Adresse Schreyvogelgasse 10, wo das zweistöckige Dreimäderlhaus stand, musste verändert werden. Zudem änderte ich noch die Bezeichnung »schwer getroffen« in das weniger übertriebene »beschädigt« um.

Bis dahin ging alles gut, die Aufnahmen machten bis auf die zwei, drei Berichtigungen keine Probleme. Bevor ich zum beschädigten Pasqualatihaus ging, um die Wohnung des berühmten Komponisten mit den Fotos zu vergleichen (das Haus lag gleich um die Ecke), sah ich zu den Baumkronen der Ringstraße. Auf der Höhe der gepflasterten Bastei ruhte Altwien, die Stadt, in der die sonnige stille Luft seit dem vorigen Jahrhundert stehen geblieben war. Von oben, über die Brüstung nach unten gebeugt betrachtet, sah die fröhliche Ringstraße sehr gemütlich aus. Von irgendwo klimperte ein Klavier aus einem Fenster, das nasse Pflaster rauchte in der Sonne, und die zwei, drei Touristen, die das Beethovenhaus fotografierten, waren bemüht, leise zu sein.

Als ich mich umdrehte, um den Touristen zu folgen (sie zeigten auf die Fenster von Beethovens Wohnung), begann die hohe Brandmauer gegenüber Schwierigkeiten zu machen. Ein Bild, das ich einmal in einem Buch gesehen und schnell weggeschoben hatte, tauchte unerwartet, und zwar als Schatten eines unklaren Geschehens auf der weißen Mauer auf. Während die Gestalten auf dem ursprünglichen Foto (die Aufnahme stammte aus Mauthausen) die Stiegen hinaufkletterten, stiegen sie jetzt in meiner Vorstellung in der selben schwarzgrau gestreiften Häftlingsuniform von der Brandmauer ab. Das Foto vom Steinbruch Wiener Graben (Todesstiege) zeigte unzählige Häftlinge mit groben Granitblöcken auf den Schultern zu einem Hügel hinaufklettern, während sie auf der Mauer in Beethovens Nachbarschaft abstiegen. Ich packte die Fotos ein und dachte, weg vom Pasqualatihaus und vom Mölker-Steig. Als ich auf den grün umzäumten Weg zum Liebenberg-Denkmal wollte, sah ich, dass die Gestalten mit mir in die Ringstraße wollten.

In der Mitte der Fahrbahn trennten wir uns. Während ich zur Universitätsstraße nach rechts abbog, marschierten die KZ-Überlebenden zum Parlamentsgebäude, um auf einem Nachkriegsfoto dabei zu sein.

Die Aufregung von Frau Dr. Loberdeck in der Therapiestunde begann mit meiner kurzen Äußerung über das Wesen der Ringstraße. Sie ist zwar eine der nettesten Straßen der Welt, aber sehr belastet. Ich erklärte, dass diese Straße, meiner Meinung nach, sofort abgesperrt, umgeleitet oder gar abgeschafft werden müsste, und wollte begründen, warum. Die Überlegung, dass es sogar vernünftiger wäre, das Parlamentsgebäude von der jetzigen Stelle zu verlegen, kam später. Doktor Loberdeck wollte zuerst wissen, was diese Straße von anderen in der Welt unterscheide, und als ich sagte, keine der Straßen in der Welt würde im Laufe einer so kurzen Zeit so abstoßend wirken, war sie sichtlich betrübt. Ich fügte noch hinzu: Es wäre vielleicht überlegenswert, sich zu fragen, warum eine Straße zuerst unter einem angenehmen Himmel strahle und dann nach und nach derartig trüb werde, dass Schritt für Schritt das Gelbgrün der Blätter, das Weinrot des Laubs usw. in einem schließlich grauenvollen Grau endeten. Das Gebäude, sagte ich, mit der Säulenreihe, dem Brunnen und der Rampe sei ein Ungeheuer. Das Ungeheuer, wiederholte sie. Das Hohe Haus, ein Ungeheuer?

Verzweifelt schaute ich mich im Zimmer um und suchte nach dem Bild in der Nähe des Bücherregals an der Wand, und sagte: So wie der da, auf dem Bild. Sie schaute hin und murmelte: das Bild sei von August Walla, einem Patienten aus Gugging.

Ich stand auf, ging zu dem Bild und zeigte ihr die Details: Über dem Kopf der Figur stand in Großbuchstaben EWIGKEITENDEPOLIZIST. Eine Spur tiefer stand in kleineren Buchstaben *Waldheimpolizist, ÖVP!* Und beim zweiten Ungeheuer rechts ein Kreuz, darauf DDSG! Die Glieder des zweiten Ungeheuers trugen ein Hakenkreuz, auf seiner Jacke stand ÖVP, KPÖ, auf dem Hosenbein: *Adolfe, Adolli* mit Rufzeichen, und überall ein offenes Messer und eine Gartenschere dabei.

Ich rede nicht von Massengräbern und KZs. Mein bisheriges Bild von der Stadt war nicht unangenehm. Aber ein paar Fotos, und das Schöne war weg, als ob es nie da gewesen wäre. Abscheu wäre zuviel, sagte ich, Sie sollten aber als Ärztin besser wissen, dass es Eindrücke gibt, die, einmal entstanden, nie mehr verschwinden wollen. Mit den Alleebäumen der Ringstraße war es nicht anders, sie waren nach diesem Vormittag nicht mehr das, was sie einmal waren: die schattigen Ruhespender der unglücklichen Zeiten. Der Abschied von den Ansichtskarten und Kalenderbildern wurde mir aber erst bewusst, als ich nach der Vorlesung in der Mensa war.

Ich wollte unbedingt dort essen, weil das sonnige Dach des Neuen Institutsgebäudes warm war. Im Dunkeln des Paternosters, der langsam hinauffratterte, freute ich mich auf die Sonne oben, kalkulierte wie üblich, was ich mir mit den knappen Geldmitteln Warmes leisten könnte. Die günstigste Variante war wie immer eine Portion Pommes frites mit Ketchup. Als ich vor dem Glaskasten auf die Pommes frites wartete, dachte ich an die Arbeit (also das Geld), und wie ich schneller damit vorankommen könnte. Die Menge der Fotos, die ich zu bearbeiten hatte, nahm im Monat Oktober ständig ab, und das Geld, das ich mir davon erhoffte, ebenfalls. Wegen der Terrasse waren alle überlaut, sie warteten ungeduldig und wollten nur, da die Plätze auf der Terrasse beschränkt waren, schnell hinaus, um in der Sonne essen zu können. Jeder drängte mit seinem Tablett hinaus, um auf der sonnigen Seite einen Platz zu finden. Ich wollte aber irgendwo sitzen, wo ich das »Oktoberheft« von Herrn Sohalt in Ruhe durchblättern konnte. Nicht, weil ich so neugierig darauf war, sondern weil ich wissen wollte, was ich demnächst zu erledigen hätte und wie viel damit zu verdienen war. Ich stellte den bescheidenen Teller mit den braungerösteten Pommes frites auf einen Tisch, an dem gerade ein Platz frei wurde, zog den Regenmantel aus und begann, während alle anderen das Gesicht mit geschlossenen Augen zur Sonne hielten, in dem Heft zu blättern.

Während ich blätterte und die schlanken Pommes frites in Ketchup tauchte und in den Mund steckte, fand ich jene Stelle, die ich am ersten Tag Herrn Sohalt zur Probe vorgelesen hatte. Erstaunlich, was sich inzwischen in meinem Kopf geändert hatte: Nicht im einzelnen, sondern in der Summe wusste ich mehr über die Stadt und den Krieg als jeder andere Fremde hier.

Zwei, drei Seiten gelesen, und die lauten Stimmen in der Umgebung waren weg. Obwohl mir vieles inzwischen vertraut war, gab es noch Erscheinungen, wie die Eintragung über das Gaupresseamt, von denen ich keine Ahnung hatte. Das Wort WUWA darin hörte sich an wie Hundegebell aus dem Mund eines Kindes. Diese Eintragung (5. November 1944) begann mit den Veränderungen in der Siebensterngasse. Herr Sohalt schrieb: »Stiftskaserne im Garnisonalarm. Alle Kasernen sind gesperrt, Heimschläferbewilligung aufgehoben, daher die große Aufregung in der Stiftgasse. Durch eine vertrauliche Information aus dem Gaupresseamt weiß ich, dass jede Erwähnung der Frage Atomzertrümmerung und des Uranzerfalles in den Zeitungsartikeln untersagt ist. Steht uns eine Wende, ein Durchbruch bevor? Tagesbericht von …« (und nach einem durchgestrichenen Satz) »… an der Nachrichtensperre sehen viele Leute einen Zusammenhang mit der WUWA, auch der allgemeine Garnisonalarm ist nicht ohne. Seitdem sind die Straßen im VII. leerer geworden. Eine Flut von Gerüchten kursiert in Wien, niemand weiß den wahren Grund. Andererseits das allgemeine Gefühl: certus an, incertus quando! Alle beharren auf dem Glauben an ein Wunder durch die Wunderwaffe.«

Also WUWA war Wunderwaffe, aber warum musste der Satz dazwischen durchgestrichen werden? Ich folgte den langen, schwarzen Strichen, um etwas herauslesen zu können. Wozu? Manche Stellen hatte ich ein zweites Mal lesen müssen, um zu verstehen, worum es ging. Ich rätselte vor und nach einem durchgestrichenen Satz, ging abermals der vermuteten Bedeutung nach, fragte mich, was ursprünglich dort gestanden hatte. Die schwarzen Striche reizten mich immer mehr. Um den Wurm, der dort versteckt war, herauszulocken, schrieb ich oft den Satz im Kopf um, mehrfach, so dass sich der Sinn des Satzes veränderte. Ich vermutete immer mehr dahinter, als dort war, um dadurch eine Vorstellung davon zu bekommen. Nach der einen oder anderen Vermutung drehte ich den Sessel zur Sonne, schloss die Augen, und die Wirkung war beachtenswert: Hinter dem blutroten Licht meiner Augenlider sah ich die Stiftskaserne und den Flakturm wieder. Die Leute gingen emsig in der Kaserne ein und aus, und Herr Sohalt, fünfzig Jahre jünger, saß am Tisch seines Wohnzimmers und notierte Beobachtungen in dem Heft.

Ab und zu blickte ich von der Dachterrasse nach unten und sah die Stadt unter der Herbstsonne schlummern wie ein Bild aus einer alten Fotosammlung: vergilbt, oxidiert, zerbrechlich, verstaubt und voller brauner Flecken.

Am Sonntag, dem 1. Oktober 1944, notierte er: »Der Dauerkrach durch die Detonationen, die bei der Sprengung von getroffenen Häusern entstehen, versetzte uns dauernd in Angst. Der Krieg (zwei Sätze durchgestrichen). Trotz der Erwartung schlimmerer Zeiten will niemand die Hoffnung auf einen Sieg (wieder durchgestrichen) aufgeben.

Heute, herbstlich kühl, +8 Grad, alles in der Erwartung eines Angriffes, weil a) der Himmel wolkenlos ist, und b) Flugzettel, die seitens der (durchgestrichen) ihn angekündigt haben, diese Ankündigung nur noch wahrscheinlicher machen. Von morgen früh an laufen alle nervös umher, als ob es jede Sekunde losgehen könnte. Wieweit der (durchgestrichen) vorstoßen würde, möchte keiner wissen. Alle hamstern nur und keiner geht ohne den Rucksack hinaus. Jeder ist immer zum Beschaffen (egal was) unterwegs, auch ich habe gestern 10 Kilo Kartoffeln nach Hause geschleppt. Das Dunkel, während ich in den VII. unterwegs war, deckte die hässlichen Bombenschäden gnädig zu, alle Straßen trotz des Kehrens glitzern im Nachtdunkel von Glassplittern, es knirscht unter jedem Tritt ...«

So leicht, wie es mir heute vorkommt, war es nicht. Zuerst einmal war da die unlesbare Schrift, dazu noch diese schwarzen Striche, mit denen er manche unerfreulich gewordenen Stellen gegenüber dem einzigen Leser dieser Hefte unleserlich machen wollte.

Die Sache mit der Atomzertrümmerung und dem Uran-

Zerfall klang als einzige wie von heute, alles andere aber war Geschichte. Und vielleicht gerade deshalb brannte ich vor Neugier, hinter seinen damaligen NS-Alltag zu schauen. Ich habe mich, wie jeder andere, gefragt, was haben sich die Leute gedacht, was haben sie gefühlt und sich erträumt? Und in keinem Buch las man Genaueres darüber. Zum Beispiel über sein damaliges Sehnen, was WUWA betraf. Es stimmte traurig, womit man Leute wie Sohalt bis zum Endsieg auf Trab hielt, sie fanatisierte. Dass er Angst hatte, dass Wien das gleiche passiert wie Warschau, las ich gern.

Dann kam es zu einer unerquicklichen Überraschung, die das in den Text gesetzte Vertrauen enttäuschte. Wie ein Blitzschlag kam die Erinnerung an die überklebte Titelseite des Heftes. Ich machte die Augen auf, blickte über die Dächer und blätterte zurück zum Anfang, bis zum Vorsatzblatt, wo ein Gedicht, mit der Maschine getippt und über die Seite geklebt, als Vorwort gedacht war:

>»Allein, was nottut und was Gott gefällt,
>der klare Blick, der off'ne, richt'ge Sinn,
>da tritt der Österreicher hin vor jeden,
>denkt sich sein Teil und lässt den andren reden!«
>*Grillparzer*

Und mit der Füllfeder weiter:
(Aus dem Trauerspiel: *König Ottokars Glück und Ende*)

Ich hielt die überklebte Heftseite gegen die Sonne, um den Text, der möglicherweise darunter war, zu entziffern. Aus beiden Schriften übereinander wurde ein unlesbares Durcheinander. Ich nahm das Messer vom Tisch und schob es vorsichtig zwischen die beiden zusammengeklebten Seiten.

Es war wieder ein Gedicht, aber dieses Mal mit Feder geschrieben:

> »Führer von Gottes Gnaden erkoren,
> Retter des deutschen Volkes zu sein!
> Selig die Mutter, die dich geboren!
> Dank noch in ihren Hügel hinein!
> Als du hilflos im Arm ihr gelegen,
> als sie dich drückte an ihre Brust,
> hat sie von deinen irdischen Wegen
> in die Unsterblichkeit nichts gewusst!«

Dank noch in ihren Hügel hinein?
 Ich legte das Heft neben den schmutzigen Teller. Das Bild des alten, freundlichen Herrn, der müde und gebrechlich aus dem Fenster sah, um den unheilbaren Kriegswunden der Stadt nachzutrauen, begann zu wackeln. Man hat mich oft gefragt, ob ich nach dieser offensichtlichen Fälschung versucht habe, ihn zur Rede zu stellen. Hätten diejenigen, die mich fragten, jemals versucht, die eigenen Eltern nach ihrer Mitgliedschaft in der NSDAP zu fragen, dann dürften sie dasselbe von mir erwarten.
 Natürlich war ich von der neuen Erkenntnis schockiert. Die Sonne in der gemütlichen Stille der Dachterrasse der Mensa hatte begonnen, wie die auf dem Foto vom Steinbruch Wiener Graben, die Lügen des Herrn Sohalt aufzudecken. Dann wurde ich beim Lesen vorsichtiger. Ich vermutete vor allem dort, wo ein Satz mit dickem Stift unleserlich gemacht worden war, immer eine fragwürdige Ausflucht. Mehr noch, in meinen Augen war er nicht mehr der alte österreichische Patriot, sondern ein Altnazi. Ich suchte daher nur noch die Stellen, die von ihm unleserlich gemacht

worden waren. Dort erwartete ich ein verstecktes Geheimnis, eine fingierte Geschichte, eine vertuschte Tatsache. Daraus wurde bald so etwas wie ein Versteckspiel, so dass ich mit mir wettete, ob ich wieder hinter den schwarz durchgestrichenen Sätzen etwas finden würde.

»Montag, den 2. Oktober 1944. Es ist eine anonyme Anzeige von (durchgestrichen) beim WBK eingelaufen, mit dem Inhalt, warum Josef Sohalt weiterhin im HStOLSt sitzt, statt an der Front zu sein. Ich könnte jeder Zeit, wie es bei Hangleitner (Walter) der Fall gewesen ist und mit Hilfe (durchgestrichen) durch die Sichtungskommission als Kv. bedingt I zur Abstellung gemeldet werden. WBK hat mir den Brief kommentarlos übergeben und (durchgestrichen).«

Eine solche Passage brauchte er wirklich nicht zu demolieren. Sie war ohnedies nicht verständlich. Dass WBK Wehrbezirkskommando hieß und kv. kriegsverwendungsfähig bedeutete, hatte ich nach mühevollem Suchen in mehreren Abkürzungsverzeichnissen herausgefunden. Bedingt I hieß höchster Tauglichkeitsgrad, nämlich überall und für jede Verwendung tauglich, hatte er mir erklärt. Also nichts!

Er meinte nur, dass er durch manche Intrigen beinahe an die Ostfront abkommandiert worden wäre, dies aber mit Schlauheit und List hatte verhindern können. Warum sollte er dann trotzdem eine solche Passage unleserlich machen? Ich legte das Heft weg und dachte, die Eintragungen würden ohnehin einmal (im Falle seines Ablebens) alleine den Weg zum Papiercontainer (im Lichthof) gehen müssen. Denn wer außer mir würde in den verstaubten Erinnerungen eines Herrn Sohalt lesen wollen?

Ich hätte längst im Labor sein müssen, und wäre nicht die angenehme Brise auf der Dachterrasse gewesen, wäre ich aufgestanden. Aber die Sonne war ergiebig, und ich blieb noch gerne dort sitzen. Dass ich im Heft weiterblätterte, war ein Vorwand, um länger dort bleiben zu können. Ich hätte es besser lassen sollen, denn was ich dann zu Gesicht bekam, begründete wohl, warum er diese oder andere Stellen durchgestrichen hatte.

»… bei meinem Vater (Tabak-Trafik gegenüber vom Haus), wollte die bestellten Zigaretten abholen und nebenbei erfahren, was er über den gestrigen Aufruf zum Volkssturm im Völkischen Beobachter sagt. Hinter mir kam Frank herein, und ohne Begrüßung sagte er: Sohalt, heut nacht kannst du ruhig schlafen, denn Padaureck ist samt Kind und Kegel (weggestrichen) in (ebenfalls weggestrichen) endgelöst worden. Vater schaute zu mir und meinte, dass er dies gar nicht nötig habe, um ruhigen Gewissens schlafen zu können. Das Geschäft sei von der Frau rechtmäßig erworben worden und er habe sich diesbezüglich nichts vorzuwerfen. Frank sagte zynisch, ob er sich erinnere, dass er für den Kaufvertrag für das Geschäft 100 Reichsmark bezahlt habe, obwohl er gewusst habe, dass der Kaufpreis um ein Vielfaches höher gestanden war? Vater sagte (durchgestrichen), hätte er das Geschäft nicht übernommen, würde jetzt ein anderer dort stehen. Er sei auch nicht einverstanden gewesen, dass die von der Gruppe Siebenstern die alte Frau noch nach der Übergabe (durchgestrichen) so auf Knien den ganzen Gehsteig vorm Geschäft (unleserlich) haben reinigen lassen. Frank war … (bis Ende der Eintragung durchgestrichen).«

Ich las die Eintragung noch einmal und verstand trotz der Streichungen, unter welchen Umständen die Frau Padaureck (Franziska) das Tabak-Geschäft in der Siebensterngasse 9 hatte aufgeben müssen.

Es gab noch mehrere solche Passagen im Heft, die mehr oder weniger verräterisch waren. Mir ging es aber darum, Frau Doktor Loberdeck zu sagen, warum auf der Dachterrasse etwas anders war als am Vormittag. Am Vormittag war das Ungeheuer ein Haus und eine Straße. Am Nachmittag setzte sich *Nas-nas* (der unsichtbare Affe) auf meiner Schulter fest und kam nicht mehr herunter. Die Siebensterngasse war die Stadt, und die Luft dieser Stadt war voller Staub der Geschichte. Seit dem Nachmittag sah ich überall Bilder vom Steinbruch vor mir, auf dem die ausgehungerten Gestalten schwere Granitblöcke auf den Schultern hin und her schleppten.

Wien sah danach anders aus, verstaubt – und daran konnte nicht einmal ein gesegneter Wind aus dem Wienerwald etwas ändern.

HEFT NR. 4

Die Welt der Siebensterngasse bestand aus einem schmalen Himmel, einigen grauen Tauben, einer Gasse mit einer Kaserne (mit einem Flakturm), einer Kirche, der Stiftskirche, einer Apotheke, einigen Geschäftslokalen sowie zwei, drei kleineren, engen Nebengassen, die alle gepflastert, von alten Häusern beschattet, selten einen Sonnenstrahl erleben. Diese Häuser, sagte ich, beherbergten hauptsächlich Rentnerinnen und Rentner, die, gebrechlich oder krank, nur selten aus dem Haus gingen; harmlose Leute, die nie lachten, immer einen Einkaufswagen hinter sich her schleppten und jedes Mal, bevor sie die Fahrbahn überquerten, mehrmals nach Straßenbahn oder Autos Ausschau hielten.

Manchmal blieb einer von ihnen aus unerfindlichen Gründen vor der Apotheke stehen, wollte nicht weiter, erstarrte auf einem glattpolierten Pflaster, zuckte auf einmal zusammen, als wäre eine Milchflasche vor seinen Füßen zerschellt.

Die Fotos, auf denen die Pflastersteine immer unten lagen: unter den Panzerketten der Fahrzeuge, den Stiefeln der marschierenden Standarte, den Hufen der russischen Lastgäule und so fort, als Kopfsteinpflaster, Granitwürfel, Gehsteigkanten und Treppenstufen zwar namenlos und wenig beachtet, aber als Zeitzeugen und Erinnerungsauslöser unbestechlich.

Überall, sowohl im Hof der Kaserne als auch davor, um und vor der Stiftskirche und in den umliegenden Häusern und Gassen waren sie gegenwärtig. Eines Tages, als ich in der Stiftskirche war, um zu sehen, wie das Gotteshaus von innen ausschaut, war ich einigermaßen schockiert. Es war ganz finster, und ich musste lange warten, bis ich auf den Marmorplatten an den Wänden, wo die Kerzen brannten, Buchstaben entziffern konnte. Im Unterschied zu den anderen Steinsorten in der Siebensterngasse trugen diese hier alle Namen. Gedenksteine für die Gefallenen der Weltkriege bedeckten die Wände von oben bis unten, alles nach militärischen Rängen geordnet: Generäle und Majore oben, Gefreite und Landser unten. Wenn in Wien die Straßen aufgerissen werden, die Straßenbahnschienen freigelegt oder für die Verlegung neuer Telefon-, Gas- und Wasserleitungen die Gehsteige aufgegraben werden, kommen die alten Pflastersteine zum Vorschein. Obschon alle in den Maßen gleich (vierkantig), ist jeder von ihnen von der Farbe und der Qualität der Oberfläche her, von den schiefen Hammerschlägen und gebrochenen Kanten her anders geraten. Würde man sie nicht als Masse, sondern als handgefertigte Einzelstücke sehen, wäre es auch möglich, viel über das Vergangene in der Gasse zu erfahren.

Über die Steinbrüche Wiener Graben und Bettelberg, die vor dem Krieg als Herstellungsort der Pflastersteine für Wien bekannt wurden, weiß ich nicht genug, es gab und gibt Gerüchte, flüsterleise Pflastergerüchte. Geht man eine leere, verlassene Gasse oder Straße entlang und hört man außer den eigenen Schritten einen unbestimmbaren Lärm, wo weit und breit keine Passanten in der Nähe sind, sollte man in Betracht ziehen, dass die Steine uns vielleicht etwas sagen wollen. Nicht nur die Kopfsteinpflaster der Gassen und Gehsteige; auch andere, scheinbar sprachlose Gegenstände wie die Hauseingänge, Bäume und leeren Ladenfenster können uns etwas zuflüstern. Im letzten Sommer ging ich einmal an einem Sonntagmorgen früh nach draußen, um aus dem Automaten Zigaretten zu holen. Der Einsiedlerpark schlief noch, und der Spielplatz war leer. Ich hatte auf einmal Lust, mich auf die Schaukel zu setzen und die erste Zigarette zu rauchen. Dabei zuzuschauen, wie der Morgenwind die verschlafenen Bäume aufweckt, ist immer eine Freude. Was mich aber an dem Tag schockierte, waren die Kinderstimmen und Schreie, die mit dem plötzlichen Wehen der Bäume von der Rutschbahn her laut wurden.

Mit dem Flüstern der Pflastersteine war es ein wenig anders. Die Sprache der Steine war nicht deutlich genug. Es gab auf jeden Fall viele Verständigungsprobleme zwischen uns. Ich sah oft hin, und die Steine sagten etwas, und in dem, was sie sagten, obwohl es so leise war, steckten die weisen Worte meines Wegweisers und Meisters Scheich Fridealdin-e-Attar aus Neischapur. Er sagte: »Ich sah am Weg einen Stein, auf dem geschrieben stand: ›Dreh und lies!‹ Ich drehte und las. Dort stand: ›Wenn du nicht handelst, wovon du eine Ahnung hast, warum verlangst du nach dem, was du nicht weißt?‹«

Ich sagte zu mir: das Gras wächst, der Regen fällt und die Steine flüstern, also, dreh und lies! Ich hatte die Steine oft gewendet, lesen habe ich sie aber nicht können. Am schwierigsten war es an einem Novembertag in der Siebensterngasse. Herrn Sohalts Hinweis: »Volkssturm bei der Gruppe Siebenstern in der Neubaugasse 25, Donnerstag, dem 12. November. Siehe das Foto von der Litfasssäule!« sagte mir nicht viel. Ich beschloss, dorthin zu fahren und gleich vor dem Haus Nr. 25 zu beginnen. Ich hatte schon oft ein Foto auf diese Art lokalisiert. Ich betrachtete das Bild: Auf dem Foto war nur eine Litfasssäule. »Kampf bis zum Sieg«, »Sieg um jeden Preis«, und ähnliches stand auf den Plakaten. Keinerlei Hinweis, wo. Im Heft stand nur: »Donnerstag, dem 12. bei der Ortsgruppe Siebenstern in der Neubaugasse 25. Meldung zum Volkssturm! Sammelstelle Mondscheingasse.« Also fuhr ich mit dem 13A dorthin und stieg um 14 Uhr in der Neubaugasse – eine schmale Einkaufsstraße mit dichtem Verkehr – sehr ungern aus. Das Wetter war ziemlich unfreundlich: gefrorener Regen im Nebel, in den Schaufenstern brannte schon überall Licht, als wäre es bereits Abend.

Nach dem Heft in meiner Hand sollte Herr Sohalt um acht Uhr früh in der kleinen, krummen Mondscheingasse/Ecke Zollergasse zu der Sammelstelle für die Rekruten Siebenstern kommen. Ich bog von der Neubaugasse in die schmale, verlassene Mondscheingasse und ging in das warme Postamt, um nicht in der Kälte auf die Rekruten warten zu müssen.

Vom Schreibpult im Postamt sah ich die Sammelstelle vor dem vergitterten Fenster, musste nur warten, bis der Inhalt der Eintragung vom 12. November 1944 im herabsinkenden Nebel Realität wurde. Bald darauf tauchten die Rekruten, die zur Sammelstelle kamen, auf. Im Heft stand: »Seitens Blockwart hieß es, man habe sich pünktlich bei der Ortsgruppe Siebenstern an der Ecke Zollergasse/Mondscheingasse einzufinden, als ich kam, wurde ich in die dritte Reihe platziert.«

Ich sah auf, und schon standen sie da und, um sich warm zu halten, stampften sie mit den Füßen auf das Pflaster. Es war nicht leicht, aus einem fünfzig, sechzig Rekruten zählenden Zug verschiedener Altersstufen einen hermetisch aussehenden Militärzug zu machen. Sohalt musste zuerst rechts außen stehen, und dann in die Mitte des Zuges einrücken. Er sah schmunzelnd zu, wie die Dickeren und Älteren sich nach hinten, ans Ende des Zuges, die jüngeren nach vorne stellen mussten. Die unterernährten Kellner vom Restaurant Schömer und die Arbeiter der Tischlerei Ribana und vor allem der alte Schneider von der Damenschneiderei sollten in der Mitte der Abteilung versteckt werden. Die Zugführer gingen in den im kalten Morgenregen nass gewordenen braunen Uniformen hastig auf und ab, sie schrien nervös, um den Zug in Ordnung zu bringen. Herr Sohalt hingegen stand ruhig unter den mageren Rekruten dicht am Vorbau, drückte sich an die Mauer und schaute zu, wie der Zugführer sich vorne hinstellte und, selbst militärisch ungeschult, mit dem falschen Kommando: *Abteilung Marsch* mit dem falschen Fuß losschreitend die Rekruten verunsicherte. Bis der Marschbefehl kam, blieb ich im Postamt und schaute aus dem warmen Raum den kriegsmüden Rekruten im strömenden Regen zu. Man sah vor sich hin und dachte besorgt an die Folgen der bevorstehenden Eidesleistung auf dem Rathausplatz. Als der Zug sich bewegte, eilte ich hinaus, um ihn nicht zu verpassen. Ich schaute auf der Suche nach der Litfasssäule bis zur Gabelung, wo entlang der 49er Straßenbahnschienen die Siebensterngasse anfängt, und betrachtete stets auch die Pflastersteine.

Während ich mich vorsichtig an die Stelle im Heft herantastete, um die Schattengeschichte und die Luftgestalten nicht zu verscheuchen, verglich ich das Foto mit der Umgebung, und als wir in die Siebensterngasse (Julikämpfer wurde in der Eintragung durchgestrichen) einbogen, hielten die Häuser beiderseits im Zeichen des Volkssturmes den Atem an.

Der Zug sollte über die Breite Gasse, Burggasse, Bellariastraße zur Lastenstraße den Hitlerplatz (den jetzigen Rathausplatz) erreichen.

Ob eine der zwei Litfasssäulen vor der Kaserne gemeint war? Das einstöckige Haus der Turnhalle (Nr. 11) war, samt einer langen Werbetafel entlang der Mauer, Ribana – Moderne Lackmöbel, Reform Wohnküche, Möbelhaus Weiss, wieder da. An der Stelle der jetzigen Kunstgalerie stand die heruntergekommene Tabak-Trafik von Herrn Sohalts Vater und daneben eine Damenschneiderei: *Maß Werkstätte für Moderne Damen Garderoben.* Die Schneidergehilfinnen streckten, als *wir* vorbeizogen, alle den rechten Arm zum Hitlergruß. Das Pflaster war überall das alte, aber wo war die gesuchte Litfasssäule?

Die Angabe im Heft: »Bis wir uns in T-Form zum Ring und in den Zufahrtstraßen zum Rathaus vor der Ehrentribüne (vor dem Burgtheater) aufstellen, dauert es lang« stimmte mit den Gegebenheiten überein. »Zum Glück hört der Regen auf und es wird klar. Das Rot der Hakenkreuzfahnen leuchtet ganz schön grell. Nur der große Sandhaufen im Park stört das Bild. Danach beim Präsentiermarsch wird alles still. Um 8.15 Uhr: Schirach und Schubert (nicht der Komponist, sondern der kommandierende General im Wehrkreis XVII) treffen ein. Bei der Eidesleistung wird die Eidesformel per Lautsprecher angesagt. Mit dem Schwurfinger nach oben wiederholen wir: Ich schwöre bei Gott diesen heiligen Eid, dass ich dem Führer des Deutschen Reiches und Volkes, Adolf Hitler, dem Obersten Befehlshaber der Wehrmacht, unbedingten Gehorsam leisten und als tapferer Soldat bereit sein will, jederzeit für diesen Eid mein Leben einzusetzen.«

Ich schlug das Heft zu, legte das Foto von der Litfasssäule zu den nicht lokalisierten Bildern und ging ziemlich abgekämpft und durchgefroren vom Hitlerplatz weg. Ich kehrte über den benebelten Schmerlingplatz zur Siebensterngasse zurück.

Wenn der gefrorene Nebel in Wien einem um das Gesicht weht, weiß man, der Winter steht vor der Tür. Die Kälte auf der Straße wurde langsam unerträglich, und der Ärger über die nicht lokalisierte Litfasssäule mit Volkssturmplakaten kam noch hinzu. Nachdem die Zigarette zu Ende geraucht war, ging ich in die U-Bahnstation Volkstheater, um von einer Telefonzelle aus Herrn Sohalt anzurufen. Der Physiotherapeut sei noch da, sagte er, er brauche noch eine gute halbe Stunde. Ob ich nicht lieber morgen kommen solle. Nein, nein, morgen gehe es bei ihm nicht, leider. In einer halben Stunde! Und er legte auf. Ich schaute auf die Uhr, packte die Hefte, Papiere und Fotos wieder aus und begann die vorhandenen Fotos von der Siebensterngasse zu studieren.

Das Foto von der Gedenkfeier in der Siebensterngasse (Juli 1938), das mir gleich darauf so viel Ärger verursachte, lag schon bei den Aufnahmen vom Volkssturm. Ich fuhr mit dem Foto in der Hand die Rolltreppe (Ausgang Burggasse-Volkstheater) hinauf. Die zwei langen Fahnenschleifen mit Hakenkreuz, die vom Balkon des Theaters herunterhingen und sich im Wind und Regen bauschten, hätten mich nicht überrascht. Ich dachte, es gehöre zu dem Stück. Auch Deutsch als Beiwort zum Volkstheater wäre nicht sonderlich aufgefallen. Die Brise aber, die von den Hofstallungen kam, war zum Unterschied von vor einer Stunde lauwarm.

Ich ging zur Seite, um den zwei Offizieren in SS-Uniform beim Betreten des Theaters nicht im Weg zu stehen.

Als ich weiter gehen wollte, kam ein anderer mit einem Gestapo-Ledermantel heraus. Ein paar Schritte weiter – zwischen der Straßenbahnhaltestelle und dem Würstelstand – bemerkte ich wieder einen in Wehrmachtsuniform. An der Höhe der Museumstraße blieb ich dann vor dem Metallwarengeschäft (an der Ecke Burggasse/Museumstraße) stehen und beobachtete eine Weile im Spiegelbild der Scheibe die Straße. Die Mischung der Gestalten mit der Ausstattung im Schaufenster ergab ein anderes Bild: In der Mitte des blutroten Stoffes in der Auslage, wo die übliche schwarze Geometrie des Hakenkreuzes aus dem weißen Kreis stach, gingen durch die Schraubenschlüssel, Schraubenzieher und Zahnräder um ein goldgerahmtes Hitlerbild die Köpfe hinein und hinaus. Nicht mehr so lasch, missmutig und müde, wie ich es bis jetzt von ihnen gewohnt war, sondern resch, zackig, laut, streitsüchtig und auf eine aufgekratzte Art munter. Als ich die Burggasse überqueren wollte, kreischte die Straßenbahn von oben (von der Breite Gasse) in die Burggasse hinein und brachte einen Juliplatzregen mit. Die Straßenbahn war mit Fahnen und Tannenzweigen geschmückt, und der Straßenbahnfahrer ging anders als sonst mit den schlagenden Glocken sehr hart um. Er wollte uns mit seiner sandstreuenden Bremse abschrecken. Bei der Abfahrt klingelte er, drehte voll die Kurbel, indem er den Lenkarm mit dem runden Kopf zu sich zog, um siegessicher davonzufahren. In der Breite Gasse kündigte mit dem nassen Sommerregen im Wind der erste Trommeldonner den Beginn des Zapfenstreiches in der Siebensterngasse an. Und die Musikkapelle, die sich näherte, spielte die Hymne: Die Himmel rühmen der Ewigen Ehre!

Etwa fünfzig Schritte weiter, ungefähr auf der Höhe der Spittelberggasse (wo das Pflaster nicht ganz mit Asphalt zugedeckt ist), war das Weiterkommen kaum mehr möglich: Sowohl auf dem linken als auch auf dem rechten Gehsteig war die Straße bis in die Mitte der Fahrbahn voll mit Menschen. Der Fotograf in Uniform, der sich vor den Marschierenden positionieren wollte (man sieht es auf dem Foto im Vordergrund), wurde oft bei der Arbeit behindert.

Die Pflastersteine der Fahrbahn sahen mit mir nach oben zu den Fenstern und staunten: Alle standen offen und waren mit ausgerollten Fahnen geschmückt.

Und die Bewohner in den Fenstern? Sie schauten sicher nicht aus Neugier heraus, denn neugierig würde man hinausschauen, wenn aus der Gasse jemand *Hilfe!* schreit, eine Scheibe zerbricht oder ein Auto auf einen Gegenstand aufprallt. (Oder wenn ein Nachbar abgeholt wird?)

Die entblößten Frauenarme, die zum Hitlergruß aus den Fenstern herausragten, um die marschierende SS zu begrüßen – wobei sie, sagen wir, die Oberkörper lustvoll über die hinausgerollte Fahne drückten –, waren mehr als eindeutig.

Die Schneiderinnen der *Moderne Damen Garderoben* verteidigten die Front ihrer Schneiderei, indem sie die unbekannten Gesichter von ihrem Geschäftslokal wegdrängten. Auch Sohalts Vater erlaubte nur Bekannten, vor seiner Tabak-Trafik zu stehen. Mir blieb ein winziger Platz zwischen beiden Geschäften, und ich wurde fest gegen eine mit Fahnen geschmückte Säule gedrückt. Die Hände, die sich wie ein Wald weißer Äste zur Fahrbahn streckten, versperrten jede Sicht. Und so wartete alles gespannt und schwer atmend auf den Beginn des Aufmarsches der Standarte. Vor dem Auszug der Fahnen reihten sich viele von der Gruppe Siebenstern im Spalier auf beiden Seiten der Fahrbahn und standen stramm. Im plötzlichen Schweigen hörte man die Regentropfen auf den Schirmmützen und den Dächern.

Die Gedenkrede, die abgehalten wurde, klang schrill: Die hingerichteten Helden der 89. Standarte, die am 25. Juli 1934 ihre Befreiungsaktion gegen Dollfuß von hier gestartet hatten und in ihrem heldenhaften Kampf die Bahnen der nationalsozialistischen Volkserhebung in Österreich ermöglichten, verdienten es als Julikämpfer 38 heute in der Umbenennung der Siebensterngasse in Straße der Julikämpfer verewigt zu werden. Die Gasse zerplatzte vor einem unbändigen *Sieg! Heil!* Denn eine Straße werden zu dürfen, kam selten vor. Nur die Pflastersteine blieben stumm. Mit dem Beginn des Trauermarsches wurde wieder alles still. Danach hörte der Regen auf und die Gasse wartete auf den beginnenden Erinnerungsmarsch. Ich aber – immer noch hinter dem Wald der Hände eingesperrt – wollte hinüber zu Nr. 16a, denn Herr Sohalt wartete auf mich. Wenn ich hinüber laufen wollte, musste ich mich beeilen, denn die Fahrbahn blieb nicht lange begehbar und leer. Es würde schon genügen, wenn der Tod, der in Schutzstaffeluniform in der Mitte der Gasse stand und Zigaretten rauchte, kurz wegschauen würde. Aber der mit dem Totenkopf auf der Mütze, mit dem Totenkopf am Ringfinger und dem Totenkopf auf dem Degengriff wartete nur darauf, die eigenen glänzenden Stiefel auf irgendeinem lebensunwerten Kopf auszuprobieren. Während ich zögerte, rückte die Marschkolonne mit Trommelschlag von der Stiftgasse heran, blieb kurz vor der Kreuzung stehen und wartete auf den nächsten Kommandobefehl. Bis zum nächsten in die Luft geschmetterten Befehl blieben mir einige Sekunden. Jetzt!

Bevor der Trommeldonner einsetzte, rannte ich den Händen entgegen, die ohne Speer, aber so, als ob sie einen halten würden, auf mich gerichtet waren. Aber der Gemeinschaftskörper bäumte sich plötzlich wie eine Mauer vor mir auf und wollte mich nicht hineinlassen. Den hängenden Ehrendegen hatte ich im Rücken, die Standarte, die mit den Stiefeln die Lücke auf der Fahrbahn füllte, näherte sich. Also wohin? Ich sah nach oben: Die schwarze Wolkendecke hing noch regenschwanger über der Siebensterngasse. Die Pflastersteine meinten, ich solle mich bücken und auf dem Boden bleiben. Da griff eine starke Hand von hinten nach meinem Regenmantelkragen, hob mich hoch und drückte mich gewaltsam in die Mauer des Gemeinschaftskörpers hinein. Dort am Gehsteig lag ich dann lange am Boden, und von diesem Boden her, von dort, wo ich auf den Knien lag, witterte man aus den sauber gewaschenen Pflastersteinen Gewaltgeruch.

Dann war *Heil!* wieder *Heil!* und nochmals *Heil!* zu hören. Eine zweite Hand half mir, auf die Beine zu kommen, worauf ich mich gezwungen sah, wie alle anderen am Straßenrand zu stehen und dem Zug, der in Fünferreihen an uns vorbeizog, die Parade abzunehmen. Wie versteinert stand ich da und sah den Marschierenden zu. Das war das Ende des Volkssturmes.

Im Stiegenhaus, wo die Wendeltreppe zum Keller führt, stellte ich die Tasche hin, zog den nass gewordenen Regenmantel aus und setzte mich darauf. Ich hätte mir gewünscht, dass das Ganglicht sich eine Zeitlang nicht einschalten würde. Außer einem schwachen Rauschen einer Klosettspülung von oben hörte man nichts.

Beim Hinaufgehen hustete ich oft, und im vorletzten Stock musste ich kurz meinen Kopf aus dem Gangfenster hinausstrecken, um ein wenig Luft zu holen. Im tiefen, grauen Lichthof, wo die Müllcontainer stehen, wimmelte es von Fragen.

Oben machte mir, statt eines Angehörigen der Schutzstaffel, der alte, gebrechliche Herr Sohalt auf. Er stand, gestützt auf seinem Gehstock, vor mir und fragte besorgt: »Wie sehen Sie denn aus!«

Und man muss sagen, wenn er wollte, konnte er auf eine großväterlicher Art nett und freundlich sein. Ohne seinen üblichen scharfen Ton fragte er mich besorgt, ob ich mir nicht das Gesicht und die Hände waschen wollte und zeigte auf den Spiegel über dem Waschbecken.

Mein Spiegelbild sah elend aus: Beim Schweißabwischen mit meinen schwarz gewordenen Fingern hatte ich mir das Gesicht beschmiert. Der Regenmantel war verschlammt, die Hosenbeine auch. Herr Sohalt reichte mir besorgt ein sauberes Handtuch und zeigte auf die Seife. Zuerst den Kopf abtrocknen, meinte er, damit Sie keine Erkältung bekommen. Ich nickte dankend und legte den Regenmantel ab. Als ich meine Hände unter den kalten Wasserstrahl hielt, kehrte die Ruhe wieder zurück. Dabei sah ich den alten Rasierpinsel mit dem nassen Pinselhaar auf der Marmorplatte an, daneben das alte, rostige Rasiermesser mit dem weißen Elfenbeingriff und neben der steinernen Seifenschale ein Stück Alaunstein und das Zahnputzglas. Dieses menschliche Zeug, alles so sauber und ordentlich dort angereiht, versöhnte mich wieder mit ihm und seiner Vergangenheit.

Die drei Handtucharten, die getrennt von einander neben dem Waschbecken hingen (Geschirr-, Hand- und Badetuch) erinnerten mich an häusliche Gewohnheiten meiner Mutter. Ich starrte auf zwei eingerahmte Gravuren neben der Kloschüssel: ein Kupferstich zeigte den Michaelerplatz mit Kirche (im Jahre 1783), ein zweiter eine Jungfrau, die von einem Ritter vor dem Drachen gerettet wird. Beim Haartrocknen betrachtete ich den Schirmständer, der in der

Ecke stand, den Schuhkasten, Kühlschrank und Gasherd, und kehrte wieder zu der beklemmenden Realität in der Wohnung zurück.

Ein Tee tut uns jetzt gut, sagte er, und verließ das Wohnzimmer. Die übliche Prozedur, wie Herr Sohalt mit umständlichem Gläsergeklirr im Vorraum, der seine Küche war, das Teewasser aufstellte, wirkte beruhigend auf mich. Ich atmete tief ein, schaute mich im Zimmer um und sah, wie der Flügel und der Fernsehapparat die Lüge mit der Wahrheit vermischten. Das Fenster stand offen und die Luft, die hereinkam, war trotz der Gespenster in der Siebensterngasse frisch und sauber. Draußen im Dunkeln regnete es noch stark, und die Regenluft roch nach Zitronenschale, Hustensaft und Winter in Wien.

Die Entspannung hielt leider nicht lange an. Nach dem Vorfall an diesem Nachmittag sah alles in der Küche und im Wohnzimmer verändert aus. Vieles war nicht vergangen. Die Standuhr neben der steirischen Kredenz zum Beispiel. Wie konnte ein Pedant wie Herr Sohalt, der die Ordnung und die Genauigkeit mit großen Buchstaben schrieb, auf diese Art und Weise nachlässig sein? Jedes Mal, wenn ich dort war, schaute er nach, ob die Uhr aufgezogen war, ob sie pendelte, tickte und das, was diese Art Uhren besonders gut können, klangvoll schlug. Nichts! Warum wohl?

Der starre Zeiger erinnerte an die unzähligen Uhren des Uhrengeschäftes in der Breite Gasse am Nachmittag, die alle ohne Ausnahme auf der gleichen Ziffer, nämlich 3, stehen geblieben waren. Bestand zwischen der stehen gebliebenen Standuhr in der Wohnung und den Uhren des Uhrgeschäftes in der Breite Gasse ein Zusammenhang? Zwei oder drei Monate später habe ich abgebildet in einem Buch noch eine Uhr gesehen, die auf derselben Ziffer eingeschlafen war: die

Bahnhofsuhr im KZ Treblinka. Nur war diese nicht echt, sondern gemalt und, wie alles andere in diesem Bahnhof, eine Attrappe, um die Deportierten zu beruhigen.

Warum waren alle Uhren zu einer bestimmten Stunde stehen geblieben? Eine Uhr, die nicht mehr tickt, so denke ich, ist von jeglicher Verantwortung freigesprochen. Eine solche Uhr zeigt nur, wann die Zeit stehen geblieben ist, sie tickt nicht, sie geht nicht weiter, die Uhren schlafen, die Zeit auch.

Müde packte ich die erledigten Fotos langsam aus und nahm dabei jene zwei Fotos heraus, die ich am Nachmittag irrtümlich zu den restlichen Volkssturm-Fotos gezählt hatte. Die Aufnahmen, die wie die von der Litfasssäule nicht zu lokalisieren waren, mussten unter den Fotos vom Gedenkmarsch für die gefallenen Julikämpfer (ich betrachtete das Geschehen irrtümlich als Auftakt zum Volkssturm in der Siebensterngasse) versteckt werden. Es gab eine andere, eine zweite Aufnahme aus der Zeit, die auch in der Siebensterngasse aufgenommen war: Sie zeigte die Turnhalle bei der Schmückung der Fassaden mit Fahnen und Nadelbaumzweigen. Sollte sie unten oder oben liegen?

Als Herr Sohalt hereinkam, zögerte er kurz, er wusste nicht, wo er die Teekanne hinstellen sollte. Ich nahm ihm das Tablett aus der Hand und stellte es zwischen die Fotos auf den Tisch. Er betrachtete die zehn, fünfzehn Aufnahmen und sagte: »Habedere!«

Beim Eingießen des Tees erwähnte ich beiläufig die strenge Arbeit am Nachmittag und bezeichnete die Fotos als die vom Volkssturm. Ich murmelte, es habe nur mit dem Foto der Litfasssäule Probleme gegeben, aber sonst sei alles glatt gegangen. »Volkssturm?« Er sah zu den beiden Fotos und sagte: »Die sind nicht vom Volkssturm.« Er habe das

Foto vor dem Beginn des Gedenkmarsches für die gefallenen Julikämpfer vor der Turnhalle gemacht, im Jahr 1938, der Volkssturm kam viel später, 1944. Er grinste und zeigte mit zittrigem Finger auf die Köpfe der losmarschierenden Schutzstaffel, deren Angehörige gerade dabei waren, ihr rechtes Bein mit dem schwarzen Stiefel hochzuheben. Er zeigte mir das Foto und sagte, ob ich mich gefragt habe, warum die fünf Köpfe in der ersten Reihe von eins bis fünf nummeriert waren. Er drehte das Bild triumphierend um, und las: »Der Erinnerungsmarsch der Julikämpfer, 89. SS-Standarte, Juli 1938. 1. SS-Sturmbannführer Fridolin Glas. 2. Rudolf Weidenhammer 3. Otto Gustav Wächter 4. (kräftig durchgestrichen) 5. Paul Hudl, am 5. April 39 in Stubenbastei 12/17, als er mittels eines Seiles von einem Fenster über den Lichthof die oben erwähnte Wohnung erreichen wollte, abgestürzt und tödlich verunglückt.«

Und er?

»Karl Frank«, sagte er »von der SA.«

Und ganz hinten der fünfte Mann von links?

Er warf einen zögernden Blick auf das Foto und murmelte, er könne ihn ohne Leselupe nicht erkennen. Bei diesem Kopf war nicht das Gesicht, sondern nur die Nummer darüber durchgestrichen: Er beobachtete die Gesichter, legte die Lupe weg: »Ich glaube, das is *a Illegaler*, später Kreisbeauftragter vom Rassenpolitischen Amt, irgendwo an den Gaugrenzen in Niederdonau.«

Ich nahm das Foto aus seiner Hand und betrachtete die Menschen, die ohne Schirmmütze und in braunen Hemden mit schwarzen Krawatten in der Gasse marschierten. Auf dem linken Ärmel trugen sie Armbinden mit dem Hakenkreuz.

Man muss sagen, schweigen konnte er. Ich wärmte meine

durchgefrorenen Finger an der Tasse und zählte die Wassertropfen im Waschbecken. Er saß da und drückte mit dem Zeigefinger auf seine Rasurwunde am Kinn und war bemüht, das Zeitungsstück an der Wunde zu befestigen. Ich dachte, wenn er weiterhin daran herumspielte, würde er das blutbeschmierte Zeitungsstück von der Wunde trennen. Die Ruhe im Zimmer tat gut, wie soll ich sagen, es war so familiär. Als die Wunde sich öffnete, sah er mich verdutzt an, als wäre ich daran schuld. Er schaute dann auf das blutbeschmierte Papierschnitzel auf seiner Fingerkuppe und versuchte vergeblich, es wieder zu installieren. Anstatt das Blut zum Stocken zu bringen, beschmierte er das ganze Kinn damit. Ich schaute die Bilder an. Nach einer Weile entschuldigte er sich leise und suchte den Gehstock neben dem Sofa, um aufstehen zu können. Er wolle sicher zum Alaunstein, um das Blut zu binden, dachte ich, und wollte ihm helfen. Die Art, wie er dies schroff ablehnte, zeigte, dass er sauer war. Vielleicht weil er vermutete, dass ich nur wegen des Geldes noch dort saß. Das ärgerte ihn jedes Mal. Als er zurückkam, sagte er, obwohl ihm klar sein musste, dass ich nur schnell weg wollte: »Ich habe was für Sie.« Ich dachte, er meine vielleicht das Geld. Er ging aber zum Flügel, suchte unter den Notenheften ein Heft heraus und sagte: »Da ist es!« Dann machte er den Flügel auf. Er setzte sich auf den Hocker, hob den Deckel hoch und stellte das Notenheft auf das Notenbrett. Er stimmte mit ein, zwei Takten die eigene Stimme, hüstelte verlegen und sagte: »Volkssturm-Lied?« Ich wusste nicht, was ich darauf sagen sollte. »Bitteschön, da haben Sie es im Original. Aber nur, wenn Sie mitschreiben! Sie bekommen es nicht umsonst.«

Und, als ich zögerte, sagte er: »Das wollen wir, ja, nicht wahr?«

Die Stimme, die aus der großen, schwarzen und durch Zahnprothesen vergitterten Mundgrube herauskam, ging im Klavierklang verloren. Ich sah jedes Mal am Ende der Strophe *Es zittern die morschen Knochen* auf den Gehstock, der stellvertretend für das kranke Bein auf den Parkettboden klopfte, und schrieb geduldig mit.

> Es zittern die morschen Knochen
> (*Bum! Bum!*)
> Der Welt vor dem großen Krieg.
> (*Bum! Bum!*)
> Wir haben den Schrecken gebrochen
> Für uns war's ein großer Sieg.
> Wir werden weitermarrrrschieren,
> Wenn alles in Scherben fällt.
> Denn heute gehört uns Deuuuuutschlaaand
> Und morgen die ganze Welt.

Als er mir nachher den blauen Umschlag überreichte, nickte ich ihm höflichkeitshalber zu und verabschiedete mich schnell. Im Treppenhaus zählte ich den Inhalt des Umschlages nach und merkte, dass er anstatt der ausgemachten Zweitausendvierhundertschilling nur Fünfzehnhundertschilling enthielt.
Bum! Bum!

HEFT NR. 5

Die Kriegsmonate Dezember und Jänner 1996/97 waren, mit einigem Abstand betrachtet, genauso kalt, hart und erbarmungslos wie die Wintermonate im Jahr 1944. Ich sehe heute noch jene drei Bilder vor mir, durch die ich Kälte und Härte verinnerlicht habe. Das erste Bild: ein großformatiges Schwarzweißfoto von einem Güterwaggon, der eingeschneit auf einem Abstellgleis verlassen und vergessen worden war. Das zweite: meine mit Eisblumen bedeckte Fensterscheibe in der Brandmayergasse, die den Einblick in den zugefrorenen Hinterhof verwehrte. Und das dritte: eine mit Raureif bedeckte Stadt, die nebelgrau unter den Schneemassen schlummert.

Was mir von den zwei erwähnten Monaten in Erinnerung geblieben ist, wirkt noch heute winterlich kalt, schauerlich kalt. Der eiskalte Wasserhahn am Waschbecken zählt genauso dazu wie alle gefrorenen Türgriffe, die ich damals ohne Handschuhe kaum anfassen konnte.

Der einzige warme Fleck auf dieser graukalten Erinnerungsfläche war Frau Ottawa, die alte Nachbarin in meinem Stock, eine freundliche und großzügige Person. Immer gut gelaunt und zu Witzen aufgelegt, machte sie stets den Eindruck, mit ihrem Leben zufrieden zu sein. Sie wirkte so, als wäre sie mit den Trauerweiden und anderen Bäumen der Stadt verwandt. Unter den Damen in meinem Stock war sie eine Ausnahme: Während die anderen (ich habe sie damals, da sie sich immer an der Bassena trafen, Bassena-Damen genannt) mich mit feindseligen Blicken bis zur Zimmertür begleiteten, erwiderte sie als einzige meinen Gutenabendgruß freundlich. Sie achtete auch darauf, dass ich im Haus nicht so sehr ins Gerede kam. Sie hatte mir gleich zu Beginn, als ich dort eingezogen war, geraten, beim Kochen das Fenster offen zu lassen. Und dies mit einer solchen Zutraulichkeit, dass ich es nie vergessen werde. Als ich sie unten, vor den Postkästchen, begrüßte, nahm sie mich beiseite und flüsterte mir zu: »Junger Mann! Womit würzen Sie eigentlich Ihre Speisen, dass sie so exotisch riechen?« Mit der gleichen Vertrautheit flüsterte ich zurück, dass mir das Schweinskotelett auf österreichische Art nicht schmecke. Und dass ich das Fleisch, indem ich es mit ein wenig in Salz gemahlenem Safran, Curcuma und Paprika würze, in Geruch und Geschmack zu verwirren versuche. Ob ich denn wüsste, dass die Hausparteien mich nicht riechen könnten und beim Hausherrn Beschwerde einlegen wollten? Nein, davon wusste ich nichts. Wenn ich nicht auf meine Gewürze verzichten könne, meinte sie, müsse ich beim Kochen das Fenster offen lassen und die Wohnungstür unten mit einem Lappen dicht machen, damit ich meine Ruhe hätte, flüsterte sie. Dafür hatte ich ihr später mein Rezept für Basmatireis verraten, als sie wissen wollte, wie man ihn persisch zubereitet, damit er nicht matschig wird und duftet. Halbgekocht absieben, dann langsam auf kleiner Flamme in Butter dünsten.

Sie hatte mich auch davor gewarnt, mir durch die übermäßige Anwendung von Wasser am mitbenützten Klo am Gang Feinde im Stockwerk zu machen, und ich sollte das Licht dort nicht länger als nötig brennen lassen.

Ich habe für sie, wenn sie sich nicht wohl fühlte oder einfach faul war, hin und wieder kleinere Besorgungen gemacht. Wenn sie das Essiggurkenglas nicht aufmachen konnte, klopfte sie bei mir an: »Junger Mann, da habe ich wieder eine Bitte an Sie!« Aber eine richtige Freundschaft zwischen uns begann, als ich sie auf dem Luegerplatz so verzweifelt weinen sah (oder glaubte, sie dort gesehen zu haben.) Es ging so weit, dass ich regelrecht gekränkt war, wenn sie nicht öfter bei mir anklopfte, um mich zu bitten, für sie einkaufen zu gehen.

Ich habe sie auch erst dann so richtig kennen gelernt. Vorher war sie für mich eine der vielen alten verwitweten Rentnerinnen der Stadt, die leise, kaum sichtbar und oft mutlos in den Parks Tauben füttern, oder, nachdem sie mit feucht geröteten Augen die Kirche verlassen haben, im Bus und in der Straßenbahn zu den einzelnen Fensterplätzen drängen, immer Selbstgespräche führend. Warum sie ein wenig fremdenscheu und lärmempfindlich sind, sich manchmal wegen der Überzahl fremder Kinder in den Parks aufregen, ihre Nähe meiden und über sie schimpfen, begriff ich erst, als ich Frau Ottawa während der Arbeit an den Fotos vom Luegerplatz dort sah.

An diesem Morgen – ich hätte den Zeitpunkt fast verschlafen – eilte ich ohne zu frühstücken aus dem Haus und bereute es bald, nichts gegessen zu haben, denn der Tag war von Glatteis und Schneeregen geprägt. Es hatte nicht einmal unter Null Grad, aber die Luft war so eisig, dass ich trotz Pullover, Schal und zugeknöpftem Regenmantel fror.

Im Bus und in der Straßenbahn überflog ich schnell die Notizen, um mich bei den Fotos besser auszukennen. Als ich vor dem Stadtpark ausstieg, standen schon die Häuser um den Luegerplatz in Rauch, manche brannten bereits; die Leute liefen mit Dampfwolken vor dem Mund hin und her und die Feuerwehr und LS-Wache waren zur Stelle. Somit hatte ich es nicht schwer, gleich zu beginnen. Am Stubenring heulte der Schneesturm, man musste aufpassen, die durch den Sturmwind von oben und aus den Bombenruinen herausgerissenen Blechfetzen, Dachziegel und Bretter nicht auf den Kopf zu bekommen. Die Fenster bei einem Windsturm wie diesem nur mit Pappe zu vermachen, nützte kaum. Ich sah hinauf zu den Fenstern, die mit Pappe vermacht sein sollten, und damit beschäftigt zu begreifen, was Herr Sohalt mit Pappe und vermachen sagen wollte, stolperte ich über einen Steinblock auf dem Gehsteig. Herr Sohalt schrieb: »Die erste Aufnahme von der Wollzeile, ganz im Rauch von den brennenden Häusern. Die Halle des Hagenbundes ist schon hin, davon nur ein leeres Gerippe übrig, sonst Rauch aus allen Fenstern: alle Scheiben herausgeblasen.«

Vorsichtig kletterte ich über die herunterhängenden Leitungskabel, die über zwei umgekippten Straßenbahnwaggons lagen, den anderen folgend, und, da die blockierte Fahrbahn gatschig war, musste ich aufpassen, mir Schuhe und Hosen nicht im braunen Dreck schmutzig zu machen. »Die kleinen Steinfiguren um das Denkmal waren beschädigt, standen aber dennoch, das Lueger-Denkmal war gar nicht getroffen, obwohl der Platz, durch mehrere Bomben in Brand geschossen, wie die umliegenden Gassen, im Rauch stand.« Es war schwierig, auf den unterbelichteten Fotos die Häuser zu finden, denn die Augen brannten im Qualm. Auf dem Zettel stand: »Das neue Wohnhaus von Tante Mili (Haus Nr. 42) steht ohne Dachstuhl da, ihr Stockwerk ist nicht mehr vorhanden.

Die Tochter (die berühmte Burg-Schauspielerin: Heidemarie S.) ist schon benachrichtigt, ist aber noch nicht da.

Nur sie hätte die Tante vom Gehsteig des einsturzgefährdeten Hauses wegbringen können ...« Mit dem Rücken zum Café Prückel, von der Ecke Biberstraße aus, versuchte ich die alte Frau unter den Ausgebombten ausfindig zu machen. Leicht war das nicht, denn die enge Gasse zwischen Schulerstraße und Wollzeile war rauchschwarz, viele Fassaden beiderseits waren vom Dachboden bis zum Erdgeschoss zertrümmert. Ich ignorierte die Stimme: »Weg! Die Straße räumen! Blindgänger!« Ich verharrte vor dem Kaffeehaus, sah weiter zu, wie die Leute von der Fahrbahn flüchteten und rußigschwarz über Schutthaufen, Glassplitter und verstreuten Hausrat kletterten.

Nur Tante Mili nicht, sie hockte vor einem Biedermeiertisch, hielt eines der abgebrochenen Beine in der Hand, starrte zu einem Bündel weißer Bettwäsche, das nicht mehr weiß war, und weinte, wie nur alte Frauen weinen können, leise vor sich hin. Und sie war, wie sie dort im Dreck saß, keine andere als meine Nachbarin, Frau Ottawa. Die Straße um sie herum glich einem in die Luft gesprengten Flohmarkt: Vorhänge lagen schneenass herum, verschmutzte Teppiche, zerfetzte Plüschmöbel, aufgeschlagene Koffer, zerbrochene Klavierdeckel waren nicht mehr zu retten. Die nass gewordenen Nippes aller Art standen neben den Familienfotos im Matsch, und solange nicht klar war, was wem gehörte, mussten sie dort liegen gelassen werden. Das Wohnzimmer mit den nackten Tapeten, in das jeder hineinschauen konnte, war kein Privatraum mehr, jeder hätte die alte Babywäsche, die Familienalben, den Kanadier-Sessel vom armen Papa, seine Pfeifensammlung, die Postkarten aus Karlsbad und Marienbad nehmen und einfach weggehen können. Tante Mili konnte all das nicht so einfach dort liegen lassen. In der Falkestraße schaute ich abermals zurück, ob ich mich nicht geirrt hatte. Als ich an der Ecke Biberstraße vor dem zerstörten Haus stand und in den Zetteln wühlte, um sicher zu sein, legte sich die Aufregung. Die Brände wurden gelöscht, die Häuser standen wieder alle, mit Ausnahme der Halle des Hagenbundes, wie vorher da. Das Lueger-Denkmal auch.

Durchgefroren und müde in der Brandmayergasse angekommen, legte ich mich gleich ins Bett, dachte an meinen Vater, fragte mich, ob ich nicht einen zweiten Brief an ihn schreiben sollte, schlief dabei ein, träumte von meiner verstorbenen Mutter und war im Traum schockiert, sie ständig vorwurfsvoll im Wiener Dialekt »Sohn! Deinetwegen bin i so desperat!« sagen zu hören. Als ich nach ein paar Stunden aufwachte, war – warum es verschweigen? – das nicht bezogene Kopfkissen nass, tränennass.

Ich setzte mich auf, versuchte einen zweiten Brief an meinen Vater zu schreiben, blieb aber beim *Pedare Asisam* (Lieber Vater!) hängen. Das leere Blatt sah mich vorwurfsvoll an, als würde der Brief nur des Geldes wegen geschrieben werden. Nach mehrmaligem *Pedare Asisam* verzichtete ich schließlich darauf, ihm zu schreiben.

Mit dem Vater ging es seit langem nicht mehr gut. Vor kurzem schrieb er: »Herr Ardi!« (Wir sind nämlich per Sie.) »Es ist Zeit, dass Sie, anstatt dauernd die Fanfare vom falschen Ende zu posaunen, versuchen, Ihr Studium abzuschließen, und zurückkommen.« Und das Geld, das dafür nötig war? Von wo sollte es kommen?

Die Geldüberweisung aus Persien (die Summe, die mein Vater mir jedes Jahr vor Weihnachten schickte) blieb aus, und die Angst, die Miete nicht rechtzeitig bezahlen zu können, machte mir das Leben schwer. Als ich Anfang Dezember Herrn Sohalt anrief und ihn fragte, wann ich ihn besuchen dürfe, sagte er, das wäre nicht nötig, denn ab jetzt würde er mir, wenn es soweit sei, das Arbeitsmaterial in die Brandmayergasse schicken. Nach vergeblichem Warten rief ich ihn Mitte Dezember wieder an. Er meinte, ich solle ihn nicht dauernd sekkieren, sobald er das Material beisammen habe, würde er es mir schicken. Ich müsse mich noch ein wenig gedulden.

Die Telefonzelle beim Brausebad am Einsiedlerplatz ist mein Zeuge: Ich rief ihn am 18. Dezember wieder an. Die Zusendung sei immer noch nicht da, sagte ich, ob er sie auch wirklich weggeschickt habe? Wieso? Er fragte entrüstet, ob ich schon die Fotos vom Luegerplatz erledigt hätte? Nein, sagte ich. Das Haus der Tante Mili und die Halle des Hagenbundes sind nicht unter den Fotos. Auf den Zetteln steht aber, dass sie dabei sein müssen, ob ihm nicht ein Fehler unterlaufen sei?

Er schrie in den Hörer: »Vergessen Sie den Zettel! Fotos sollen Sie mir aussortieren und nicht die Zettel!«

Der Winter wurde kälter, und da das Zimmer in der Brandmayergasse nur mit dem zweiflammigen Gasherd zu beheizen war und nie richtig warm wurde, blieb ich, um Heizkosten zu sparen, meistens im Bett und tat nichts als auf den Briefträger zu warten und zu hoffen, dass das Geld aus Persien mich bald aus meiner Misere retten würde. Damals war die Luft im Zimmer oft so eisig, dass ich mir die Decke ganz über den Kopf zog, um mit dem Hauch meines Atems das Gesicht zu wärmen. Als Kind wünschte ich mir, aus einem Zugfenster oder aus einem warmen Zimmer dem ruhigen Fall der Schneeflocken zusehen zu können. So facettenreich die Eisblumen auf den Scheiben jetzt auch waren, sie verursachten schon beim bloßen Hinschauen Schüttelfrost. Zur Wand gedreht, sah ich lieber die Tapeten an, nur um nicht immer das zugefrorene Fenster anschauen zu müssen.

Dadurch entstand mit der Zeit ein anderes Fenster an der Wand, ein selbst ausgedachtes, sonnenfrohes Fenster (genauer gesagt, ein Zugfenster), aus dem man bei Kälte im Zimmer in eine sommerliche warme Landschaft blicken konnte; ähnlich jener auf dem Werbefoto im Zugabteil Wien – Graz: Enjoy Austria! Jouissez de l'Autriche! Österreich genießen! Auf diesem Landschaftsfoto leuchtete alles sonnenblau und gelb, die Berggipfel waren schneeweiß und die Wiesen sattgrün. Die weidenden Kühe sahen glücklich und zufrieden aus. Ob liegend beim Wiederkäuen im Schatten, ob in der Sonne auf dem flachen Land, sie wirkten alle ausgefressen und satt.

In meinem Traum schlenderten sie zu einem Teich oder zu einem Bach, standen neben einem Wasserfall, der aus blauschattigen Bergspalten weiß herunterschäumte, und der Fluss, der entlang der Bahnstrecke durch das Tal strömte, war immer, sogar in den heißesten Sommermonaten, randvoll mit klarem Gebirgswasser. Man konnte sehen, wie die Vögel, die den Glanz der Wasseroberfläche wegschnappen wollten, im Sturzflug dort niedergingen.

Was in diesem Traumzug fehlte, war ein warmes Frühstück: zwei resche Semmeln mit Butter, Honig und schwarzem Tee. Mit dem Hunger nahm auch die Geschwindigkeit des Zuges ab; er fuhr immer langsamer, und die Landschaft verblasste zunehmend, bis die Tapetenwand wieder da war. Warum der Hunger nach einem Frühstück immer eine Sehnsucht nach Persien auslöste, weiß ich nicht. Ich zog die Decke über den Kopf, um nicht auf die tadelnde Stimme meiner verstorbenen Mutter, auf ihr lang gezogenes: »Die Sonne steht schon hoch oben!« reagieren zu müssen. In solchen Momenten wollte ich nichts davon wissen, dass es keine Mutter mehr gab, keine warme Küche in der Brandmayergasse und keinen Samowar, der zur Decke dampfte. Auch dass es die Veranda, wo sich die persische Spatzen das Sonnenlicht teilten, nicht mehr gab, und dass ich in Wien war und ohne all das auskommen musste, war schmerzhaft und qualvoll. Ich blieb im Bett und belauschte den Lärm der Bassena-Damen draußen vor der Tür. Sie verplauschten die verrinnenden Morgenstunden auf den Türschwellen ihrer Wohnungen und erkundigten sich nach dem gegenseitigen Befinden. Frau Ottawa zum Beispiel seufzte laut: »Ich glaube, die Augen wollen mich verlassen.« Und so ging es von Tür zu Tür, bis sie sich alle, jede über die jeweils andere informiert, in ihre Wohnungen zurückzogen.

Solange sie aber zwischen beiden Klotüren verharrten, hatte ich Hemmungen, das Klosett zu benützen. Es war mir peinlich, ohne Papierrolle und nur mit einer Coca-Cola-Flasche voll Wasser in der Hand an ihnen vorbei zum Klo zu gehen. Der andere Grund, warum ich im Bett blieb, war, wie ich schon erwähnte, der Briefträger, der meistens zwischen zehn und elf Uhr kam. Ich wartete, bis er mit dem Aufklappen und Zuschlagen der Briefkästchen fertig war, ging dann mit großer Erwartung nach unten, öffnete den Briefkasten, suchte unter den Werbezetteln und den Postwurfsendungen nach dem gelben A4-Umschlag von Sohalt oder dem Brief aus Persien, doch nichts von beidem war da. Als ich mit leeren Händen langsam hinaufstieg, die Tür hinter mir schloss und mich wieder ins Bett legte, hörte ich Sohalts leise Stimme im Zimmer, der vor sich hin flüsterte: »Lassen wir den aus dem Weihrauchland stammenden Perser ein wenig im eigenen Saft schmoren.«

Durch mein Zimmer wehte in diesen Monaten der eisige

Wind eines russischen Winters. Es war so schlimm, dass ich sogar jetzt, im Sommer, nach all dem, was passiert ist, aus dem Schlaf schrecke und das Bild des zugeschneiten Güterwaggons am Nordbahnhof (mit den Deportierten darin) vor mir sehe.

Eines Morgens, als ich wie üblich am Zugfenster klebte, irgendwo auf den Höhen der Semmeringbahn, dort wo der Zug seine Geschwindigkeit drosselt, wurde ich durch ein Klopfen an der Tür in meinen Träumen unterbrochen. Nach einem schwarzen Tunnel zog ich die Notbremse – ihr plombierter Griff hing neben dem Spion an der Wohnungstür. »Gleich!« sagte ich, und suchte im Dunkeln nach der steifgefrorenen Jeans am Boden.

Anstatt des grantigen Herrn Gebhardt (dem Hausherrn) stand Frau Ottawa vor der Tür. Sie hielt mir die Hand mit dem Einkaufszettel hin und erwartete, dass ich ihr die Plastiktasche mit den leeren Milchflaschen abnahm. Mahlzeit oder guten Morgen, fragte sie. Fröstelnd sah ich über ihren Kopf hinweg den Schnee durch das Lichthoffenster, wo das Fensterbrett schon weiß beschneit war, und fragte sie, ob es gleich sein müsse? Bitte, nur wenn es Ihnen nichts ausmacht, antwortete sie.

Ihre Art, fordernd zu sein, hatte ich nie als lästig empfunden, denn sie hatte für jede Wetterlage eine extra Ausrede parat. Sie wusste immer, warum sie nicht aus dem Haus gehen konnte: Sie habe vor den Schneelawinen, die von den Dächern fallen, Angst, sagte sie. Bei Glatteis gab es die Gefahr eines Beinbruches, bei Regen hatte sie Angst vor Bronchitis, Föhn verursachte ihr starke Migräne und staubiger Wind Asthma-Anfälle und Heuschnupfen. Wenn einmal das Wetter tadellos schön war, sagte sie: »Die Augen machen nicht mehr mit«, damit ich ihr beim Hinuntergehen unter den Arm griff und sie bis zur Straße begleitete. Ich sagte stets zu, weil es mich keine Mühe kostete.

Als sie weg war, kratzte ich einen Teil der Eisblumen von der Scheibe und schaute hinaus: Es schneite ergiebig. Ich zündete den Gasherd an, ging ins warme Bett zurück und studierte die Einkaufsliste:

Weizenmehl, griffig – Müllers Bestes 1 kg
Thea (Margarine) 250g
Kokosette 200 g
Oetker Backpulver (eine Packung)
Farmgold Gehobelte Mandeln 150 g
Bunter Weihnachtsteller (zwei Stück)
Weihnachtsteller, sternförmig, 3er Packung je 15,-
Weihnachtsservietten 20er Packung (9,-)
Weihnachtsgeschenkpapier 6 Bogen (9,-)
Weihnachsfensterdekoration mit Fensterklebeband (24,-)
Mehlwürmer ⅛ l
Emser Bauerngeselchtes 100g
Winzerbrot, ein Stück 300g
Vollmilch 3,6 % 3 l

Die Mehlwürmer waren für die zwei Wellensittiche gedacht, die zu Weihnachten ein wenig zunehmen durften. Von Weihnachten bis Neujahr pro Mahlzeit einen Mehlwurm, sagte sie, während sie sich selbst zwei Stamperl Eierlikör (eins am frühen Nachmittag, eins am Abend vor den Nachrichten im Fernsehen) gönnte. Frau Ottawas Ankündigung, dass ich auch dieses Jahr wieder eine Blechdose voller Kokosbusserl (und wie sie es sagte) von ihr bekommen würde, klang besonders nett. Ich horchte mit geschlossenen Lidern auf die dumpfen Geräusche der Autos im Schnee und einen Hund, der ununterbrochen bellte, und wartete gespannt auf den Briefträger. Eine Postsendung von Herrn Sohalt, dachte ich mir, und Weihnachten wäre gerettet.

Der Postkasten enttäuschte mich nicht: Der gelbe Umschlag war dick und versprach viel Arbeit und Geld. Er musste aber warten, bis ich wieder zurück war! Draußen vor dem Haus erlebte ich eine andere Brandmayergasse: Der Schnee fiel in dicken Flocken, der Himmel war grau, und das, was sonst immer grau war, die Gasse, die Fahrbahn und das Weingeschäft an der Ecke, strahlten weiß. Die Luft roch nach verbrannten Kohlen, nach Gummi, nach Staub und nach Kiefernholz.

Es fehlte nur noch der Geruch von geschälten Orangen, von rauchendem Teesud, um mich wie im nordpersischen Winter zu fühlen. Das Geplauder zweier alter Männer beim Schneeschaufeln löste sich mit dem Schnee auf dem Gehsteig auf. Die Stille in der Arbeitergasse und im Einsiedlerpark dämpfte alle Geräusche und zwang zur Ruhe. Ich blieb eine Weile vor dem Park stehen, sah, dass sich die Zweige nach unten neigten, und fragte mich, warum einige Bäume die Schneelast abschütteln können, andere aber nicht. Auch im Supermarkt war die Schneestimmung spürbar: Jeder klopfte sich eilig den Schnee von seinen Schultern. Dazu das weihnachtliche »O Tannenbaum, o Nadelbaum!« aus dem Supermarkt-Lautsprecher, während ich klimpernd die leeren Milchflaschen in den Pfandrückgabe-Automaten hineinmarschieren ließ und auf den Rückgabe-Bon wartete.

In der Warteschlange vor der Kassa verlor ich die Geduld und öffnete den gelben Umschlag. Neben den Fotos und den üblichen Notizen dazu (alles zusammen enttäuschend wenig) war dieses Mal auch ein Brief dabei, den ich schwer zuordnen konnte. Er war in Kurrentschrift geschrieben, die für mich nicht zu entziffern war.

Als ich mit den schweren Plastiktragetaschen vor ihrer Wohnung stand und bei Frau Ottawa anklopfte, sagte sie: »Kommen Sie rein, in der Wohnung ist es wärmer!«

Was dann geschah, war mehr oder weniger ein Ritual. Sie sagte: »Junger Mann, nehmen Sie Platz, ich komme gleich«, und während ich die Tragtaschen auf den Stuhl stellte, ging sie ihre Lesebrille holen. Ich legte den Kassabon mit dem Wechselgeld auf den Tisch, und zog mich in die Ecke auf der Küchenbank mit dem Rücken zum vergitterten Gangfenster zurück, blätterte in einem der Romanhefte, die sie bei der Romanschwemme, gegenüber der Tabak-Trafik, eintauschte: John Sinclair, Professor Zamora, Perry Rhodan, Jerry Cotton, Phil Decker und viele Silvia-Hefte. Sie kam zurück, packte die eingekauften Sachen aus, kontrollierte sie, hakte auf dem Kassabon die einzelnen Posten ab, subtrahierte von der Summe und, je nachdem wie schwer der Sack war, gab sie mir zwischen vierzig und fünfzig Schilling Trinkgeld. Wenn sie gut gelaunt war, bot sie mir auch eine Tasse Kaffee aus der Thermoskanne an, wenn nicht, musste ich mich bedanken und gehen.

Als ich aufstehen wollte, sagte sie: »Bleiben Sie noch sitzen, ich mache uns einen frischen Kaffee!«

An diesem Tag ließ ich den Fünfzig-Schilling-Schein liegen und fragte sie, ob sie mir dafür den Brief vorlesen könne. Es war nicht das erste Mal, dass ich ihr etwas in Kurrentschrift zum Vorlesen gab. »Hat er Ihnen wieder was geschickt?« fragte sie und sah mich besorgt an. Sie entfaltete vorsichtig den alten Brief. Frau Ottawa mochte Herrn Sohalt nicht und nannte ihn abschätzig einen Mordsnazi. Sie fragte mich, ob wir es nicht gleich hinter uns bringen könnten. Ich sagte ja und hielt Kugelschreiber und Papier zum Schreiben bereit. Sie müsse sich aber zuerst die Brille putzen, meinte sie, und dann, nachdem sie das brüchig gewordene graugrüne Papier einige Male hin und her gedreht hatte, wollte sie wissen, ob die Russen den Brief stellenweise zensuriert hätten. »Und wer ist Schiebel?« fragte sie. Mir war es, ehrlich gesagt, zu mühsam, ihr zu erklären, dass ich ihn als Angehörigen der 89. SS-Standarte nur von einem Foto kenne; es war mir auch zu kompliziert, ihr zu erklären, dass er, kurz bevor er zur Wehrmacht eingezogen worden war, ein Kreisbeauftragter des Rassenpolitischen Amtes gewesen war. Ich sagte nur, vielleicht ein Freund von ihm. Ob ich gleich mitschreiben möchte? Ich begann zu schreiben:

»Lager Nr. 379 (H. C. 18), Kriegsgefangener Nr. ME 113499. Name: Willibald Schiebel. Dienstgrad: Unteroffizier.

Lieber Sepp!

Ich schreibe Dir vom Flugplatzlager vor Leningrad, nachdem man uns fünf Monate lang knöchelhoch im eisigkalten Wasser hat arbeiten lassen, während ab November das Moor oft zugefroren war. Viele schleppen sich jetzt als ausgemergelte Gestalten umher und sind so krank (todkrank), dass sie ohne fremde Hilfe nicht einmal mehr die wässrig dünne Mehlsuppe auslöffeln können ...«

Frau Ottawa las laut vor, und ich schrieb mit, bis sie auf einmal stockte. Sie stotterte kurz und setzte dann mit gebrochener Stimme fort: »Ich habe leider eine schlechte Nachricht für Dich: Der Franz, Du weißt schon welcher, ist nicht mehr am Leben. Am Dienstag war der deutsche Aufseher (Antifa, was sonst) mit einer Liste da und sagte, alle mit der eintätowierten Blutgruppe unter der Achselhöhle einen Schritt nach vor, er verliest acht Mann, die sich zum Abmarsch bereit halten sollen. Die Leichenkammer des Lagers war überfüllt. Als wir die Tür öffneten, da packte uns alle das Grauen. Es war wie beim(durchgestrichen) teils nackt, teils nur mit Unterhosen bekleidet, hautüberzogene Knochengerippe, einige den Mund, andere die Augen weit offen. Wohl oder übel mussten wir sie entkleiden …«

Frau Ottawa hörte wieder auf und fragte: »Junger Mann, wozu müssen Sie alles mitschreiben?« Ich schwieg. Ich wusste es wirklich nicht. Ich murmelte etwas von der Arbeit und dass er es halt als Arbeitgeber so wolle. Verärgert und gekränkt fuhr sie fort: »Durch den Fahrtwind gefroren, kommen wir im Gelände als Eiszapfen an. In der Sumpfwiese war der Boden hart. Vier Mann mussten mit Krampen und Spaten das Grab ausheben, die anderen vier je zwei Holzstangen holen, und damit die Toten zum Massengrab tragen. Das Wasser stand in der Grube, also mussten wir die Leichen ins Wasser schlichten, eine große Plane darüber breiten und so lange darauf sitzen, bis das Wasser wieder zugefroren war. Der arme Franz. Du wirst seine Frau benachrichtigen, oder? Ich lege eine andere, eine verträglichere Benachrichtigung bei. Für seine Frau, meine ich. Alles Gute! Willi.«

Sie nahm müde die Lesebrille ab, steckte sie nachdenklich in das Etui, murmelte etwas von dem kalt gewordenen Kaffee und stand auf, um die Milch aufzuwärmen. Sie kehrte zum Tisch zurück, faltete vorsichtig den graugrünen Brief zusammen und sagte: »So!« Und nach einer Weile wieder: »Soso!«

Es kam öfter vor, dass sie etwas sagen wollte und es dann

doch bleiben ließ. Ich wartete und sah durch das Wohnzimmer zum Fenster, hinter dem dicke Schneeflocken langsam nach unten schwebten. Beim Kaffeetrinken erzählte sie dann Erlebnisse aus ihrer Jugend, aber nicht ganz und auch nicht deutlich genug. Sie sagte, Goebbels habe sie nie ausstehen können: »Liaber Gott/mach mich blind/dass i Goebbels arisch find«, sang sie vor sich hin und lachte. Auch als sie über ihre Zeit beim BdM erzählte, war sie mädchenhaft lustig. Sie holte aus dem Kleiderschrank eine Schuhschachtel und suchte unter den kleinen Schwarzweißfotos nach etwas Bestimmtem. Bald war der Küchentisch voller Fotos, alle waren leicht vergilbt und hatten den gebrochenen Zackenrand. Bei einer Aufnahme, es war ein Foto von der Dorfstraße in St. Veit, zeigte sie auf den Pferdewagen in der Mitte der verregneten Dorfstraße und sagte: »Das war mein erster Freund«, und sie meinte das Pferd. Oder sie gab mir ein Foto, auf dem sie in einem offenen LKW mit anderen zur Sonnwendfeier nach Graz unterwegs war; zur Stadt der Volkserhebung, meinte sie, ihre erste Weltreise in eine Stadt. Oder sie zeigte auf sich, von vielen HJs umgeben, ja bedrängt, und sagte: »War a Hetz.« Ihre Erinnerungen an die Reise nach Graz waren erfüllt von Hitze und von den rauschenden, gesangreichen Nachtmärschen im ersten NS-Sommer. Wie die HJ mit einer Fackel in der Hand, Schulter an Schulter mit den Männern in den dunklen Straßen von Graz. Sie lachte kleinlaut und suchte verlegen nach einem anderen Foto. Darauf stand sie mit nackten Beinen (der weiße Rock war ziemlich kurz) an einem See- oder Flussufer; beim BdM habe man damals viel Ballgymnastik gemacht, sagte sie, es war Pflicht. Die Aufnahme zeigte Mädchen, die, weiße Bälle hochwerfend und die Augen auf den Ball gerichtet, lachten. Das Spiegelbild im stillen Wasser verdoppelte sie. Frau Ottawa zeigte stolz auf ihren Körper (die Brüste und Arme der Mädchen strahlten weiß) und kommentierte das Foto mit »blutjung«. Die Gesichter waren streng, die Augen glänzten nicht, sie hatten das »erleuchtete« Starren strenger Nonnen. Die Beine waren nackt. Am Rande des Fotos stand (mit blauer Tinte in mädchenhafter Schrift): »Glaube und Schönheit.«

Hübsch, sagte ich, und meinte die Mädchen. Sie blickte verschämt weg und lenkte ab, indem sie einen Zeitungsabschnitt herausnahm. Auf dem Foto stand: NSDAP-Anwärterinnen üben Luftschutz. Frauen übten in Gasmasken und Schutzkleidern das Feuerlöschen. »Ich bin da, links«, sagte sie; worauf sie lachen musste, weil das Gesicht unter der Maske nicht erkennbar war. Hinter vorgehaltener Hand verriet sie mir, dass damals im BdM Adolf Hitler als Silberpenis bewundert wurde. Durch das Entsetzen auf meinem Gesicht ermutigt, ging sie weiter und erzählte mir, dass der BdM damals von manch rauem Parteigenossen mit Bitte-drück-mich, Bald-deutsche-Mutter und manchmal auch als Bedarfsartikel-für-den-deutschen-Mann umgedeutet wurde. Obwohl, hat sie gesagt, während sie schmunzelte, der BdM oft für sein Jungfräulichkeitsideal gepriesen wurde.

Sie war heiter und lustig. Doch dann fiel ihr Blick auf das Foto von den Heimkehrern in Wiener Neustadt und sie verstummte. Auf dem Titelbild suchte eine Frau mit einem Soldatenfoto in der Hand verzweifelt unter den abgemagerten, unrasierten Gesichtern der Heimkehrer, die aus dem Zug stiegen, nach dem Gesicht des Ehemannes.

Meine Kaffeetasse war leer, und ich wollte dringend rauchen. Schon genug gesehen und gehört, dachte ich. Sie merkte es, zog sich mit Mühe hoch und holte aus dem

Küchenkasten ein Stück Karottentorte für mich. Während sie es mir auf den Teller legte, sagte sie: »Und noch etwas muss ich Ihnen zeigen«, und verschwand im Wohnzimmer. Ich sah sie dann nicht mehr, sah nur den Fernsehapparat vor dem Fenster. Sie kam mit einem silbergerahmten Foto in der Hand zurück, und bevor sie sich hinsetzte, stellte sie das Bild auf. Der Wehrmachtsoffizier schaute mit einem schüchternen Lächeln in die Kamera. Sie versuchte etwas zu sagen, aber das, was sie sagen wollte, blieb ihr im Hals stecken.

Ich sah sie nach Worten ringen, sie konnte es aber weder herausbringen noch hinunterschlucken. Ihr Mund blieb offen, und das Wort blieb aus. Ich wartete. Es gibt eine Art Weinen in Wien, das ich nur von hier kenne, als würde man sich fürs Weinen schämen. Das Gesicht der alten Frau lächelte, die Augen aber – voll Wasser, um das Lächeln aufrecht zu erhalten – konnten die Tränen nicht unterdrücken. Das Schlucken im Hals hinderte sie am Reden. Wachsähnliches tropfte unablässig von ihren Wangen, und ich hörte durch das aufgezwungene Lächeln: »Maikäfer flieg, der Vater ist im Krieg, die Mutter ist im Pulverland, und Pulverland ist abgebrannt.«

Ich blieb eine Zeit lang stumm, murmelte dann leise, dass ich viel zu tun hätte, und beim Aufstehen fragte ich sie, ob ich den Zeitungsausschnitt mit dem Foto von den Heimkehrern eine Weile ausleihen dürfte. Nur höflichkeitshalber, denn mein Kopf war bereits von Schiebel, Goebbels, BdM und HJ voll. Sie trocknete sich die Augen und nickte.

In meinem Zimmer machte ich sofort das Fenster auf, denn ich brauchte Luft. Nach dem frisch gefallenen Schnee gab es genug davon im Lichthof. Die graue Wolkendecke hing über dem verschneiten Kastanienbaum, der bald unter der Schneelast zusammenbrechen würde. Die Trübsal der Stadt war eine Frau Ottawa in einem Bilderrahmen in BdM-Uniform, die von sich behauptete, als einzige in der Runde nicht zu lügen. Und die Lüge war selbst eine Dame, die in der Schneekälte an einem offenen Wienerwaldfenster saß, mit einem Ellbogen auf dem Kahlenberg, mit dem anderen auf dem Leopoldsberg, und die Finger in den Donaufluss tauchte, um sich die Schläfen anzufeuchten und sich von aller Schuld reinzuwaschen.

Was sollte, was könnte, was würde sich ein Perser, der selbst vor einem anderen Unglück hierher geflüchtet war, nach einem lauwarmen Kaffee und einem kleinen Stück Kuchen dazu denken?

Die Weihnachtsbäckereien, die ich voriges Jahr und im Jahr zuvor von Frau Ottawa bekommen hatte, blieben in diesem Jahr aus. Die arme Frau Ottawa war nach unserem letzten Gespräch schwer krank geworden und musste ins Krankenhaus. Ein schwarz gerahmter Partezettel, Anfang Februar unten im Haus auf der schwarzen Tafel angeschlagen, teilte mit, wann und wo das Begräbnis und die Trauerfeier stattfinden würden. Der Zettel blieb zwei, drei Tage lang dort hängen und verschwand dann. Von alldem habe ich erst erfahren, als ihre Wohnung entrümpelt wurde.

An einer Lungenentzündung sei sie gestorben, hieß es, und für den Grabstein und die Begräbniskosten hatte sie schon lange vorher gesorgt, so beruhigte man mich. Und warum durfte sie nicht in ihren eigenen vier Wänden sterben? Bei uns, sagten sie, werde der Sterbende ins Krankenhaus und von dort direkt zum Zentralfriedhof transportiert. Die Trauerfeier finde in einem Gasthaus statt.

Die Damen gingen alle geschlossen hin und kamen beschwipst vom Leichenschmaus zurück, sie plauderten dann lange am Bassena-Becken und kamen gemeinsam zu dem Schluss, dass sie glücklich gestorben sei. Immerhin starb Frau Ottawa, ohne lange in einem Pflegeheim gewesen zu sein. Aber darüber, dass sie lebenslang ohne Mann gelebt hatte und als Jungfrau gestorben war, wollte keine etwas sagen.

Im Nachhinein, lange, nachdem ihr Haushalt aufgelöst, sie selbst begraben und ihre Sachen fortgebracht worden waren, habe ich von einer der Damen erfahren, warum sie nie verheiratet, nie mit einem Mann zusammen gewesen war. Sie habe nach dem Krieg als Kindergärtnerin in der Leopoldstadt gearbeitet und sei wöchentlich zwischen Südbahnhof und Wiener Neustadt hin und her gependelt, wo ab 1945 die Heimkehrer erwartet wurden. Immer am selben Gleis und immer in der Angst, ob ihr Max verändert, alt oder als Invalide zurückkommen werde, stand sie dort. Bis es ihr zu viel wurde, und sie von einem Tag auf den anderen (die Freundin sagte, es war an einem Donnerstag) beschloss, nicht mehr hinzugehen. Sie wollte nicht mehr dort stehen, vergeblich auf ihn warten und dann allein und ohne ihn nach Wien zurückkommen.

Die zwei Wellensittiche erbte die Nachbarin links von der Bassena, Bettwäsche, Porzellan und Küchengeschirr wurden gerecht unter allen Damen des Stockwerks aufgeteilt. Der Fernsehsessel war zu groß und keine wollte ihn haben. Das Doppelbett, die Kleider, Fernsehapparat und Unterwäsche wurden, ebenso wie die Küchenkredenz, abtransportiert. Die Kredenz war, so sagt man, soviel wert, dass sie sofort fünfhundert Schilling dafür bekamen. Damit wollte man zu Allerheiligen für sie Blumen kaufen und den Grabstein pflegen lassen.

Als ich einmal, einige Tage nach der Entrümpelung von Frau Ottawas Wohnung, unten im Hof war, um meinen Müllsack loszuwerden, fand ich neben dem zugeschneiten Foto von Max (Frau Ottawas Verlobten), das ohne Rahmen auf dem Boden lag, auch jene Schuhschachtel, in der Frau Ottawa den kleinen Rest ihrer Lebenserinnerungen aufbewahrt hatte. Ich konnte die Schachtel dort nicht liegen lassen, klopfte den angeschneiten Deckel ab und nahm sie mit nach oben.

Beim Tee betastete ich Stoffreste, einzelne Knöpfe, falschen Schmuck, Bilder aus der Kindheit, eine alte Taschenuhr und ein Leben, das durch vergebliches Warten auf Max leer verlaufen war. Ich fing mit dem Andenken an die Erstkommunion, die Max Habermaier am 1. Mai 1924 in der Pfarrkirche Ottakring empfangen hat, an. Auf dem farbigen Druck legte Jesus einem knienden Kind eine Hostie in den Mund. Max' Jahressportkarte (Ausweis Nr. 1341919) ausgestellt am 18. 10. 1938 vom Sportamt der deutschen Arbeitsfront: Kraft durch Freude. Max blickte auf dem Ausweisfoto mit von der Sonne geblendeten Augen in die Kamera, er schaute sehr gesund aus. Auch auf dem Foto, auf dem er als Feldwebel in Wehrmachtsuniform in einem Garten stand, wobei hinter ihm viele Bäume hochsommerlich im Wind wehten, machte er einen freundlichen Eindruck.

Schockierend war der Brief mit dem braunroten Hakenkreuz in der linken oberen Ecke zusammen mit einem Foto, auf dem Max und Anna (Frau Ottawa) in Bergsteigerkleidung auf einem Felsen sitzen und in die Kamera lachen, viele verschneite Berge im Hintergrund. Er schrieb: »Liebe Eltern! Euren Brief habe ich in Zermatt erhalten. Auf Euren leisen Vorhalt hin haben wir den Entschluss gefasst, Euch einmal einen etwas ausführlicheren Brief zu schreiben. Wir sind also heute in Giswil angekommen und morgen brechen wir mit dem Motorrad auf nach (unleserlich). Was das Verhältnis zu meiner Partnerin anbelangt, so bin ich recht zufrieden, wir verstehen uns ausgezeichnet ... siehe Foto!«

Das Verlobungsfoto (braungetönt, Zinkrahmen) zeigt Max, in Zivil, und Anna, die mit einem großen Sommerhut auf dem Kopf und einem Blumenstrauß auf dem Schoß vor ihm sitzt.

Dann die erste lange Trennung: Mehrere Postkarten, die mit »Alles Liebe« an Anna adressiert waren, zeigten merkwürdige Motive: Augsburg, Adolf-Hitler-Platz mit steinernem Mann und Herkulesbrunnen mit St. Ulrich; Bayreuth, Maximilian-Denkmal; Frankfurt am Main, Römer und Gerechtigkeitsbrunnen; Köln, die neue Hängebrücke Mühlheim, Länge 709 Meter. Auf dieser Karte ist der Himmel grau, neben dem »Alles Liebe« hat Frau Ottawa mit Bleistift notiert: »Ich liebe Dich auch!«

Eine braungetönte Postkarte von Anna an Max. Die Ansichtskarte zeigt *Udine,* ein Kurhotel, und die Terrasse eines Kaffeehauses in vier blassbraunen Fotos, menschenleer. Absenderadresse: Saarbrücken, Adolf-Hitler-Straße 51. Datum: 18.6.1941. Frau Ottawa schrieb: »Lieber Max! Bin nun im Ruderklub Udine in Saarbrücken, gondle täglich bei schönem Wetter auf dem Wasser herum. Auf dem Bild siehst Du unser Bootshaus. Ist das nicht einfach herrlich! Deine Anni.«

Die Trennung dokumentiert ein Feldbrief (FN. 58610) vom 4.4.1941, der an die Eltern von Max gerichtet ist: »Liebe Eltern! Alle Pakete trafen an einem Tag hier ein. Die verderblichen Sachen wie Käse, Eier, Fleisch waren arg mitgenommen. Bitte nicht mehr senden! Am besten sind und bleiben die Mehlspeisen! Nun zur Beantwortung einiger

Fragen: Der Unterschied zwischen Uffz. und dem Offizier der Waffen SS (Anwärter) ist folgender: Uffz. wird man durch Beförderung. Man kann Uffz. sein, muss aber deshalb nicht SS Off. Anwärter sein wollen. Andererseits muss man, um ein SS Off. Anwärter zu werden, unbedingt Uffz. sein. Es ist Glaubenssache. Von einem Gehaltsunterschied gehe ich nicht aus. Dieses beträgt 150,– RM monatlich, mit Abzügen ungefähr 95,– RM. Außerdem bekomme ich monatlich 63,– RM Handgeld. Damit bin ich zufrieden. Ich muss jetzt aufhören, Gemeinschaftsempfang anlässlich der Führerrede um 18 Uhr. Mit besten Grüßen und Küssen, Euer Max.«

An den Rand eines Kochrezepts für Zwieback (aus einer Zeitung ausgeschnitten) hat Frau Ottawa geschrieben: »Für Max zubereiten und schicken.«

Das Büchlein mit dem Titel *Wie schön blüht uns der Maien,* Frühlings- und Liebeslieder, herausgegeben von Maria Grengg, legte ich zur Seite, um später in aller Ruhe hineinzulesen.

Traurig machte auch die oftmalige handschriftliche Probe von Max für die Erklärung über seinen Ariernachweis. Die Reinschrift war an seinen Einberufungsbefehl vom 1.2.1940 geheftet: »Ich erkläre (ehrenwörtlich?) an Eides statt, dass ich arischer Abstammung bin. Über die strafrechtlichen Folgen einer bewussten Falschmeldung bin ich unterrichtet.«

Zum Schluss betrachtete ich eine Postkarte von Hansi Führer, einer Schauspielerin geschmückt mit vielen Straußenfedern. Diese Karte wollte ich behalten. Die restlichen Sachen mussten wieder dorthin, wo ich sie gefunden hatte, in den Papiercontainer. Was sollte ich sonst damit machen? Als ich zurückkam, war der Tee kalt.

HEFT NR. 6

Im Februar wurde mein Leben durch die Delogierung aus der Brandmayergasse um einige Grade kälter und härter als es ohnehin schon war. Wie es dazu kommen konnte, ist mir schleierhaft. Mir fehlte anscheinend die Erkenntnis, dass die Miete spätestens bis zum dritten Tag des Monats bezahlt sein muss. Es war aber nicht das erste Mal, dass ich nicht rechtzeitig bezahlt hatte. Dass Herr Gebhardt wegen der fällig gewordenen Miete der letzten zwei Monate meine Zwangsdelogierung wahr machen würde, wurde mir erst klar, als es geschehen war. Die Katastrophe hatte auf jeden Fall nicht erst jetzt, sondern schon im Dezember begonnen, genauer gesagt, am 24., als ich müde nach Hause kam, die zwei Erlagscheine in der Türspalte sah und sie einfach ignorierte.

Der Kopf war schon im Dezember nicht mehr in meinem Besitz. Die Verwirrung durch die Fotos wurde immer größer, die Arbeit immer härter, und das Geld, das ich damit verdienen konnte, immer weniger. Zu dem von Herrn Sohalt geplanten Bildband gab es bereits zwei unvollendete Entwürfe. Einer davon lag schon in der Schublade seines Schreibtisches. Er bestand hauptsächlich aus Fotos, die ihm angenehm waren; also Bilder von einer zu Unrecht angegriffenen Stadt: im Krieg angegriffen, der Politik geopfert und schuldlos verschandelt. Der andere Entwurf lebte in meinem Kopf, erzählte von einer anderen Stadt, von einer

Liste unvorstellbarer Leiden, die endlos war, und in dieser Endlosigkeit nicht mehr Mitleid, sondern nur Abscheu und Furcht erzeugte.

Als ich an jenem Tag hungrig und ausgelaugt von der Arbeit nach Hause kam und die Erlagscheine an der Tür sah, nahm ich sie und warf sie auf den Tisch, denn die Arbeit war mir an diesem Tag besonders sinnlos und gewissermaßen zynisch erschienen. Je öfter ich das Kanalufer an der Weißgerberlände auf und ab ging, um das frühere Gebäude der DDSG ausfindig zu machen, desto fragwürdiger und zweifelhafter wurde dessen Existenz.

Die Beschreibung von Herrn Sohalt: »Die Weißgerberlände schwer getroffen, das DDSG-Gebäude nur mehr eine Ruine, auch Kaimauer weist an einigen Stellen Treffer auf«, stimmte mit den Fotos, die er beigelegt hatte, nicht überein.

Mit leerem Magen und in einer für den Winter ungeeigneten Bekleidung (Sommerschuhe, Regenmantel und leichter Pullover) ging ich dort auf und ab, blätterte in seinen Notizen und sah zähneklappernd die Kaimauer entlang, überprüfte die Steine, überlegte, wie ich sie einstufen sollte. Nichts!

Auf einem Foto war mehr Wasser, vielleicht auch ein Stück von einer zerstörten Mauer zu sehen, aber kaum etwas von einem getroffenen Gebäude. Zum letzten Mal ging ich zum Ufer, inspizierte von dort die Steine der Kaimauer, suchte auf dem Stadtplan nach der Weißgerberlände, verglich die Steine auf dem Foto mit den Steinen der Mauer: Das Gebäude der DDSG schien niemals an dieser Stelle existiert zu haben.

Zum Schluss folgte ich, über das Brückengeländer gebeugt, manchen Schneeflocken, wollte wissen, ob und wann sie die eine oder andere Ente, die in den Stromschnellen zur

Donau unterwegs war, auf den Kopf treffen würden. Diese Art trockener Schnee in Wien, der im kalten Wind umherschwebt, ohne zu Boden zu fallen, kann einem die Hoffnung rauben. Dass ich dann und wann, obwohl es keinerlei Grund dafür gab, auf die Rückseite eines Fotos schrieb: »Der Aufnahmeort stimmt mit dem Foto überein!«, war nur Ausdruck meiner Niederlage.

Ich sah mich um: Links von mir lag der von Klängen erfüllte und von Weihnachtsbeleuchtung erhellte erste Bezirk, rechts die dunkle Leopoldstadt, mit der Ahnung von ihrer früheren Geschichte, und dazwischen ich, der nirgends hingehörte. Unterwegs nach Hause, in der Rotenturmstraße, vielleicht durch den Schneeschauer oder durch die rieselnden Klänge aus den Geschäften, hatte ich ein Glücksgefühl der Stadt gespürt. Der eingefrorene Missmut der Geschichte schien aufzutauen: Die Plastikengel sangen »O Tannenbaum, o Tannenbaum«, und die Sängerknaben »Stille Nacht, Heilige Nacht« und anderes Gedudel. Die Einkaufsstraße war mit den herabhängenden Lichterketten glücklich, und die Leute in der Fußgängerzone waren es auch.

Die zwei im Türspalt steckenden Erlagscheine waren daher nicht gerade rücksichtsvoll zu mir. Ich nahm sie und ging, ohne den Herd anzuzünden, gleich ins Bett.

Herrn Sohalts Verhalten während der letzten zwei Monate, mich immer weniger mit Arbeitsmaterial zu versorgen, führte dazu, dass das Geld, das ich brauchte, um die Miete zu bezahlen, fehlte. Im Dezember schickte er pro Woche nur eine Sendung, in der ersten Jännerhälfte bekam ich alle zwei Wochen einen Umschlag, und ab Februar hörte er dann überhaupt auf, mir etwas zukommen zu lassen. Sein Einwand damals, er habe Schmerzen im linken Fuß und deshalb könne er die Aufnahmen nicht zusammenstellen, war eine faule Ausrede. Er wollte nur, dass ich nicht dahinter komme, dass er im Jänner und Februar seltener fotografieren gewesen war. Warum, weiß ich nicht.

Die letzte Sendung bestand großteils aus fast unbrauchbaren Nachtaufnahmen im dritten Bezirk. Um sie nach Ort und Geschehen identifizieren zu können, musste ich nachts bei klirrender Kälte zur Zollamtsbrücke gehen. Herrn Sohalts Bemerkung zu den Fotos: »Bei fehlendem Licht – die Bogenlaternen brennen seit geraumer Zeit nicht mehr«, klang zwar nach Entschuldigung, schützte aber nicht gegen die Kälte. Als ich gegen 20 Uhr auf der Zollamtsbrücke war, war es fast so kalt und finster wie in der Nacht zum 6. Februar 1944. Ich ging vor wie er: »Als es losging, standen wir auf der Zollamtsbrücke«, schrieb er, »um am Himmel das prächtige Lichtspiel unserer Scheinwerferbatterien, die Zielübungen machten, zu bewundern.« Und weiter: »Als mit dem Fliegeralarm die ersten Bomben (zuerst Sprengbomben und Fliegerbomben und dann Brandbomben) einschlugen, merkte keiner, dass es sich um einen Ernstfall handelt. Erst als einige flüchteten, um aus den engen Gassen auf weitere Plätze zu gelangen, machte ich mich auf den Weg. Im darauffolgenden Rauch, Staub und Qualm hatte ich es nicht leicht. Ein Teil des Hauptzollamtes brannte wie die drei Wohnhäuser daneben hellauf. Rot beleuchtete Rauchwolken wurden durch den blauen Lichtkegel der Feuerwehrautos zerschnitten (Aufnahme 1), Hausparteien standen vor dem Gasseneingang und sahen besorgt zu den Fassaden ihrer vom Feuer bedrohten Häuser und debattierten wegen Durchlasses mit LS-Wache und Polizei (Aufnahme 2). Ecke Marxergasse/Seidlgasse, wo die bizarren Ruinen standen, welche sich gegen den rötlichen Nachthimmel abhoben: Aufnahme von der Frau vor ihrem Hausrat mit dem Kind in Armen (3). Vor dem Kriegsministerium (Stubenring) zum ersten Bezirk: Die Pumpen der Feuerwehrautos (Aufnahme 4) laufen auf Hochtouren, weil der Druck in den Hydranten vor der Dominikanerkirche nur mehr gering ist. Im Inneren der Kirche brennt es nicht, aber die Reste barocker Fensterrahmen liegen inmitten von Glastrümmern (Aufnahme 5). Viele Betende, darunter viel Militär vor dem Altar, an dem ein Priester gerade für die Ausgebombten aus der Geusaugasse eine Andacht hält, viele stehen mit dem Rücken an den Hauswänden von gegenüber, sehen in den Flammen die eigenen brennenden Häuser und hoffen auf stärkeren Regen (6).«

Ein anderer Grund, ein ärgerlicher Grund, warum ich dann zu Hause wütend die Erlagscheine übersah, war, wie ich schon Frau Dr. Loberdeck erklärte, dass das Auseinanderklaffen zwischen dem, was in meinem Kopf angehäuft war, und dem, was er in seinem Bildband haben wollte, immer unerträglicher wurde. In seinen Notizen stand oft »Aufnahme«, aber es gab keine Aufnahme, dafür eine Menge Erklärungen über kriegsbeschädigte Gebäude, weshalb ich oft wie ein Idiot wieder und wieder den gleichen Weg zurücklegen musste, um von ihm angekündigte Aufnahmen zu suchen.

Als ich ihn am nächsten Tag anrief und fragte, wann ich bei ihm vorbeikommen könne, um mit ihm die alten Rechnungen zu begleichen, lachte er. Ob die drei letzten Serien endgültig erledigt seien, wollte er wissen. »Na, da sind wir aber froh«, sagte er, »kommen Sie morgen vorbei, so um vier herum, und bringen Sie alles mit!«

Seit zwei Monaten hatte ich auf diese Aufforderung, in seine Wohnung zu kommen, gewartet, denn zur Siebensterngasse zu dürfen, bedeutete Nähe, Gespräch, Frage und Antwort. Zuversichtlich, dass am nächsten Tag viele Fragen geklärt sein und ich den Arbeitslohn bereits in der Tasche haben würde, eilte ich am frühen Morgen zum Naschmarkt und stürzte mich mit dem Kauf von einem halben Kilo Basmatireis, fünf Gramm Safran, einem Kilo gemahlener Walnüsse und zwei Flaschen Bier in Unkosten. Nur mit dem Fleisch hielt ich mich ein wenig zurück und nahm anstatt Wildente (auch Fasan wird bei uns im Norden verwendet) ein mickriges tiefgekühltes Hühnchen. Allein für eine Flasche Granatapfelsaft (Konzentrat) und einen frischen Granatapfel gab ich 100 Schilling aus. Um zehn Uhr stand ich schon vor dem Herd und begann zu kochen. Denn allein das Zubereiten von mit Zwiebeln gebratenen Walnüssen unter Zugabe von Granatapfelsaft dauerte zwei Stunden. Etwa um elf Uhr stellte ich den Topf mit dem halb gekochten Reis zur Seite und begann das Hühnchen zu braten. Es musste noch warten, bis die Walnüsse weich gekocht sein und ich vom Bad zurück sein würde.

Das Brausebad am Einsiedlerplatz (Duschkabine ohne Handtuch und Seife dreißig Schilling) war die letzte Üppigkeit, die ich mir zur Feier des Tages erlaubte. Draußen schneite es leicht, und aus der Duschkabine, als ich unter dem heißen Wasserstrahl stand und das Wasser über den Kopf prasseln ließ, sah ich durch das Lichtfenster, aus dem Wasserdampf hinausqualmte, dass der Birkenbaum im Park weiß angeschnéit war. Ich hielt dann, wieder mit der Welt versöhnt, lange beide Füße unter die milchig weiße Antifußpilz-Lösung und dachte nur an das Essen, das auf mich wartete.

Unter dem Föhn des Haartrockners fragte ich mich sogar, in welchem Kaffeehaus ich dann den kleinen Braunen nehmen solle: im Café Museum oder in der Aida an der Ecke zur Operngasse?

Dass der Schlüssel nicht in das Türschloss passte, war ein Schock. Auf einem zusammengefalteten Stück Papier, das im Türspalt steckte, stand, der neue Schlüssel sei zu holen, sobald ich die beiden Erlagscheine eingezahlt hätte. Der Schwächeanfall, den ich in den Beinen und in der Magengrube spürte, kam so plötzlich, dass ich am Gangfenster Halt suchen musste. Hilfesuchend warf ich einen Blick zu den geschlossenen Wohnungstüren. Frau Ottawa war nicht da, sie war im Krankenhaus. Aber wo waren die anderen Damen? Sicher standen sie alle – bereits über die Delogierung informiert – hinter den Wohnungstüren und lauerten auf meine Reaktion.

Ich stellte die Tragtasche aufs Fensterbrett und suchte sinnlos unter der Schmutzwäsche und den nassen Tüchern nach etwas, von dem ich von vornherein wusste, dass es dort nicht war, nämlich die Fotos, mit denen ich das Geld verdienen wollte, um die Miete bezahlen zu können. Wonach suchte ich noch? Ich schaute in Richtung der Wohnungstüren und sagte laut, damit sie mich alle gut hören konnten: Wie soll ich die Miete bezahlen, wenn das Sparbuch im Zimmer eingesperrt ist? – Welches Sparbuch? Welches Geld? fragte ich mich dann auf persisch, und musste über mich selbst lachen.

Der Schnee fiel weiter und deckte im Hinterhof den Baum, den Müllcontainer und das Dach des Holzschuppens zentimeterweise zu. Der Schlüssel zum neuen Schloss hing jetzt sicher zwei Stockwerke tiefer in der Wohnung von Gebhardt. Ich brauchte nur nach unten zu gehen, zu klopfen und ihn, seinen Sohn oder seine Schwiegertochter höflichst darum bitten, mich nur einmal kurz ins Zimmer hineinzulassen, damit ich das Sparbuch mitnehmen konnte.

Ich ging nach unten, klopfte und läutete. Nichts. In der Stille des Hauses ging plötzlich eine Dachlawine im Hof nieder. Wo sollte ich jetzt hin?

Dass Herr Gebhardt mich wegen der ausstehenden Miete von Dezember und Jänner einfach aus dem Zimmer aussperrte, damit hatte ich nicht gerechnet. Nicht nur die Maßnahme, sondern auch der Zeitpunkt (an einem verschneiten Wochenende) war schonungslos und hart. Eine Strafaktion. Während ich an der Haltestelle Einsiedlerplatz im Schnee stand und nicht wusste, wohin und zu wem ich gehen sollte, fiel mir der Flüchtling aus Bangladesch ein, der vor zwei Jahren monatelang im Studentenheim in der Seilerstätte untergetaucht war und dort im Fernsehraum übernachtet hatte.

Unter dem Schnee, der langsam niederging, schlummerte eine zurückgezogene Stadt, die in gut geheizten Zimmern im warmen Bett lag und sich für nichts anderes außer den Schlaf interessierte. Als der Bus kam, stiegen wir (ich, der Mann aus Bangladesch und die Traurigkeit) ein.

Kurosch, ein persischer Freund, der im Studentenheim wohnte, hörte mir geduldig zu, schaute mich an und fragte, was er für mich tun könne. Ich fragte ihn, ob ich mir eine Eierspeise machen dürfe, und wir gingen in die Küche im zweiten Stock, wo ich ihm von der Speise erzählte, die so mühevoll zubereitet war und jetzt in der Brandmayergasse essbereit am Herd stand. Ob er etwas dagegen habe, wenn ich vorübergehend im Fernsehraum schlafe, fragte ich ihn dann. Er stellte das Teewasser auf und sagte, kein Problem. Er zeigte mir, bevor er ging, wo Teekanne, Tee und Zucker im Küchenschrank waren, damit ich, falls ich etwas brauchte, auch alles finden könne. Zögernd sagte er dann, dass der Burgenländer, sein Zimmerkollege, zwar nicht da sei – in den Semesterferien fahre er immer nach Hause –, aber da er ihn vorher nicht gefragt habe, könne er mir sein Bett nicht zur Verfügung stellen. Ich hätte ohnehin nicht vor, ihm und seinem Zimmerkollegen zur Last zu fallen, sagte ich. Ich würde vorübergehend im Fernsehraum schlafen. Wie der aus Bangladesch, sagte er, und lachte verlegen. Ob er genug Geld auf dem Konto habe, um mir die Summe, die ich für die Miete brauche, bis zum Monatsende zu borgen? Er denke schon, hatte er gesagt, müsse aber am Montag zu seiner Bank gehen und fragen, ob er den Überziehungsrahmen ein wenig überschreiten dürfe.

Als er ging, blieb ich in der dunklen Küche mit dem kleinen Fenster zum Lichthof sitzen, folgte den Schneeflocken vor dem schwarzen Hintergrund und hatte keine Kraft in den Beinen, aufzustehen, Herrn Sohalt anzurufen und zu sagen, warum ich nicht kommen könne. Ich nippte am heißen Tee, grübelte über dem Feuerzeug und der halb leeren Zigarettenschachtel vor mich hin, zählte die hundertfünfzig Schilling und ein paar Münzen, die ich noch in der Tasche hatte, und bemitleidete mich selbst.

In Wien darf die Wichtigkeit eines Daches über dem Kopf, die Bedeutung eines Wohnungsschlüssels in der Tasche und die Würde eines Papiers namens Meldezettel nicht unterschätzt werden. Hinzu kam noch die Lebensnotwendigkeit eines Reisepasses mit einer gültigen Aufenthaltsgenehmigung, der mir nun auch fehlte. Irgendwann nahm ich müde und deprimiert den Plastiksack voller Schmutzwäsche mit in den Waschraum, warf sie zum Einweichen ins Becken und versuchte die traurige Situation durch das Wäschewaschen zu vergessen. Manche Bilder aus der Kriegszeit, die an solche und ähnliche Situationen erinnerten, tauchten auf und beunruhigten mich. Der Flüchtling aus Bangladesch stand wie ein flüchtiger Schatten hinter mir, schaute mir beim Wäschewaschen zu und belächelte mich und meine Angst, so wie wir ihn damals vor zwei Jahren belächelt hatten.

Wie er sich damals leise im Heim zu bewegen wusste, wie er mehrere Wochen so tat, als wäre er Teil des Inventars und Mobiliars des Fernsehraums, war Anlass zu vielen Witzen gewesen. Dunkel und abgemagert wie er war, war er in dem finsteren Fernsehzimmer kaum jemandem aufgefallen. Jede Nacht stand er, nachdem alle anderen weg waren, vorsichtig auf, lüftete zuerst das verrauchte Zimmer, nahm dann stolz seinen Kulturbeutel (ein Geschenk der Caritas) mit in den Duschraum, rasierte, duschte und kämmte sich sorgfältig, weichte seine Wäschestücke im Waschbecken ein, kehrte zurück zum Fernsehraum, machte die Fenster zu, legte sich auf drei nebeneinander gerückte Sessel und deckte sich mit seinem Mantel zu. Und fertig!

Mein Aufenthalt im Fernsehraum würde sicher nicht so lange dauern wie der des Flüchtlings aus Bangladesch, dachte ich. Und tatsächlich dauert es nicht einmal eine Woche, und die Geldsumme, die ich für die Miete benötigte, war von der persischen Gemeinde im Heim gesammelt.

Als ich Herrn Gebhardt anrief und seinem Sohn mitteilte, dass ich mit dem Geld vor dem Haus stehe, war ich nicht mehr kleinlaut und leise wie in den letzten zwei Monaten. Nach meiner Rechnung reichte die Summe für die Nachzahlung der zwei Monatsmieten aus. Mit dem Geld, das mir Herr Sohalt schuldete, konnte ich die ausgeborgte Summe zurückzahlen und schauen, wie ich mit einem anderen Job weiterkommen würde. Die Zeit war reif für einen Abschied von den Kriegsruinen, von Herrn Sohalt und seinen Fotos. Ich wollte heimkehren und im eigenen Bett schlafen.

Der Tag, an dem ich zurück in mein Zimmer wollte, war für einen Friedensschluss wie geschaffen, denn der Schnee taute, es tropfte wie im Frühling von allen Dächern herab, der Boden rauchte, und, was ich nie vergessen werde, die Leute waren ausgesprochen freundlich und nett zu mir. Papa sei in einer halben Stunde wieder da, sagte der Sohn. Ich kam erleichtert aus der Telefonzelle heraus, ging in den Park spazieren, sah dort den Frühling hereinbrechen und trat probeweise auf die dünne Eisschicht der seit langem zugefrorenen Wasserpfützen.

Als ich aber kurz darauf Herrn Gebhardt vor dem Haus schreien und schimpfen hörte – er sprach mit den türkischen Untermietern, die in den Kellerräumen wohnten –, ahnte ich schon, dass der Zeitpunkt für einen Frieden noch nicht gekommen war. Er schrie: »Es is a Jammer mit euch, sie verstehen kein Wort. Schau! Du zahlen Miete, dann haben Schlüssel! Verstehen?« Die Szene war wie aus einem alten italienischen Film: Der Ehemann steht vor seiner Frau, die Kinder verstecken sich hinter dem schwarzen BMW, zwei sitzen auf mit Leintüchern zusammengebundenen Matratzen, das kleinste steht neben dem Fernsehapparat auf einem kleinen Koffer. Einige Neugierige stehen herum und schauen grinsend zu. Herr Gebhardt drehte sich zum zweiten Mal um, wollte weggehen, kehrte aber zurück und wiederholte: »Bagasch! Gsindl! Wenn nix zahlen, Türkei, fertig!« Er blickte beifallheischend in die Runde, und die Leute vom Parterre nickten ihm zu. Ich wollte mich unauffällig entfernen, er aber rief hinter mir nach: »He! Sie da! Kommen Sie her!«

Ich begann vor allen Leuten meine Taschen auszuleeren und zeigte ihm die Geldscheine, und er sagte: »Na also, Sie zahlen!« Ich sagte, deshalb bin ich ja da, und folgte ihm. Anstatt aber die Treppen hinaufzugehen, machte er die Tür zum Hinterhof auf und zeigte mir den Holzschuppen in der Ecke. Er suchte in seiner Tasche den Schlüsselbund und sperrte auf, machte Licht und sagte: »Alles tip top, schön zusammengepackt!« Alle meine Sachen standen auf dem nassen Boden herum: »Und das Zimmer? Was ist jetzt mit meinem Zimmer?« fragte ich. »Schon vermietet«, sagte er.

Das Geschirr, die Wäsche, das Bild meiner Mutter, das Zahnputzglas, die Bücher, Fotos von Herrn Sohalt und die Laborsachen lag durcheinander am Boden. Der verschimmelte Reistopf und die Pfanne mit dem Hühnchen stand neben den Tellern und Gläsern auf dem Flieder-Tischtuch (eine Handarbeit meiner Mutter vor ihrer Hochzeit). Mir wurde schlecht. Ich sammelte die Fotos ein, raffte die Bücher *Safarname* von Nasser Khosrou, *Diwan* von Hafes und *Robaiat* von Khajam zusammen, überlegte, wohin ich die Mendeleviumtafel und die teuren Fachbücher, die aus der Institutsbibliothek geliehen waren, stellen sollte, damit sie nicht nass würden. Er blätterte in seinem Kalenderheft, drückte auf den Kugelschreiber und sagte: »Dreitausendachthundertdreiundneunzig!« Ich richtete mich auf, sah ihm in die Augen und wollte fragen, wofür er mich eigentlich halte? Er sperre mich zuerst aus dem eigenen Zimmer aus, schaffe meine Sachen unerlaubt weg, vermiete das Zimmer weiter und wolle jetzt noch die Monatsmiete für die Zeit, die ich nicht hier gewohnt habe.

Stattdessen sagte ich: »So viel habe ich leider nicht mit.« Er stieß mich weg und sagte: »Kommen Sie raus, ich muss absperren!« Er nahm meinen Pass und meinen Meldezettel vom Werkzeugregal und sagte: »Den da und das Zeug kriegen Sie, wenn Sie bezahlt haben.« »Das können Sie nicht machen«, sagte ich ein wenig lauter als sonst. Er sah hinauf zu den Fenstern, aus denen uns viele neugierige Augen beobachteten, zögerte kurz, zerriss den Meldezettel und warf die Fetzen in die Luft: »Nehmen Sie Ihr Zeug und verschwinden Sie! Aufwiederschaun!« Er steckte meinen Reisepass in die Tasche und ging hinaus.

Wenn ich zurückdenke und mir vorstelle, was danach kam und wie viele Sorgen und wie viel Leid ich mir hätte ersparen können, wenn er nicht so geldgierig gewesen wäre, wird mir einfach schlecht. Ich hätte, anstatt noch hinter einem Herrn Sohalt und seinen Fotos nachzulaufen, gleich an diesem Nachmittag zu studieren beginnen können und sicher einen anderen Job gefunden. Auf jeden Fall würde ich jetzt nicht hier, in einer psychiatrischen Heilanstalt sitzen, sondern in der Bibliothek und für die Prüfungen lernen.

Nachdem Herr Gebhardt weg war, holte ich meine Sachen aus dem Schuppen, putzte die Scheibe und den Bilderrahmen, aus dem meine verstorbene Mutter lächelte, reinigte den Rahmen und das Glas von einem anderen Familienfoto und begann Bücher, Kleiderstücke und Bettwäsche in zwei Koffer einzupacken. Als ich fertig war, schaute ich nach oben, zu meinem Fenster, und brachte es nicht übers Herz, das Haus ohne Abschied zu verlassen. Die Wohnungstür stand offen und das Zimmer war ganz nackt, die Anstreicher zogen sowohl hier als auch bei Frau Ottawa die Tapeten von den Wänden ab. Ihre Wände wollten von dem bitteren Leben der Verstorbenen mit ihrem leer gebliebenen Ehebett nichts mehr wissen. Meine vier Wände waren nicht so treulos: ein Rest vom Zugfenster hing noch da, auch der Spion neben der Eingangstür war an seiner Stelle, nur das gesprungene Waschbecken war weg.

Ich wusste nicht, mit welchem Gesicht ich jetzt zum Studentenheim zurückkehren sollte. Ich generierte mich einfach für meine Lage, und das Gelächter, als ich ihnen das ausgeliehene Geld zurückgab, war nicht gerade angenehm. Ohne den Pass und den Meldezettel, ohne Unterkunft und mit leeren Händen da zu stehen, war bedrückend. Der einzige Halt und die einzige Hoffnung war die Arbeit, denn ohne sie wäre ich ein Nichts. Ich suchte gleich die Fotos, die ich zuletzt, an diesem Samstag, Herrn Sohalt liefern wollte, verstaute die zwei Koffer im Abstellraum und ging zum Münzautomat im Parterre, um ihn anzurufen.

Ich versuchte es oft, und dass er nicht abhob, war eine weitere herbe Enttäuschung an diesem Tag. Dadurch wurde mir klar, wie sehr ich von ihm und von der Arbeit, die er mir gab, abhängig war. Lassen wir die seelische Abhängigkeit weg, das Geld, das ich, nachdem die Schulden bei Gebhardt bezahlt waren, für ein neues Mietzimmer, zur Ablöse des Passes und zum einfachen Lebensunterhalt benötigte, war nur durch die Arbeit, die er mir gab, zu verdienen. Am Tag darauf und an allen folgenden Tagen tat ich nichts anderes, als zu einem Telefonapparat zu laufen, um ihn anzurufen. Die Telefonzellen der Umgebung sind meine Zeugen, fast stündlich ging ich hinaus und rief ihn an, von wo auch immer, ließ lange läuten und kehrte enttäuscht ins Heim zurück. »Und?« Darauf gab ich nie die richtige Antwort, ich sagte entweder, es war besetzt, oder, ich fürchte, er ist verreist. Später behauptete ich, sein Telefon sei defekt und manchmal: ich fürchte, es ist etwas passiert. Innerlich war ich aber fest davon überzeugt, dass er absichtlich nicht zum Telefon ging, weil er beleidigt war, weil ich zur verabredeten Zeit nicht bei ihm war und ihn nicht angerufen hatte. Außer mir gab es nur noch die alte Frau, die die Wohnung putzte und für ihn einkaufte, und die Hausbesorgerin, die ihm die Post hinauf brachte, und beide hätten ihn nie angerufen. Der Einzige, der ihn anrief, war ich, wenn also der Apparat in der Wohnung läutete, konnte nur ich es sein und kein anderer.

Kurz, es schien sich abzuzeichnen, dass ich mich für längere Zeit aufs Wohnen im Fernsehraum einstellen musste. Ob ich mich auch so gelassen wie der Mann aus Bangladesch, so ruhig und unsichtbar wie er zu bewegen wusste, war dahingestellt. Ich war zu nervös, ich war zu aufgebracht, um so ruhig wie er herumzusitzen und zu warten. Es war auch nicht einzusehen, warum ich nach mehreren Jahren meines Lebens hier so plötzlich als illegaler Flüchtling gelten sollte. Aber es war nun einmal so, und ich musste mich langsam daran gewöhnen. Das Gefühl, von allen beobachtet zu werden, war alles andere als angenehm. Von zwei Seiten fühlte ich mich verfolgt: von den Putzfrauen des Hauses, die vor sechs Uhr früh hereinbrachen, um die Korridore und Aufenthaltsräume (auch der Fernsehraum gehörte dazu) zu reinigen, und vom Heimleiter, der die Übernachtung von Nicht-Bewohnern im Heim nicht duldete.

Die Raumpflegerinnen (keine war eine gebürtige Österreicherin) waren harsch, rau und unfreundlich. Das langgezogene *Morgen* weckte mich auf, gleich darauf wurde das Licht eingeschaltet, die Tür aufgerissen und das Fenster aufgemacht. Ich wurde brutal aus dem Fernsehraum hinausgeworfen. Die Jugo-Frauen seien in Ordnung, hieß es im Heim, ich solle nur, wenn sie kommen, gleich aufstehen, ihnen beim Aufräumen und Putzen ein wenig helfen, oder zumindest so tun, als ob. Ich sollte die Aschenbecher ausleeren, die Sessel, die ich zum Schlafen benützt hatte, in Ordnung bringen, Wasserkübel hineintragen helfen und ähnliches. Nur so würden sie ein Auge zudrücken und mich nicht beim Heimleiter verpfeifen, hatte man mir gesagt. Ich solle, falls ich gefragt werde, sagen, ich sei mit dem im Zimmer Soundso verwandt oder befreundet, es sei spät geworden und ich hätte irgendwo übernachten müssen. Es ging noch weiter. Ich sollte schon in der Früh verschwinden und mich während des Tages nicht mehr blicken lassen. Geh ja nicht in die Parkanlagen, dort wird am meisten kontrolliert, meide U-Bahnstationen und Bahnhöfe, dort sind sie besonders streng ...

In der Kälte der Annagasse, dem zweiten Ausgang des Heims, bin ich noch im Dunkel des Wintermorgens hinausgeschlichen, und die Frage »Wohin willst du eigentlich?« stellte sich sofort. Die Gasse war im winterlichen Frühnebel finster, die Luft schmeckte in den Morgenstunden wie der kalte Rauch einer halb ausgelöschten Zigarette. Alles war extrem unfreundlich und abweisend.

Erstaunlich, wie der Verlust eines bescheidenen kleinen Mietzimmers so viel bei einem Menschen verändern kann. Das Elend der Stadt war vergessen. Was zählte, war mein eigenes Schicksal. Ich ging in die Kärntnerstraße und kehrte um, als ich einen Uniformierten patrouillieren sah; ich hatte keinen Mut mehr, weiterzugehen. Von einem Aufenthalt in den U-Bahnstationen, in den Unterführungen und Kaufhäusern war mir von Heimbewohnern ebenso abgeraten worden wie vom Spazieren in den Einkaufsstraßen. Ich wusste nicht, wohin. Passierte ich ohne Zwischenfälle die Albertina und kam in den Burggarten, glaubte ich, alle Menschen dankbar anlächeln zu müssen. Dieses Pudelgefühl (das Gefühl, sich dauernd anbiedern zu müssen, sich unbedingt als braver Ausländer zeigen zu müssen) war ekelerregend. Ich hatte keinerlei Achtung mehr vor mir. Ich schmeichelte mit dem Blick, ich bewunderte grundlos Leute, ich lächelte sie alle an. Und diese Alle, die sicheren Schrittes zum eigenen Auto gingen, vor einem Schaufenster stehen blieben oder einfach unterwegs waren, wussten nicht, warum. Für meine schleimige anerkennende Bewunderung erwartete ich einen einfachen freundlichen Blick zurück, der aber war rar.

Als es auf der Straße und in der Kälte langsam unerträglich wurde, kam der Vorschlag, dass ich die Zeit auch in der National- oder Universitätsbibliothek totschlagen könnte. Von da an ging ich verschlafen durch den nebelverhangenen Burggarten zum Heldenplatz und wartete dort bis zum Einlass vor dem Bibliotheksgebäude. Ich lief, um warm zu bleiben, auf dem großen Platz zwischen Hofburg und Torbogen oft hin und her. Ich hatte mit den Fiakerpferden, die dort mit weißen Dampfwolken vor dem Maul auf Kunden warteten, und mit den mit Raureif bedeckten Bäumen und Büschen auf dem Platz etwas gemeinsam: Wir alle erinnerten an die eingefrorenen Landser auf den Fotos, die nach der Kesselschlacht bei Stalingrad im Schnee zurückgeblieben waren.

Erst wenn ich in das Gebäude hinein durfte und in dem großen Lesesaal nach dem mir zugewiesenen Platz suchte, ging es wieder aufwärts. Seit damals sind die gelben Lichter und die abgestandene Atemluft für mich ein Ausdruck von Frieden. Ich ging leise zu den Büchern, holte mir einige dicke Bände (Handbücher, Standardwerke und ähnliches), baute damit einen Schutzwall vor den fremden Blicken, um beim Einschlafen nicht so sehr aufzufallen.

Der Schnee im Burggarten fiel geräuschlos und deckte,

während ich zwischendurch hinausblickte, die Parkbäume zu. Erinnerungen an Fotos vom Krieg störten. Am häufigsten tauchte das Foto des abgestellten Viehwaggons im Bahnhof Aspern auf. Die Schienen lagen unterm Schnee, man vermutete von außen keinen Menschen darin, keiner würde je erraten, dass die Leute seit Tagen ohne Wasser und Brot im Dunkel des stickigen Waggons saßen und auf nichts und niemanden mehr hofften. So wurden die Schneeflocken vor dem Fenster nach und nach schwarz, und ich war wieder im Krieg.

Den Spruch »Ein Land zum Bleiben, die Leut' zum Speiben«, der in der Küche im ersten Stock aufgeklebt war, hatte ich in diesem Zusammenhang erwähnt. Ich wollte niemanden damit beleidigen, sondern nur erwähnen, dass meine einzige Freude damals darin bestand, am Abend von der Bibliothek zum Studentenheim zu laufen und, von der klirrenden Kälte draußen zurückgekehrt, mir in der Küche einen Tee zu machen. Zudem, der Spruch, den ich im Gespräch mit Frau Dr. Loberdeck erwähnte, stammte nicht von mir, sondern von einem Südtiroler, der, wie man mir sagte, des Lebens in Wien überdrüssig geworden war.

HEFT NR. 7

Wien, 22. Februar 1997
 Sehr geehrter Herr Sohalt,
 seit zwei Wochen versuche ich Sie von jeder Telefonzelle aus, die ich unterwegs vorfinde, anzurufen, um Sie zu fragen, was ich mit den liegengebliebenen Fotos machen soll. Dass Sie beharrlich auf die Anrufe nicht reagieren, erfüllt mich mit Sorge und Enttäuschung, denn die Frage, was wohl der Grund sein könnte, beschäftigt mich die ganze Zeit. Deshalb schreibe ich Ihnen in höchster Not und dringender Eile und bitte darum, dass Sie mich aus dieser Ungewissheit befreien. Ihre Weigerung, mich zu empfangen, erregt bei mir den Verdacht, dies sei eine Strafe dafür, dass ich Ihnen beim letzten Mal mit den Fragen, die ich gestellt habe, ein wenig zu nahe getreten bin.
 Hochachtungsvoll
 Ardi«

Da ich Herrn Sohalt mehrmals täglich anrief und er weiterhin nicht antwortete, kam von irgendwo der Vorschlag, ihm einen Brief zu schreiben. Der letzte Anstoß zu dieser Tat kam aus Persien, und zwar mit einem Brief voller Rügen und Kränkungen des Vaters. Anstatt mir das Geld, das ich so dringend brauchte, zu schicken, machte er mir Vorwürfe, warum ich mein Studium vernachlässige. Ich sei nach Europa gekommen, meinte er, um Technik zu studieren, denn, was man in Persien dringend brauche, seien gut ausgebildete Techniker, und keine Märchenerzähler.

Verzweifelt schrieb ich Herrn Sohalt einen zweiten Brief, ich fügte auch eine satte Rechnung hinzu mit allen offenen Arbeitsstunden plus der Angabe eines Termins, bis wann er seine Schulden zu begleichen habe. Eigentlich eine leere Drohung, aber besser als nichts.

Der Tag, an dem ich in die Siebensterngasse ging, gespannt vor seiner verschlossenen Wohnungstür wartete und hoffte, aus dem Wohnungsinneren ein Lebenszeichen zu hören, war ein besonders trüber, von weißen Wolken bedeckter Märztag. Meine lächerliche Drohung: »Herr Sohalt! Machen Sie auf, sonst müssen wir die Feuerwehr rufen«, erschreckte nur die Tauben auf dem Fensterbrett.

Ich betrachtete die Fotos, Hefte und Notizen in meiner Hand und wusste nicht, was ich nun mit ihnen, die mich so viel, wie es aussah, unbezahlte Arbeit gekostet hatten, tun sollte. Es ging nicht nur um das Geld, das er mir schuldete: Wer, wenn nicht er, konnte die Fragen, die noch offen waren, beantworten?

Als ich bei der Hausmeisterin läutete und wartete, dass sie mir aufmachte, warf ich einen Blick zu seinem Briefkasten und war überrascht, dass er mit Werbezetteln, Zeitungen und Postwurfsendungen vollgestopft war. Normalerweise brachte ihm die Hausbesorgerin die Post hinauf, die er, gleichgültig ob es Rechnungen, Werbezettel oder Bezirkszeitungen waren, von A bis Z durchlas. Ich sah, wie von einer Befürchtung getrieben, Richtung schwarzer Tafel neben den Postkastenreihen, wo die Ankündigungen der Hausverwaltung hängen, und suchte nach dem in Wien üblichen Partezettel mit dem dünnen Kreuzzeichen in der Mitte: »In tiefer Trauer geben wir Nachricht.« Ich trat näher hin. Der Nachruf: »Was vergangen, kehrt nicht wieder; aber ging es leuchtend nieder, leuchtet es lange zurück …« galt einer anderen Person und nicht Josef Sohalt. Die Hausbesorgerin, die den Boden wischte, richtete sich vor mir auf und fragte: »Wen suchen Sie denn?«

»Den Herrn Sohalt« sagte ich, »ich wollte für ihn ein Paket abgeben.« »Er ist nicht da«, sagte sie. »Ich versuche ihn schon seit Tagen telefonisch zu erreichen«, sagte ich, »ich war jetzt auch oben, aber er macht nicht auf.« Sie sagte, der Herr liege schon seit zwei Wochen am Spiegelgrund, und dann, als sie mich Richtung Tafel blicken sah, dass er wegen eines gebrochenen Beins eingeliefert worden sei. »Schlimm«, sagte sie, die ganze Nacht über sei der Arme mit dem gebrochenen Bein auf dem Parkettboden gelegen, und hätte ihn der Rauchfangkehrer nicht gefunden, wäre er schon gestorben.

Ich stand da und wusste nicht, was ich mit dem Paket tun sollte. Würde es Sinn ergeben, die Fotos und die Rechnung der alten Frau zu überlassen, oder sollte ich sie zum Spiegelgrund mitnehmen? Eine innere Stimme sagte mir, dass es so oder so zu spät war. Ich stieg verwirrt und ein wenig durcheinander in die falsche Straßenbahn und fragte nach dem Krankenhaus Spiegelgrund. Ein Krankenhaus mit diesem Namen gebe es nicht, sagte der Schaffner. Sie wollen zur Baumgartner Höhe? Ich nickte, und er meinte, wenn ich dorthin fahren wolle, müsse ich an der Bellaria in den 48er Autobus umsteigen. Ich wurde vom Busfahrer belehrt, dass an der Strecke nicht nur eines, sondern mehrere Krankenhäuser liegen: Ob ich zum Pulmologischen Zentrum oder zum Steinhof fahren möchte? Da mir der Baum, die Höhe und der Garten mit dem Hof mehr zusagten, entschied ich mich für die Baumgartner Höhe.

Während der langen Fahrt – ich saß hinten an einem der einzelnen Fensterplätze und dachte über Herrn Sohalt nach – dachte ich über die Angst Frau Ottawas vor unliebsamen Todesarten nach. Unter anderem befürchtete sie, eines Tages von der Feuerwehr oder dem Rauchfangkehrer tot am Boden aufgefunden zu werden. »Jessas!« schrie sie, auf dem Parkettboden im eigenen Nass, »und dann noch der Geruch!« Der Tod verfolgte mich über die ganze Strecke, zwischen den grauen Häuserreihen, mit dem spärlichen Licht vor den Anlagen. Wo die Schrebergärten und Weinberge aufhörten, begannen ausgedorrte Wiesen mit Schneeresten auf dem Boden. Ich stand auf und stieg, wie mir gesagt worden war, an der Haltestelle Baumgartner Höhe aus.

Während ich unentschlossen vor dem Tor mit den zwei Steinsäulen die Besuchszeiten studierte, hob plötzlich ein kalter Wind an und wirbelte verstreuten Straßensand hoch. Eine Wolke deckte die schwach strahlende Sonne zu und verdüsterte die Umgebung so traurig, dass ich gleich umkehren wollte. Das fahle, kraftlose Licht machte aus allem, was ich sah, aus der Ziegelmauer, aus den ausgemergelten Bäumen der Anstalt, die wintermüde auf den Frühling warteten, und aus dem Rettungswagen, der hineinfahren wollte, eine Endstation.

Die Baumgartner Höhe, wenn ich die Anstalt so nennen darf, macht beim ersten Besuch keinen guten Eindruck. Man wird gleich von einem hoffnungslosen Gefühl, als gäbe es von hier kein Zurück mehr, überrollt. Der Portier (es war der freundliche Herr Leopold Wächter) kam mit offenem weißen Kittel aus dem Häuschen heraus, sah kurz zu mir, ging aber dann zu einer Patientin (einer winzig kleinen alten Frau), die gerade versuchte, unbemerkt die Anstalt zu verlassen.

Herr Wächter streckte die Arme aus, um ihr den Weg abzuschneiden. Und ich weiß nicht, ob es an ihrem zerzausten Haar lag, an ihrem alten Hausmantel oder an den weißen Socken in den Hausschuhen, sie wirkte wie ein früh gealtertes Schulmädchen, ein siebzigjähriges Mädchen. Herr Wächter redete auf sie ein, sie solle, bitte, bevor er gezwungen sei, die Stationsschwester zu rufen, wie ein braves Mädchen umkehren. Sie war mit ihrem scheuem Blick sehr beharrlich, konnte sich aber kaum verständigen. Sie wiederholte nur beständig »Will heim«, und zeigte auf den kleinen Koffer, den sie an ihre Brust drückte. Ihr Hausmantel sei für das Wetter ungünstig, sagte Herr Wächter. Sie könne sich leicht eine Erkältung holen. Außerdem mit diesen Schlapfen. »So möchten Sie raus?« Und dabei zwinkerte er mir zu und sagte: »Nur einen Moment! Ich komme gleich.«

Es dauerte einige Zeit, bis die kleine alte Frau davon abließ, nach Hause zu wollen, und kleinen Schrittes mit dem Wind im Rücken zu den Pavillons zurückging. Herr Wächter musste mich zweimal »Zu wem wollen Sie?« fragen, bis ich darauf reagierte. Ich zeigte ihm den Zettel mit der Adresse und sagte: »Ich möchte zu dem Patienten Josef Sohalt.« »Und was fehlt ihm?« »Er hat sich das Bein gebrochen«, sagte ich. Er ging in die Loge, kam mit einem Blatt Papier zurück und zeigte auf den Grundriss der zweiten Heilanstalt nebenan, er begleitete mich dann hinaus, um mir die Richtung zu zeigen. »Immer entlang der Sanatoriumstraße, der Mauer nach!« Er warf dann einen Blick auf die Wanduhr im Häuschen und bemerkte: »Sie sind aber ein bisserl zu früh da.« Ich ging die Mauer entlang weiter.

Mein zweiter Eindruck von Steinhof war die nicht enden wollende alte Ziegelmauer: Sie zermürbte meine Geduld. Durch das fahle Licht der kraftlos sickernden Sonne, das auf die trockenen, verstaubten Nadelbäume der Heilanstalt fiel, wirkte die Anlage sehr krank. Einen oder zwei Kilometer lang ging ich weiter und zerstampfte am Straßenrand Grashalme unter den Hecken und Sträuchern. Beklemmung ging auch von einigen Trauerweiden aus, die auf der anderen Seite der Straße leicht grünten.

Der Portier am nächsten Tor fragte, ob ich den Weg zur Orthopädie kenne. Er bemerkte meine Verwirrung und begleitete mich bis zu einer weißen Wandtafel, auf der die Blöcke des Areals mit den Namen der Pavillons aufgezeichnet waren. »Fragen Sie nach dem Haus Austria!« Unterwegs wollte ich mich auf einer Sitzbank kurz ausruhen, als ich plötzlich die zwei Zementlöwen auf dem Sockel sah. Ich glaube, es lag nicht an den Löwen und den Pavillons. Als eine Schar schwarzer Raben auf nassen Ästen ganz nah zur Baumkrone schrie, nahm die Anlage sofort die graue Farbe des Sterbens an: Der Patient, den Sie suchen, ist leider vorige Woche gestorben.

Die alte Fassade des Pavillons Leopold war nicht geeignet, um mich zu beruhigen, auch nicht der schwere Arzneigeruch im Treppenhaus, der, ob Äther oder nur reiner Alkohol, an Todkranke denken ließ.

In den Korridoren, wo man gerade ein Bündel weißer Bettwäsche von einem leer gewordenen Gitterbett abzog und auf den Gang zur Schmutzwäsche legte, dachte ich sofort: Er ist gestern Nacht gestorben.

Ich klopfte an die Tür des Zimmers, wo die Stationsschwestern beim Kaffeetratsch saßen. Eine von ihnen stand gleich auf, zögerte aber mit der Antwort: »Sohalt, Josef, sagten Sie?« Und dann, nachdem sie auf einer Liste nachgeschaut hatte: »Er liegt oben im dritten Stock, Zimmer 305!« Ich kam, die Stufen schnell hinaufeilend, atemlos dort an.

Herr Sohalt saß in seinem weißrot gestreiften Hausmantel in einem Rollstuhl, das linke Bein bis zur Hüfte in Gips, und las Zeitung. Als er mich kommen sah, hob er die Zeitung hoch und sagte: »Wenn das nicht eine Überraschung wär'!« Und seine Freude war nicht gespielt. Ich grüßte ihn und fragte einige Male: »Wie geht's«, weil mir nichts anderes einfiel.

Er warf einen Blick auf die Kartenspieler nebenan, schmunzelte verschämt und zeigte kopfschüttelnd auf sein Bein: »Es ist furchtbar gewesen«, sagte er, »so am Boden liegend zu warten, und der schreckliche Durst!« Er hatte etwas von der Küche holen wollen, und knack. Er machte mit dem Finger das Brechen nach. Ich nickte und entschuldigte mich leise. »Ich habe das alles erst heute von der Hausbesorgerin erfahren«, sagte ich. Er klopfte mit dem gebogenen Zeigefinger auf den Gips, auf die Stelle, wo mit Kugelschreiber ein Datum eingetragen war, und sagte: »Morsch« und lachte laut, so dass das vom Rollstuhl weggestreckte Bein wackelte. »Bum! Bum!« gab ich als Antwort, und er lachte wieder.

Danach sprach er lange von Naturkräften und dem Los, alt werden zu müssen: »Da kann man halt nix machen«, wiederholte er mehrmals, und warf zwischendurch mit beiden Händen seine Traurigkeit über die Schulter. Um ihn vom Tod und ähnlichen Gedanken abzulenken, machte ich die Aktentasche auf und nahm die Fotos heraus, die ich ihm seit langem geben wollte. Er deutete mit hochgezogenen Brauen auf die kartenspielenden Patienten am Tisch, fragte laut, ob ich ihn nach vorne zum zweiten Gangfenster schieben könne? »Zum Lesen brauch' ich Licht«, sagte er. Dort, vor dem Fenster, verstummte er, und eine Zeit lang dachte jeder von uns an etwas anderes. Ich an die Fotos und aus welchem Grund er nicht mehr auf das Ergebnis neugierig war, und er wohl an die ersten schweren Regentropfen auf der Fensterscheibe, die langsam nach unten rutschten. Er zeigte mit dem Finger hinaus und sagte: »Es regnet!« Die Wolkendecke blitzte hell, und wir lauschten dem folgenden Donner. Ich legte die Fotos auf sein Gipsbein. Aber als ich etwas sagen wollte, tauchte eine Stationsschwester mit zwei Infusionsflaschen auf, und die Gelegenheit war dahin: »Da schau her! Besuch haben wir!« sagte sie, und bevor Herr Sohalt etwas erwidern konnte, war sie weg. Er lächelte mir verlegen zu: »Ein braves Mädl!« sagte er und interessierte sich ab diesem Moment nur mehr für den Wolkenbruch. Jener Sohalt also, der gebrochen und bleich dasaß, und seine Hände, damit sie nicht zitterten, fest auf die Knie drückte, hatte mit meiner früheren Vorstellung von ihm – ein ehemaliger Sturmbannführer (von der Schutzstaffel Siebenstern) – scheinbar nichts mehr zu tun. Der alte, kranke Mann, der da so unbekümmert aus dem Fenster schaute und dessen Lachen so leise klang, als ob er keine Lunge mehr hätte – so schwach, hohl und luftarm –, konnte niemals ein Nazi gewesen sein.

Damit er stehen könne, sagte er, müsse er noch einmal operiert werden, und deutete auf die Stelle, wo in die rechte Hüfte ein Gelenk aus Metall hineinoperiert werden sollte. Er fürchte daher, meinte er, eine Weile bleiben zu müssen. »Wenn sie es nicht hinkriegen, komme ich ins Altersheim. Ein Jammer ist das! Einfach ein Jammer!« Ich sagte kein Wort und wartete nach den Blitzen auf den nächsten Donnertrommel, der mit einem heftigeren Regenschauer auf die Scheiben schlug. Erstaunt zeigte er auf die Nadelbäume, deren Baumkronen heftig ins Schwanken kamen, und sagte: »Ein Wahnsinn!«

Ich sah mit ihm nach draußen, dachte aber darüber nach, wann ich ihm die Liste mit den aufgeschriebenen Arbeitsstunden vorlegen konnte. Er sah mich an und wurde mit der Bemerkung: »Die Pflanzen in der Wohnung brauchen Wasser!« unerwartet privat. Gemeint waren seine zwei Zimmerlinden, die ich, wie er sagte, nur mit einem Glas Wasser retten sollte. Zuerst bedacht, nicht zuviel zu versprechen, sagte ich, kein Problem, ich würde das übernehmen. Er erwähnte gleich darauf, dass er seine Leselupe und Lesebrille in der Wohnung vergessen habe; ich versprach, mir das zu merken. »Wenn Sie bei der Gelegenheit auch meine Post ansehen könnten? Die Erlagscheine müssen nämlich auch eingezahlt werden. Die Miete, Telefon- und Fernsehgebühr und auch die letzte Gas- und Stromrechnung sind nicht bezahlt. Manches liegt schon seit drei Wochen auf dem Fernseher im Wohnzimmer«, sagte er. Als ich dachte, womit, gab er mir den Hinweis, dass das Sparbuch am Schreibtisch im Schlafzimmer (Losungswort Herta) in einem blauen Umschlag liege, unter der Schreibmaschine, fügte er hinzu. Ich notierte alles, und als ich das Papier in die Tasche stecken wollte, dachte ich kurz an die Liste mit den Arbeitsstunden, die noch offen waren. Ich quälte mich mit der Frage, ob der Zeitpunkt günstig war, ging aber, ohne die Liste zu erwähnen.

An der Bushaltestelle in der Sanatoriumstraße, wo die Gärtnereiarbeiter dabei waren, die abgebrochenen Äste im Wald wegzuschneiden, ärgerte ich mich über meine Zurückhaltung. Die kreischende Motorsäge endete mit dem Fall eines dicken Stammes, und viele Krähen flatterten im Licht der scharfen Abendsonne auf.

Die Bäume glänzten nach dem Regenguss nass, und ich wäre nicht überrascht gewesen, wenn plötzlich ein Reh vor mir auf der Straße gestanden wäre. Der Tod, könnte man sagen, war dort fehl am Platz, und trotzdem bekam ich Angst, in der Anstalt sterben zu müssen, und leierte so wie die Katholiken: Lieber Vater, der du im Himmel bist, ich tue alles für dich! Lass mich nur nicht in einer Anstalt sterben!

Als ich später in der Siebensterngasse Herrn Sohalts Briefkasten aufschloss und unter den Erlagscheinen und anderen Aussendungen auch zwei Briefe in meiner Handschrift vorfand, war es so, als wäre er bereits tot, und ich käme gerade von seinem Begräbnis zurück. Ich schaltete das Ganglicht ein und überflog, während ich zögernd mit seiner Post in der Hand die Treppen hinaufging, die unbezahlten Rechnungen und alle anderen Postwurfsachen. Alles in allem eine deprimierende Angelegenheit. Auch die Stille oben, nachdem die Wohnungstür aufgesperrt und hinter mir zugeschnappt war, war mir unheimlich und fremd. Die abgestandene Luft drückte unausstehlich schwer auf den Brustkasten. In das Dunkel des Vorraumes eingetaucht, schnupperte ich den Geruch der Vergangenheit: Die Gehstöcke in ihrem Behälter, der fleckige Duschvorhang links, sein Rasierzeug vor dem Spiegel, die verschiedenen Kleiderbürsten auf dem Kühlschrank (der Kühlschrank summte und schaltete sich nach einem heftigen Schütteln aus), alle fragten mich vorwurfsvoll nach ihrem Besitzer, der verschwunden war.

Ich hängte wie er die Wohnungsschlüssel auf den Haken und ging leise (warum leise?) in das muffige Wohnzimmer und gleich zu den Fenstern, um sie aufzumachen. Der Geruch des alten Herrn – eine Mischung aus Fett von Geselchtem und Apothekerluft – war hartnäckig und wollte nicht verschwinden.

Der frische Wind aus der verregneten Siebensterngasse belebte zwar die Vorhänge, war aber nicht kräftig genug, um die Gerüche zu vertreiben. Ich streckte eine Zeit lang den Kopf hinaus. Die Siebensterngasse wirkte frisch wie ein Fisch. Das Zimmerinnere nicht: Der schwarze Flügel zum Beispiel, oder das Landschaftsbild mit dem Hirsch und die Kredenz schienen ihre Treue zu Herrn Sohalt zeigen zu wollen.

Meine Idee, solange er im Krankenhaus war, dorthin zu übersiedeln, fanden die Gegenstände des Zimmers gar nicht gut. Ich ging zum Sofa, machte mich dort breit, und wollte wissen, wie weich es war. Sowohl auf der Rückenlehne als auch auf dem Sitz waren die Abdrücke seines Körpers noch warm. Ich streifte über die Stelle, wo der Plüsch auf dem Sitz abgewetzt war (wo er immer das steife Bein ausstreckte) und hatte das Gefühl, auch hier wäre seine Körperwärme noch vorhanden. Auch die Geräusche waren da: das leise Knacken des Parketthholzes oder das Klirren der Gläser in der Kredenz beim Gehen oder das Flattern der Vorhänge, wenn ein Luftzug kam. Ich saß auf dem Sofa und hörte das Tropfen aus dem undichten Wasserhahn aus dem Vorraum, oder das Rauschen mehrerer Klosettspülungen im Haus mit dem Dauersummen des Kühlschrankes. Die Flut unerwünschter Bilder kam daher wie gerufen. Nein, das Zimmer war zum Wohnen und Schlafen ungeeignet. Da waren mir die harten Sessel des Fernsehraums im Studentenheim tausendmal lieber als das weiche Sofa in Sohalts Wohnung.

Ich goss schnell die Pflanzen, suchte in Eile das Sparbuch, seine Lesebrille und Leselupe, sortierte die Erlagscheine und steckte sie alle ein, um schnell aus der Wohnung zu verschwinden. Vor der Tür fiel mir ein, dass der

Kühlschrank noch nicht ausgeräumt und ausgeschaltet war. Und die Angst vor der Vergangenheit kam beim Ausräumen der fauligen Sachen aus dem Kühlschrank wieder hoch, so dass ich nachher beinahe vergessen hätte, die Fenster des Wohnzimmers zu schließen.

Unterwegs zum Studentenheim war mir schon klar: Das Wohnen in einer Altbauwohnung käme für mich nie mehr in Frage. Nur ein Zimmer in einem neu gebauten Haus, in einem nach dem Krieg gebauten Haus, wo die Zimmerwände ein Wohnen ohne Geflüster über die früheren Einwohner erlauben würden. Der Weg zu einem solchen Zimmer führte leider an Herrn Gebhardt nicht vorbei. Er hatte immer noch meinen Reisepass, und ohne den war es unmöglich, ein solches Zimmer anzumieten.

Die Diskussion in der kleinen Teeküche im zweiten Stock, wo fast alle Perser beisammen waren, begann harmlos. Als ich von Sohalt erzählte, der im Krankenhaus lag, sagten sie alle: Du kannst doch vorübergehend in der leer stehenden Wohnung schlafen. Sogar Kurosch, mein Freund, der in solchen Angelegenheiten sehr vorsichtig ist, war über meine Weigerung, diese Gelegenheit auszunutzen, erbost. Der alte Mann liege im Krankenhaus, meinte er, du hast den Wohnungsschlüssel in der Tasche, und du kommst trotzdem daher, um in dem verrauchten Fernsehraum auf den harten Sesseln zu schlafen? Alle anderen verstanden es noch viel weniger und machten sich über meinen Wunsch, ab jetzt nur noch in Neubauten zu wohnen, lustig.

Ich sagte nichts, hörte nur zu und schmunzelte. Die Frage, wie ich nun, ohne Herrn Sohalts Vertrauen zu missbrauchen, mit Hilfe seines Sparbuches das Problem mit Herrn Gebhardt lösen würde und von welchem Geld ich mir ein Zimmer in einem Neubau leisten wollte, ließ ich offen. Die Überweisung aus Persien würde irgendwann eintreffen. Da sie mich auslachten, wurde ich wütend und kündigte feierlich an: »Dann werde ich halt weiterhin im Fernsehraum übernachten. Für immer obdachlos!« Kurosch sah mich ernst an; er lachte als einziger in der Runde nicht mit. Er holte mich aus der Küche und tadelte mich auf dem Gang; wie könne ich nur so blöd sein und glauben, dass die, die über uns nur gern Witze machten, ernsthaft über unsere Probleme nachdachten? Als er merkte, dass ich nahe daran war, in Tränen auszubrechen, nahm er mich zu sich ins Zimmer, gab mir eine Zigarette und stellte auch eine kleine Schale Pistazien vor mich hin, er fragte besorgt und brüderlich, ob ich jetzt vorhabe, wie ein Sandler von der Opernpassage in den dortigen Toiletten zu übernachten? Was redest du da? fragte ich ihn, ich werde im Fernsehraum übernachten. Und wie lange noch? Warum suchst du dir nicht eine Unterkunft? Mit welchem Geld? Mit dem Geld, das du von zu Hause bekommen wirst. Das ist noch nicht da, und wenn, würde es auf der Bank liegen. Der Reisepass, mit dem ich das Geld abheben könnte, lag aber bei Herrn Gebhardt. Er würde ihn mir erst zurückgeben, hatte er gesagt, wenn ich die Mietrückstände bis zum letzten Groschen bezahlt hätte. Wie viel fehlt dir noch? Um die zweitausend, sagte ich. Und was ist mit dem Geld, das dir der alte Mann aus dem siebten Bezirk schuldet? Ich nickte und wiederholte: »Ich werde all das mit ihm besprechen.« Er atmete auf und leerte, bevor ich ging, den Rest der Pistazien aus der Schale in meine Tasche.

Von Kurosch ging ich gleich zum Donaukanal, starrte dort lange auf das trübe Wasser, warf die Pistazienschalen nacheinander in den Fluss und schmiedete Pläne, wie die

Arbeit für den Bildband nun weitergehen sollte. Die Vorstellung, bald mit Herrn Sohalt einig, die Mietrückstände an Herrn Gebhardt bezahlt, und mit dem ausgelösten Reisepass in der Tasche ein Zimmer in einem Neubau mieten zu können, machte mir Hoffnung. Über das Geländer gebeugt, stellte ich mir ein Zimmer vor, sehr groß, sehr sonnig, in dem ich an einem geräumigen Schreibtisch sitze und lerne, wobei meine Mutter mir aus dem Bilderrahmen, zwischen den anorganischen und organischen Lehrbüchern, zusehen und zufrieden lächeln würde. Saman Khan hatte Recht: je kälter ein Land, desto lebenswichtiger war ein festes Dach über dem Kopf. Das Problem war nur, dass es Substandardwohnungen (Zimmer mit Klosett und Wasser am Gang) nur in den oft heruntergekommenen Altbauten gab. Ein Mietzimmer in einem Neubau kostete um ein Vielfaches mehr. Mit Ablöse, einer dreimonatigen Kaution, Provision usw. könnte es sehr teuer werden. Jene winzigen Ein-Zimmer-Wohnungen mit Kochnische, welche klangvoll als Garconniere angeboten wurden, waren oft kaum größer als ein Loch und kosteten zwischen vier- und fünftausend Schilling, Heizkosten extra. Geld in dieser Höhe wollte erst verdient sein. Aber wie? Das Unerträgliche an der Arbeit in dieser Phase war, dass Herr Sohalt mir, von seinen Unterlagen und Fotos abgeschnitten, mit dem Material kaum helfen konnte. Wenn ich die Arbeit alleine bewältigen wollte, musste ich zwischen Siebensterngasse und Baumgartner Höhe pendeln und ihn über dies und jenes befragen. Mein erster Versuch, die Aufnahmen mit den Pferden, die bei den Tieffliegerangriffen in Wien umgekommen waren, scheiterte kläglich. Die Fotos lagen auf dem Kasten neben dem Sofa und waren sicher für mich bestimmt, es fehlten aber die üblichen Begleitnotizen und

Tagebuchseiten, die ich brauchte. Die Fotos zeigten mehrere unter die Panzerketten geratene und schlimm verendete Lastpferde. Auf der Rückseite einer dieser Aufnahmen stand: »Die Folgen des Bodenkriegs.« Ansonsten waren sie weder datiert noch adressiert. Auf jeder dieser Aufnahmen sah man Straßen, die unter Panzer- und Artilleriebeschuss bis zur Hälfte in schwarzem Rauch standen. Eine Woche lang hastete ich mit den Fotos in der Hand in der Stadt herum, schaute und hoffte, zumindest die eine oder andere der auf den Fotos abgebildeten Straßen zu finden. Es war nicht möglich, denn die Stadt hatte im Krieg ein anderes Gesicht. Ich musste einsehen, dass es so nicht weiterging.

Am fünften März regnete es auf der Baumgartner Höhe in Strömen. Ich stand tropfnass mit dem Rücken zum Fenster neben Herrn Sohalts Bett und sah mit ihm die Aufnahmen der verendeten Pferde im Krieg an. Er drehte und wendete jedes Foto, hielt die Bilder, um sie besser sehen zu können, schräg zum Licht, griff manchmal zur Leselupe, um den Namen der Straße auf den Nummernschildern der ausgebrannten Häuser ausfindig zu machen.

Die Kadaver der Pferde – die alle bei den Tieffliegerangriffen umgekommen waren – lagen zwischen Bauschutt und Scherben am Boden. Nach jedem Bild schnaufte er laut, sah aus dem Fenster, suchte zwischen den Bäumen nach irgendeinem Bruchstück aus der Erinnerung, schüttelte hoffnungslos den Kopf und ging zum nächsten über. Die Verzweiflung, ohne Eintragungen, Notizen oder Hefte die Fotos kaum bestimmen zu können, stieg von ihm hoch und erfasste auch mich. Ich wusste nicht, wie nun weiter vorzugehen wäre, nahm die Fotos, die ohne Datum und Adresse nicht zu gebrauchen waren, aus seiner Hand und steckte sie ein wenig gekränkt in die Tasche. An einem toten Punkt angelangt, schauten wir beide eine Zeit lang in die Luft.

In dem Krankenzimmer, einem weißen Raum mit hoher Decke, in dem sechs alte knochenkranke Patienten (Knochenbrüche, Gicht und Knochenschwund) auf dem Rücken lagen und atemanhaltend unser Gespräch verfolgten, war es die ganze Zeit still. Ich gab ihm mit dem Wohnungsschlüssel die eingezahlten Erlagscheine und eine Liste mit den offenen Arbeitsstunden, die er bis auf einen oder zwei Punkte großzügig akzeptierte. Er gab mir das Sparbuch zurück, damit ich das Geld selber abheben könne. So verzweifelt hatte ich ihn noch nie erlebt. »Ich fürchte, ich schaff' es nimmer mehr«, sagte er, und nach einer kurzen Pause: »Vergessen Sie die Lastpferde, die sind ja keine Lipizaner!« Er wollte, dass ich lache, ich zwang mich zu einem Lächeln. Wien sei eine große Stadt, sagte er, man könne nicht einfach auf die Fotos schauen und hoffen, so zufällig auf einen der Aufnahmeorte zu stoßen.

Ich stimmte ihm zu, sagte, es sei klar, dass die Arbeit ohne seine Notizen und Hefte nicht zu bewältigen wäre. Damit ich die Arbeit selbständig vorantreiben könne, müsse er mir die Unterlagen zur Verfügung stellen. »Vergessen Sie es!« sagte er, und zählte auf, wie verstreut diese waren: »Alles drunter und drüber«, sagte er, »bringt nix, nicht einmal ich kenn' mich da aus. Bitte warten Sie nur, dass ich wieder gesund werd'.«

Nach einer langen Pause, als ich schon am Gehen war, sagte er, es wäre vielleicht einen Versuch wert, wenn wir uns auf die Fotos »innerhalb des Dreiecks« beschränken. Welches Dreieck, fragte ich. Ob ich den Stadtplan dabei hätte. Ich gab ihm den zusammengefalteten Plan und schaute ihm zu, wie er ihn aufschlug: »Markieren Sie bitte mit Ihrem Kugelschreiber, was ich Ihnen sage!« Ich beugte mich mit dem Kugelschreiber in der Hand zu ihm. »Sehen Sie da den Flakturm der Stiftskaserne? Ein bisserl nach oben! Gut so! Machen Sie da einen Punkt! Jetzt oben zum Augarten, nicht weiter! Sehen Sie den Kreis da? Ja, das ist noch ein Flakturm! Machen Sie einen Punkt! Jetzt haben wir noch einen Flak im Arenbergpark. Rechts, noch weiter! Stop! Wenn Sie alle drei zusammenbringen. Ja, genau so, was sehen Sie?« Nachdem die drei Punkte geradlinig miteinander verbunden waren, kam ein gleichschenkeliges Dreieck mit dem Stephansdom in der Mitte zum Vorschein. Er zeigte mir die kleinen rosagefärbten Baudenkmäler auf der Karte und meinte, er wäre schon zufrieden, wenn ich mich ab jetzt nur auf die Ruinenfotos innerhalb dieses Dreiecks konzentrieren würde. Und die Eintragungen? Er gab mir eine detaillierte Anweisung, wo ich sie in der Wohnung finden könne, und gab mir zu verstehen, dass er mich dann bezahlen werde, wenn die Fotos genau bestimmt seien.

HEFT NR. 8

Später, in der Wohnung, stand ich lange vor dem offenen Fenster und betrachtete den schwarzen, mit Nebel verhangenen Flakturm. Als einer der drei Winkelpunkte des Sicherheitsdreiecks der Stadt wachte er wie ein Leuchtturm am Ufer eines ausgetrockneten, ausgeräumten Sees über uns. Das rote Blinklicht am Dach warnte weiterhin. Vor wem?

Ich ging in der Wohnung herum und überlegte mir, wie ich vorgehen sollte. Eine schnelle Bestandsaufnahme in der Wohnung (aller Bilder, Notizen und Dokumente), würde etwa zwei Stunden dauern. Zuerst suchte ich im Schlafzimmer, wo sein Schreibtisch stand, und räumte alle Schubladen aus, dann ging ich zum Biedermeierkasten und fand viele Fotos, ich zog den Karton, der unter sein Bett geschoben war, hervor und brachte alles ins Wohnzimmer.

Die Suchaktion sollte mit der Durchsicht des geheimen Depots am Dachboden enden, aber ich zögerte hinaufzugehen. Obwohl mir schon im Krankenhaus klar war, dass ich, nachdem Herr Sohalt das Depot am Dachboden erwähnt hatte, nicht mehr schlafen würde können, bevor ich das Depot überprüft hatte, hatte ich Angst davor. Widerwille davor, im ungeahnten Dunkel seines Dachbodens etwas finden zu können, das ich besser nicht hätte finden sollen, kam noch dazu.

Dem alten Drang nachzugeben, die Standuhr einmal nur

zur Probe aufzuziehen, um sie so richtig werken, pendeln und schlagen zu hören, war keine schlechte Ausflucht.

Ich sperrte die verstaubte Glastür auf, schaute lange auf das Zifferblatt und überlegte, wie man eine Pendeluhr aufzieht. Würde es ausreichen, dies mit dem steckenden Schlüssel zu tun, oder sollte ich einfach nur das Pendel in Bewegung setzen? Beides wahrscheinlich! Ich stellte abschließend den großen Zeiger auf zwölf, und das Uhrwerk begann nach einem kleinen Ruck laut zu schlagen. Mit dem Klang des alten Uhrwerks kam Unruhe über mich, ich ging nervös hin und her, übersah dann bei der Suche nach der Taschenlampe die Plastikgießkanne im Vorraum und stolperte darüber, so dass ich beinahe mit dem Kopf gegen die Gangfensterscheibe gestoßen wäre.

Der Dachbodenschlüssel hing an einem Haken neben der Tür, ich nahm ihn und ging mit der Taschenlampe nach oben. In der Waschküche musste ich durch eine feuchtwarme Waschpulverluft hindurch, nach einer Eisentür erreichte ich den Dachstuhl. Die hohen Balken waren alle mit Wäscheschnüren vernetzt und großteils mit Wäsche verhängt. Als ich im Dunkel zwischen altem Hausrat (Kisten, Körben, Koffern, Kinderwagen, alten Fahrrädern) einen Weg suchte, übersah ich den Spannbalken am Boden und stolperte über ein altes Fahrrad, das mit mir zu Boden ging und mit einem großen Krach die verschlafene Dachstube wachrüttelte. Ich blieb, bis sich der Schmerz im rechten Schienbein ein wenig beruhigt hatte, liegen und atmete den Gestank ein, der von den offenen Klofenstern im Lichthof heraufkam und mit dem Geruch von frischer Wäsche eine unangenehme Mischung bildete. Der alte Schrank, auf dem in weißen Buchstaben Sohalt stand, war weit weg. Ich machte ihn auf, und von oben rieselte Staub herab, die

Muffigkeit der Dachstube wurde durch das Mottengift aus den alten Kleidern noch verstärkt. Ich suchte mit der Taschenlampe die oberen Stellagen ab und fand dann unter einem Stapel von alter Bettwäsche einen großen Karton, darin eine Gasmaske, einige Stahlhelme, mehrere Stoffsachen, und, soweit ich das im Halbdunkel feststellen konnte, Bücher, Fotos und viele Drucksachen. Den Pappkarton bis zur Eisentür zu schleppen und durch die Waschküche zwischen der hängenden Wäsche, den Balken und Nischen heil hinauszuschaffen, so dass ich nirgends anstieß, war eine Leistung. Zum Treppenabsatz und dann stufenweise nach unten zu gelangen, immer darauf bedacht, leise zu sein, kostete viel Kraft und Mühe. Dennoch fiel mir bei der letzten Wendung vor dem Stiegenabsatz einer der Stahlhelme aus dem Karton und rollte lärmend zwei, drei Stufen hinunter. Verschwitzt und außer Atem kam ich in der Wohnung an, sperrte gleich die Tür hinter mir zu und blieb eine Weile im Vorraum vor dem Waschbecken stehen, um ein wenig Atem zu holen. Dass ich in der Wohnung kein Licht machen wollte, war ein Bedürfnis und hatte mit einer tatsächlichen Verdunkelung nichts zu tun; ich wollte von der Straßenseite nicht beobachtet werden. Schon vor dem Waschbecken im Vorraum, als ich die Gasmaske über den Kopf zog, um sie anzuprobieren, ahnte ich, dass es eine strafbare Handlung war. Von innen roch die Maske nach verfaultem Gummi, nach verdorbener Atemluft vergangenen Lebens.

Beim Auspacken der gebügelten Reichskriegsflagge und der SA-Sturmfahne im Wohnzimmer fielen ein Ehrendolch und ein Totenkopfring aus der Flagge auf den Boden. Ich ließ die Rollos herunter, machte die Vorhänge zu und zündete zwei Kerzen an, damit ich etwas sehen konnte. Dies gleich als Verdunkelung zu sehen, wäre eine Übertreibung.

Für die Verdunkelung hätte man die Fensterscheiben blau anstreichen müssen oder, um noch sicherer zu gehen, alles mit Brettern und Pappkarton abdichten. So sah die Wohnung mehr oder weniger wie nach einem kurzen Stromausfall aus. Nicht die Verdunkelung, sondern der Inhalt der Schachtel war es, der mich nach und nach in Kriegsstimmung versetzte. Ich hatte Fotos erwartet, nicht entwickelte Filme und Negative, Unterlagen, jedoch nicht Stahlhelme, Flaggen, Dolche und Gasmasken.

Ich wusste nicht, wohin damit, räumte den Ausziehtisch und legte die schwarzrote Hakenkreuzfahne darüber. Auf den dunkelbraunen Fleck auf der SA-Fahne – woher dieser wohl stammen konnte? – legte ich das Porträt des Führers: ein Bild, das er in eine andere großformatige Hakenkreuzfahne eingewickelt und mit »GröFaZAH (größter Feldherr aller Zeiten Adolf Hitler), gefallen am Nachmittag des 30. April 1945 um 15.30 Uhr« beschriftet hatte. Ich packte einzeln die Stücke langsam aus, studierte sie und stellte sie auf den Tisch.

Im kleinen Luftschutzkoffer seiner Frau, wo ihre braune Lederjacke mit dem gestanzten Hakenkreuz noch sorgsam zusammengefaltet lag, fand ich auch Bücher. Mit »Feuer und Blut«, »Stahlgewitter« oder »Schwert und Granit« und ähnlichem, alles auf braunem, brüchig gewordenem Papier gedruckt, ging ich nicht sehr sanft um: Ich warf sie einfach neben mir auf den Parkettboden. Und die Schallplatten? »Es geht alles vorüber, es geht alles vorbei« oder »Ich weiß, es wird einmal ein Wunder geschehen« und »Wir werden das Kind schon richtig schaukeln« stellte ich zu Sohalts Plattenspieler, zu den Wagner-Opern. Das gelbe Umschlagbild der Zarah-Leander-Platte trug Durchhalteparolen in seiner Handschrift. Wohin jetzt mit der Büchse voller Orden, Ehren- und Parteiabzeichen? Ich verglich sie Stück für Stück mit der Liste, die in der Büchse steckte, um zu wissen, wofür er sie alle bekommen hatte: »SS-Abzeichen«, »Abzeichen des Fördernden Mitglieds der SS«, »Abzeichen des NS-Reichsbundes für Leibesübungen«, »Abzeichen des Reichsbundes Deutscher Beamter« sind nur einige von vielen, die ich noch in Erinnerung habe. Ich ging mit der Büchse im Zimmer herum und suchte einen geeigneten Platz. Die Glasvitrine der steirischen Kredenz erschien mir passend.

Was meine Beklemmung noch verstärkte, war der kleine rotbraune Notizkalender aus dem Jahre 1945. Ich studierte die Feiertage darin, wollte gleich wissen, welcher Wochentag der 5. März gewesen war. Ein Montag. Was mich aber stärker in Sohalts Geschichte zurückversetzte, war eine Sammlung von alten Rechnungen und Belegen, Urkunden aller Art, amtlichen Dokumenten, vielen abgestempelten (ausgefüllten und unausgefüllten) Formularen, Landkarten (von den sibirischen Steppen bis zur nordafrikanischen Wüste), eine Menge von Notizen auf losen kleinformatigen Zetteln und dann endlich das, was ich suchte: die Fotos. Sie waren aber zum Teil schlecht entwickelt. Die nicht entwickelten Filme waren in mehrere Umschläge vergepackt und mit Zahlen und Buchstaben beschriftet.

Ich begann sie zu sortieren: kleine, lose Zettel kamen auf den Esstisch, die Fotos und Negative auf den Flügel. Am Anfang überflog ich die Inhalte, legte manche von ihnen zur Seite, um sie später in aller Ruhe anschauen zu können. Manchmal las ich, je nachdem, was mir unter die Finger kam, diese oder jene Aufzeichnung. Bei einigen Notizen blieb ich hängen und las sie zur Gänze, um die Zusammenhänge zu verstehen. Vergeblich. Es gab auch einige Oktavhefte, die mir nicht bekannt waren, sowie zwei Hefte, die zwar mit März und April 1945 betitelt waren, aber nicht ausgefüllt. Anscheinend hatte Sohalt in der Hektik und dem Chaos der letzten Kriegstage keine Zeit mehr gefunden, Notizen zu den Fotos in die Hefte einzutragen. Verzweifelt ging ich mit den vier Heften zum Sofa, lehnte mich dort zurück und überblickte das ganze Chaos: Briefe, Notizen, undatierte und unadressierte Fotos und Negative standen mir endlich frei zur Verfügung, ich konnte sie benützen und verwenden, wie die Arbeit es verlangte. Aber wo sollte ich beginnen und wie?

Im Licht der Kerze starrte mich das grimmige Clowngesicht des GröFaZAH neugierig an, und somit wurde diese erste Nacht in der Siebensterngasse eine lange schlaflose Nacht. Ich machte mir Kräutertee und geisterte damit, während sich die verkratzte Schallplatte (Zarah Leander) zum tausendsten Mal auf dem Plattenteller drehte, in der Wohnung umher.

Nach zwei Stunden Stöbern in seinen Papieren stiegen Gespenster aus den Zetteln auf, die sich nicht mehr vertreiben ließen. Das letzte ausgefüllte Oktavheft, nämlich das vom Februar, wimmelte von solchen und ähnlichen Ungeheuern: sie machten mir zwar einige Probleme, beseitigten jedoch das alte Problem mit den durchgestrichenen und unleserlichen Stellen. Alle Tatsachen, die er vor mir hatte verheimlichen wollen, schienen auf einmal so durchsichtig wie eine saubere Glasscheibe. Der Rest war nicht mehr schwer zu erraten. Zum Beispiel schrieb er: »Aus Ungarn hört man, dass die restlichen (durchgestrichen) die sich Sonderbehandlung und Endlösung durch Flucht nach Budapest entziehen wollten, alle restlos (durchgestrichen) und nach (durchgestrichen) deportiert!« Ich ahnte, was damit gemeint war. Diese und ein paar andere verhüllte Stellen sorgten, wie ich schon sagte, für eine schlaflose Nacht, aber öffneten auch das, was mir bis jetzt verschlossen gewesen war. Zuerst verkümmerten sie mir das Innenleben. Ich marschierte mit ihm von Wien nach Linz, von dort zum alten Steinbruch Wiener Graben, von dort wiederum zum Bettlberg, stieg dort aus, ging von Stein zu Stein, von Holzbaracke zur Holzbaracke, dabei kein gestreiftes Häftlingskleid, kein Gesicht und keinen Koffer außer Acht lassend, bis mir das Wort Sonderbehandlung geläufig war. Auch die Fotos aus Russland waren trotz aller Schrecklichkeit nicht mehr unverständlich.

Merkwürdig, alle Zettel und Fotos, von denen ich geglaubt hatte, sie nie ohne Hilfe von Herrn Sohalt in ihrem Zusammenhang sehen und verstehen zu können, fügten sich reibungslos zusammen.

Ich will die Bedeutung der zwei mit März und April 1945 betitelten leeren Hefte nicht überbewerten, aber sie waren in meiner verzweifelten Situation schon eine Erlösung. Der Einfall, die beide Hefte selbst mit dem Geschehen der letzten zwei Monate des Krieges auszufüllen, als wären sie von Sohalt persönlich eingetragen worden, rettete mich aus der Menge seiner unzähligen, ungeordneten Zettel und undatierten Fotos.

Die Entscheidung darüber, wie ich nun die Notizen zu einem Tag zusammenschreiben sollte, damit Herrn Sohalt die Bestimmung der Aufnahmen aus diesem Tag gelingen würde, und die zweite Frage, wie ich ihm das beibringen sollte, so dass er nicht wieder, wie bei den Fotos von den Pferdekadavern, sagen würde: »Leider nicht gelungen!« hielt mich bis drei Uhr wach.

Ich begann mit dem 8. März, weil ich einige Aufnahmen

fand, die unbedingt in den Bildband gehörten. Die Eintragung lautete: »8. März 1945, beim Luftalarm, Sammelaktion der HJ vor der Stiftskaserne!«

Dieser erste von mir zusammengestellte Versuch stammte ursprünglich aus vier verschiedenen Zetteln unterschiedlichen Datums, die ich mühevoll zusammenflickte. Die erste Notiz, die ich zufällig fand, war die Beschreibung einer Phosphorbombe, die am 12. Februar vor der Stiftskaserne niedergegangen war und beträchtlichen Schaden verursacht hatte. Der zweite Zettel handelte von einem Streit, den Herr Sohalt am 3. März mit seiner Frau gehabt hatte, weil sie nicht mit ihm in den Flakturm flüchten wollte. Die nächste Eintragung beinhaltete das tragische Schicksal eines Lastwagens mit Ostarbeitern, der am 8. März beim Luftalarm vor der Kaserne stand und nicht hineingelassen wurde. Und dann war noch ein Zettel ohne Datum dabei, auf dem er kurz über die HJ-Aktion vor der Kaserne berichtete, über die er sehr verärgert war. Alle vier Notizen mussten so aneinander gereiht werden, dass er sie als eine einzige Eintragung aus seinem Tagebuch verstehen würde. Ob die acht Fotos wirklich am 8. März vor der Stiftskaserne aufgenommen worden waren, oder am dritten des selben Monats anderswo, war im Grunde unwichtig. Entscheidend war nur, dass ich das Geschehen vor mir sah und er beim Anhören der Geschichte die Aufnahme aus der Zeit in seinem Kopf zuordnen konnte. Was ich von Herrn Sohalt (und allen anderen im Krankenzimmer) erwartete, war die Wiederbelebung der Vergangenheit, und zwar dort, wo sie wegen der Lächerlichkeit (oder Schändlichkeit) der Tatsachen in Gedächtnislücken verschwunden war.

Zwei Tage später, als ich im Krankenhaus vor seinem Bett stand und ihm aus dem Heft vorlas, war ich zuerst nervös: Das Heft zitterte in meiner Hand. Es begann mit dem unrasierten Unteroffizier, der im Hof der Stiftskaserne mit der Schutzbrille am Hals müde und abgekämpft aus der offenen Panzerluke hinaussah und einen Landser fragte, ob er wisse, dass der Iwan schon vor dem Gutensteiner Tal stehe. Als ich aufschaute und sah, dass das Zimmer ganz Ohr war, las ich die Notiz von den Müttern, die vor der Kaserne beim Flakfeuer ihre vermummten Säuglinge im Arm versteckten und den Luftschutzwart anflehten, schnell in den Flakturm hineingelassen zu werden. Als ich aber bei seiner Frau war, nämlich dort, wo sie nach dem Einschlag der Bombe den kleinen Luftschutz-Koffer als Schutz vor Granatsplittern über den Kopf hielt, schaute er auf. Er wurde plötzlich wach und sagte: »Es war furchtbar.«

Und ich las weiter: »Als dann zu den Granatsplittern aus dem Dach noch eine verirrte Phosphorbombe vor der Apotheke einschlug und den Lastwagen mit den Ostarbeitern in Brand setzte, ging unter den Wartenden das Geschrei und Gerangel los. Mit dem Feuer auf der Plane sprang mancher Ostarbeiter aus dem LKW, wonach zwei oder drei von ihnen wie eine brennende Fackel zum Eingang der Gasse liefen. Ich kam gerade von der Lohnstelle. Und was sehe ich da: meine Frau im Schlamm. Und als ich sagte, sie solle schnell mit mir hinein, denn hier sei es viel gefährlicher als im Flakturm selbst, schüttelte sie trotzig den Kopf, sie würde lieber draußen sterben als hineingehen.«

Herr Sohalt lachte an dieser Stelle und glaubte, sich an alles wieder zu erinnern. Und ich weiter:

»Sie hängte sich an mich und winselte, sie sitze lieber dort im Schlamm: ›Ich möcht' in die Apotheke‹, sagte sie, ›lieber bring' ich mich gleich um, als dass ich mit dir da hineingehe.‹ Und während wir beim Gerangel und Geschrei waren, wehte ein rollender Trommeldonner aus der Mariahilferstraße herüber. Alles schaute hin. Das kann doch nicht wahr sein! Da marschierte eine Gruppe von Buberln mit der Trommel zur Stiftskaserne auf uns zu. HJ bei der Sammelaktion hieß es damals. Ein erfrorener Haufen von Halbwüchsigen – als ob der Lärm vom auf- und abgehenden Heulton des Alarms, des Flakfeuers und der Hysterie der Weiber nicht schon genug gewesen wäre, musste noch im Regen heiser ein Horst-Wessel-Lied hinzukommen. Vor der Stiftskaserne teilte sich die Gruppe, mancher ging mit der Büchse sammeln, der Rest verharrte mit HJ-Fahne und Jungvolk-Banner und trommelte sich wund. Man fror in den kurzen schwarzen Schnürlsamthosen und schrie. Ich nahm den Fotoapparat aus der Tasche: Diese weißrote Kordel, die vorne (vom Schulterknopf bis zur Brusttasche) baumelte, und das nass gewordene Braunhemd musste ich unbedingt aufnehmen.

Als erstes wurde der Jungscharführer beim Sammeln aufgenommen, dann der Stammführer beim Nasenbohren, die dritte Aufnahme: der Bannerführer bitter ernst dreinschauend, dann Fähnleinführer und Jungvolkführer, weil sie übermäßig dick waren. Die Schar gruppierte sich wieder zusammen, jeder nahm Haltung an und schrie: ›Jungvolkjung sind hart, schweigsam und treu, ihr Höchstes ist die Ehre, halten zum Kamerad.‹

Und es trommelte gleich und lärmte mit den Sammelbüchsen und sang wieder: ›Es zittern die morschen Knochen/der Welt vor dem großen Krieg.‹«

Nachdem ich zu lesen aufgehört hatte, schwieg ich und sah vom Heft auf: Das Lachen aus den Kehlen der alten Patienten verwirrte mich. Alle wollten die Fotos sehen. Herr Sohalt genoss es sichtlich, die Aufnahmen unter den Bettnachbarn herumzureichen und sich als Fotograf historischer Aufnahmen zu präsentieren. »Wie Sie das zusammengebracht haben«, sagte er, und er wählte gleich drei Aufnahmen für den Band. Nun spielte keine Rolle mehr, wieviel von mir erfunden und was von ihm war.

»Zeigen Sie mal her!« sagten sie zu ihm, und studierten jede Aufnahme genau. Ich vermerkte zum Schluss auf der Rückseite von drei Fotos:

»8. März 1945, beim Luftalarm, Sammelaktion der HJ vor der Stiftskaserne!« Und ging dann erleichtert weg.

Mit wenigen Ausnahmen – ab und zu kam eine Stationsschwester herein – hörten alle im Zimmer zu. Die Schwester legte das scheppernde Bandagierbesteck auf das Fußende eines Bettes, dann, bevor sie das Betttuch hochhob, bat sie alle Besucher, das Zimmer zu verlassen.

Am Montag, dem 12. März, riskierte ich noch einen Schritt mehr, und das Ergebnis war kein schlechtes. Als ich mit dem Heft in der Hand hinkam, folgten mir alle Zimmerpatienten, die draußen Karten spielten. Anscheinend wussten sie schon, dass ich wieder mit einer Geschichte komme. Ich stellte mich mit dem Rücken zum Fenster, damit sie mich auch alle gut sehen konnten, und begann wie ein Schauspieler aus dem Heft zu lesen: »12. März 1945, das Wetter trüb, minus ein Grad, Kaltlufteinbruch. An dem schmalen Winkelstück zur Kreuzung vor der Kaserne sitzen Frauen auf mitgebrachten Stockerln und warten schon auf den Einlass. Bis zur ersten ÖLW (öffentlichen Luftwarnung) ist noch Zeit, ich schaue auf die Uhr und gehe aus dem Haus. Das Warten auf den L-Wagen dauert ein wenig zu lang und es wird gemunkelt, dass er eingestellt sei, deshalb zu Fuß in die Mariahilferstraße hinauf. Um 11.30 Uhr weiterhin Ruhe. Vor der Heeresstandortlohnstelle (Hirschengasse 25) steht zum Zeitpunkt des Luftangriffes kein Posten, ich gehe langsam zum Esterhazypark, wo der Flakturm bedächtig zu den Wolken schaut. Noch ist kein Motorengeräusch der Bomberverbände hörbar. Anstatt mich zum Eingang des Bunkers zu bewegen, bleibe ich vor den Parkbänken beim Kinderspielplatz, wo zwei, drei Obdachlose rauchend herumsitzen, stehen. Mein Blick rutscht von der kantigen Turmmauer weg zu den Fenstern der Häuser links vom Fritz-Grünbaum-Platz, und die Scheiben dort machen nicht gerade den Eindruck, als wüssten sie, dass sie bald durch den ersten Treffer in die Luft gejagt werden. Meine Frage an den Park: Wozu mühen sich die Kletterer auf der steilen Betonmauer hinauf, während gleich alles umgekrempelt wird, bleibt ohne Antwort. In Anbetracht des baldigen Schnelltodes im Haus vor dem Apollo-Kino hält der Platz den Atem an. Ich schaue auf die Uhr und notiere: ›Bis jetzt noch ruhig!‹ Mit dem Voralarm um 12.15 Uhr hört das Rauschen des Blättergewirrs im bedächtigen Wind auf: kein Vogel, kein Auto, nichts. Die Sonne zeigt sich wieder, und dies scheint die Häuser zu erschrecken, denn ohne Wolken ist der Luftschutz unmöglich. Vom Alarm überrascht, laufen die Sandler von der Bank weg. Nach der Vorwarnung (ÖLW hat drei Minuten Verspätung) mit ihrem einminütigen Auf und Ab wird das Eisentor vom Bunker hinter einem hastig herangelaufenen Mann zugesperrt. Danach wird es wieder still, aber es ist eine unheimliche Stille, da nur die Bäume etwas vor sich hinmurmeln, die mit Holzbrettern verschlagenen Fensterreihen bleiben lieber stumm. Der Fritz-Grünbaum-Platz leidet jetzt schon unter der sich annähernden Unerträglichkeit des Bombendrucks. ›Sie kommen!‹ ruft jemand in der Stille, und ein halb offenes Fenster wird zugemacht. Die Maschinen mit dem dumpfen Motorengeräusch kommen heute von Süden. Die Häuser halten den Atem an und machen vor dem Anschlag die Augen zu. Das Apollo-Kino zeigt zum Flakturm und meint, im Schutze des Flakfeuers könne nicht viel passieren. Was aber, wenn eine Fliegerbombe sich irrt, fragen die Fenster. Die hellen Flakabschüsse von den Batterien übertönen diese Frage, danach regnet es von überall Granatsplitter herunter. Nicht wegen der Granatsplitter, sondern vor der Unerträglichkeit dessen, was bald den Einwohnern des Hauses bevorsteht, laufe ich Richtung Kaffeehaus am Eck und nehme, um das leergefegte Plateau vor mir besser sehen zu können, dort am Fenster Platz. Ich habe noch nicht bestellt und die Fotos ausgepackt, da höre ich schon das Näherkommen der Bombeneinschläge. Und kurz bevor ich das Bild des Hauses gegenüber unter den Fotos finde, beginnen die Lampen zu flimmern. Der Strom geht aus. Merkwürdig an einem Treffer ist sein Überraschungseffekt. Dass man ihn die ersten zwei, drei Sekunden gar nicht merkt: er drängt durch die Hausmauer und erst, nachdem er explodiert ist, spürt man die Wirkung. Als das Haus mit all seinen vier, fünf Stockwerken einstürzt, erzeugt es in der Umgebung einen solchen Druck, dass die Fensterscheiben alle (auch die von dem Kaffeehaus) weggeblasen werden. Ich mache die Augen auf und sehe zuerst nichts, nur Staub. Der Platz bleibt lange unter der dicken Staubwolke, die Luft riecht nach beißendem Mörtelstaub und ist nicht mehr einzuatmen. Als sich der Staub langsam legt, ist am ganzen Platz nur noch der Laternenpfahl mit dem blauen Schild Fritz-Grünbaum-Platz heil, alles andere liegt unter dem Schutt in Trümmern.

Die Zeit will nicht vergehen. Es hätte schon vor zehn Minuten (um 14.30 Uhr) entwarnt werden müssen. Als das

Eisentor von innen geöffnet wird und die ersten Insassen aus dem Bunker hinausdrängen, den Staub in der Luft sehen und merken, dass das Gebäude um die Ecke in Trümmern liegt, schrecken sie zurück. Man bleibt vor dem unter Schutt begrabenen Treppeneingang stehen. Die Räumung des überfüllten Bunkers geht sehr langsam voran, weil die Ausgänge in den oberen Stockwerken (so wie im Flakturm der Siebensterngasse) eng gebaut sind und die Insassen, diejenigen, die ganz oben gewesen sind, lange warten müssen, bis die Gänge unten wieder frei werden. Durch das lange Sitzen im Dunkeln müssen sie, als sie herauskommen, lichtscheu gleich die Augen schließen und, als sie sie wieder ganz aufmachen können, sind sie nicht neugierig, was Feuerwehr und Luftschutz dort aus den Trümmern des eingestürzten Hauses bergen wollen. Alles trödelt stumpfsinnig weiter, ist noch vom Lärm betäubt, schaut nur mit glasigen Augen nach vorne und hält mit schweißnassen Händen den LS-Koffer fest, um ihn nicht zu verlieren. Man will zuallererst die lauten Schläge des Flakfeuerlärms, die in den Ohren hämmern, stoppen.

Ich schließe mich der Kolonne, als sie die Barnabitengasse erreicht, willenlos an und bewege mich langsam Richtung Mariahilferstraße, wo der Angstschweiß, der von allen Körpern ausdünstet, durch die zunehmende Menschenmasse unerträglicher wird. Die entgeisterten Gestalten strömen von den Seitengassen in die Mariahilferstraße, und überall wimmelt es von Menschen, die mit dem Rucksack am Buckel und Kofferl und Stockerl in der Hand in die Innenstadt wollen. Ein merkwürdiger Anblick: Zivilisten in Uniformjacke, manche im Pelzrock, oft den Stahlhelm auf dem Kopf und die Gasmaske umgehängt, den Leib mit Leder gegürtet, Frauen meistens in Hosen, Kopftuch oder

Sommerhut, um den Hals einen Gummischwamm gehängt, bereit durch jeden Rauch und jede Flamme zu laufen. Die Masse – ein schauderhaftes Wort – wandert, mit dem Schwanzende beim Westbahnhof und dem Kopf bei der Stiftskirche, dem Grollen eines Tieres ähnlich, murmelnd weiter. Der Gehsteig bleibt den Alten und Kranken vorbehalten, die, um nicht wie alle anderen die Ellbogen einsetzen zu müssen, sich dem Glassturz von oben preisgeben. Neben dem umgestürzten Laternenpfahl auf der linken Seite (die Aufnahme 2 und 3) stelle ich mich abseits vom Strom und schaue eine Zeit lang den Vorübergehenden ins Gesicht. Jene ins Nichts Starrenden, die aus dem Luftschutzkeller kommen, sind verwirrt, sehen ermattet aus, als hätte man sie aus dem Grab geholt. Ihren Glauben an den Endsieg haben sie restlos verloren. Auf der Höhe der Rahlgasse will jeder in die Fahrbahnmitte, um vor den herabregnenden Glassplittern sicher zu sein. Kriegsversehrte aller Art, Amputierte und Bandagierte, wollen die Straßenmitte nur für sich haben. Der blinde Landser (Aufnahme 4), der durch die Menge rast und sich mit einer Fahrradglocke in der Hand den Weg frei macht, gibt laut Signal.

Vor dem großen Krater in der Babenbergerstraße (Aufnahme 5), wo die Bombe in der Höhe der Hofstallungen in die Fahrbahn eingeschlagen hat, kommt es zum Stau. Die Tramschienen, Wasser- und Gasleitungen ragen zum Himmel und die Oberleitungen liegen offen herum. Die gelbschwarze Rauchwolke aus der flammenden Kuppel des Kunsthistorischen Museums steigt langsam herunter. Mit dem Wind aus dem nackten Gerippe hinausgeblasen wird der Rauch bald zum Brand und greift die ganze Kuppel an. Da der Gasgeruch ständig zunimmt – er macht schwindlig und verursacht leichte Übelkeit –, will keiner länger dort stehen bleiben, aber da der Ring versperrt ist, bildet sich vor der Nibelungengasse ein Stau. ›Umkehren!‹ sagt jeder dem nächsten, und weit vorne sieht man, wie sich Wehrmacht und Luftschutz postieren. Bis zum Schillerplatz gibt es kein Durchkommen (dementsprechend auch keine Aufnahme). Ich muss mich entscheiden, entweder in die Elisabethstraße oder zurück in die Nibelungengasse auszuweichen. Der Wind verbreitet rauchschwarzen Nebel mit Rußkörnern und Papierasche in der Luft.

Kurz vor dem Schillerplatz sehen wir, was uns dort erwartet: Die Fahrbahn ist verwüstet und von Ziegelbrocken bedeckt, so dass man sie vom Gehsteig kaum mehr unterscheiden kann. Ich will nicht wie Herr Sohalt von einem Inferno sprechen, aber das Feuer brennt lichterloh und die Enge der Straße und die dichte Masse machen mir Angst. Der dicke, beißende Rauch, der herüberweht, verpestet die Straßenluft, so dass ich es langsam bereue, diesen Weg genommen zu haben. Weitergehen, sagt eine Stimme, und wir gehen weiter. Am Schillerplatz (Aufnahme 1 und 2) kommt die Bewegung zum Erliegen, alles bleibt stehen und schaut fassungslos zu den Brandmauern um den kleinen Robert-Stolz-Platz, und keiner merkt, dass er knöchelhoch im Matsch steht. Das Bild der überschwemmten Straße mit den von der Feuerwehr verlegten Schläuchen ist nicht zu finden. Zu dem Brandherd in der Kunstakademie kommt das Böhlerhaus (Siemens-Schuckert AG, Nr. 12) hinzu, das lichterloh brennt und den ganzen Platz in schwarzen Rauch hüllt. Die Fassade der Akademie ist nicht zu sehen, das Orangerot der Flammen, das sich auf dem Löschwasserteich spiegelt, aber schon. Der Teich wird durch die Feuerwehrschläuche förmlich aufgesaugt. Das Wasser kommt von überall, wahrscheinlich aufgrund der undichten Stellen im Schlauch, von oben und von den Seiten. Wir stehen auf dem Erdhügel vor dem Löschwasserteich und wissen nicht wohin. Aus den Fenstern des Siemenshauses – es gibt keine Scheiben mehr, alles weggeblasen – flammt Feuer heraus, die Türen hängen schief in den Angeln und brennen. Jedes Mal, wenn ein Rollbalken herunterfällt, sprühen die Funken zu uns herüber oder fliegen zu den Nachbarhäusern und weiten das Feuer aus. Wie die Einwohner vom Nebenhaus ein und aus rennen – sie versuchen zu retten, was noch zu retten ist – macht einen traurig. Sie kommen laufend rußig und schweißnass aus dem Haus heraus, jeder hat etwas mit: einen Sessel, ein Stück Geschirr oder Bettzeug, stellt es atemlos auf den Boden und verschwindet wieder im Rauch. Man sieht, dass es für das Böhlerhaus bereits zu spät ist, die oberen Stockwerke brechen schon aus, die Decken fallen und die Menge (Masse wollte ich sagen) schreit unten bei jedem Fall. Auf den Fotos sieht man nicht, wie das glühende Gebälk nach und nach herabstürzt. Die Zimmerwände brechen als erstes zusammen, dann werden die Kamine und Schränke mitgerissen, und sprühende Feuerfunken tragen das Feuer hinaus. Die Flammen greifen schnell um sich und rasen von einem Raum zum anderen und schlucken die trockenen Fensterstöcke. In diesem Wirrwarr kommt jemand aus dem Haus heraus, greift mich mit hellen Tränen in den Augen am Ärmel an und sagt: ›Alles ist hin! Nix ist da, alles verloren!‹ Und er hat kein Gesicht. Ich gehe weiter und beobachte, wie das Wasser, das man vom Haus Luftgaukommando in das brennende Haus gegenüber spritzt, langsam den Druck verliert.

Alle stehen unter dem vergeudeten Wasserstrahl, man hat Durst und kriegt keinen Tropfen davon. Ich studiere die Fotos und frage: ›Also, wo brennt's und was?‹ ›Weitergehen!‹ sagt der Luftschutz, und wir müssen weitergehen. An der Ecke Operngasse/Elisabethstraße stößt die nächste schwarze Rauchschwade auf uns: Der Heinrichhof brennt. Mit Augenbrennen und Husten schaut jeder weg; alle Fluchtwege sind versperrt. Die Gasse ist mit Feuerwehrautos und Motorpumpen überfüllt. Die lärmende Menge drängt von hinten nach vorne, und ich merke: auch hier sehe ich keine Gesichter, es sind zwar viele in der Nähe, aber kein einziger Mensch mit einem klar erkennbaren Gesicht. Wo ist das Foto von der Staatsoper, die in Brand steht? Man hört den Lärm der Motorpumpen und die Schreie der hin- und herlaufenden Feuerwehrleute. Und dann noch etwas, es pfeift laut im Ohr und will die Umstehenden von der Fahrbahn vertreiben. Gas! Masken aufsetzen! Die um den Hals hängenden nassen Schwämme müssen sofort vor den Mund geschoben werden. Es ist aber nur der beißende Geruch von verkohltem Holz, und kein Gas. Ich höre wieder: Gasalarm! Und gleich danach: Das Wasser ist aus! Das Wasser wird knapp, denn der Großteil davon wurde bereits für den Heinrichhof verbraucht, und man sieht, dass die Hydranten keinen Druck mehr haben. Die Betonbehälter vor der Oper sind halb leer, aber Gas? Nein, kein Gas, das ist nur die Aufregung. Weitergehen! Wir werden von der Wache, die hinter der Sperre steht, zurückgedrängt und Plünderer genannt. Im Gedränge stolpern einige über aufeinander geschichtete Parkbänke mit aufwärts ragenden Füßen, die Sperren sein sollen, und fallen um. Das Bild von der brennenden Oper schaut wie von einem angefeuchteten Tintenstift gezeichnet aus: trostlos blau. Es erinnert stark an Warschau nach dem Angriff. Masken aufsetzen! Aber wie? Es ist schon schwer genug, mit der Gasmaske in einer und den Fotos in der anderen Hand die verfluchte Operngasse zu überqueren. Auf beiden Fotos sieht man die Staatsoper und den Philipphof dahinter lichterloh brennen. Auch die Albertina liegt bereits in Trümmern (Aufnahme 3, 4, 5 und 6). Wie soll man nur hinüberkommen, wenn der Ring weiterhin gesperrt bleibt?

Ich sehe zufällig, dass die Sperre über dem schmalen Weg zwischen den Feuerwehrautos und den Wasserschläuchen unbewacht ist, aber bevor ich hinübergehe, überprüfe ich das Foto vom Bombenkrater und gehe zum Trottoir, wo der Hausrat von den Einwohnern des brennenden Heinrichhofes bis in die Straßenmitte aufgetürmt ist, und suche das Foto, auf dem die kleinen und großen Tische, Stühle aller Art, Teppiche, Sessel und Geschirr wie Sperrmüll im Nass neben- und übereinander stehen. Die alte Frau dort, die rußschwarz auf einem Schemel sitzt und aufpassen muss, dass die Sachen im Tumult nicht verschwinden, steht unter dem spritzenden Wasser.

Mir setzt der Geruch in der Gasmaske stark zu. Die Oper brennt, so wie sie auf dem Foto abgebildet ist. Die Flammen springen von einem Fensterrahmen zum nächsten, immer den Feuerwehrleuten voraus. Vom Wind angetrieben, greift das Feuer die bemalten Säulen, Pfeiler, Tafeln, Kandelaber, Bänke, und dann das Bühnenhaus an. Dass auch der Bühnenvorhang, die Kaiserloge und die roten Sitzreihen in Flammen aufgehen werden, kann man sich vorstellen. Und der Philipphof? Auf dem Foto von dem brennenden Haus ist ganz klein hinten eine graue Staubwolke zu sehen, das ist, glaube ich, von dem eingestürzten Haus an der Ecke Tegetthoffstraße/Neuer Markt.«

Als ich mit dem Lesen fertig war, steckte ich das Heft in die Tasche und trocknete meine verschwitzte Hand am Laken von Herrn Sohalts Bett ab und wartete auf die Reaktionen des Zimmers. Man schwieg. Herr Sohalt brach als erster das Schweigen, meinte, ich solle die Fotos bei ihm lassen, er werde mir dann, nachdem er sie in aller Ruhe angeschaut habe, Bescheid geben, ob wir alle brauchen werden. Ich bekam den Eindruck, dass die alten Männer unter sich sein wollten, packte meine Sachen ein und zeigte ihnen die Gasmaske und den Helm, worauf sie alle laut zu lachen begannen. Ich verabschiedete mich und ging.

Während ich draußen am Gang eine Zigarette anzündete, hörte ich sie miteinander reden. Man erzählte einander aufgeregt, wo, wann und mit wem man diesen Tag verbracht hatte und was man alles mit wem erlebt hatte. Im Hof erwiderte ich zufrieden den frühlingshaften Gruß der Krankenhausbäume und ging zur Bushaltestelle.

HEFT NR. 9

Mittwoch, 21. März 1945, früher Morgen in der Siebensterngasse: strahlend klarer Himmel, kalt, trotz der Sonne das Gefühl, zu wenig angezogen zu haben. Unterwegs zur Arbeit beim Verweilen vor der Stiftskaserne. Die übliche Schlange von Frauen und Kindern, die sich jetzt jeden Tag vor dem Tor bildet. In der Straßenbahn blättere ich in Sohalts Notizen, finde auf einem Büropapier bleistiftnotiert: »Der Luftalarm 12 Uhr, der Angriff findet exakt um 13 Uhr statt.«

Um die Fotos vom Bau der Panzersperre in der Kreuzgasse rechtzeitig vergleichen zu können, muss ich – nach Sohalts Angaben – um 10 Uhr Vormittag an Ort und Stelle sein. Eine Stunde später vor der Oper, um den Fehler in den Fotos von dem ausgebrannten Philipphof zu korrigieren und ebenso die Aufnahme von der Albertina-Seite, die seiner Meinung nach nicht mit dem Objekt übereinstimmt, zu vergleichen.

Am Nachmittag muss ich mir dann in den Hofstallungen (Messepalast) Frauen beim Wasserschleppen anschauen, also gegen 15 Uhr.

Viertel vor zehn steige ich an der Station Währinger Gürtel vor dem neuen Krankenhaus (AKH) aus, gehe zu Fuß bis zur alten Stadtbahnstation, und von dort schaue ich in den Eingang der Kreuzgasse. Wo die Panzersperren eingerichtet sein sollten, ist eine ruhige, friedliche Gasse, die aus dem frühlingshaften Morgenschlaf nicht aufwachen möchte. Mit den Fotos in der Hand gehe ich langsam weiter, biege nach fünfzig Metern links in eine gepflasterte Gasse ein, und bleibe vor dem Anton-Baumann-Park (einer alten, mit Winterstaub bedeckten Grünanlage) stehen. Die Vorstadtruhe erinnert an die Sonn- und Feiertage in den Außenbezirken; niemand da, der die Stille stören könnte, ein zaghafter Wind treibt einen Papierknäuel auf dem Pflaster vor sich her, ansonsten herrscht eine verstaubte Stille. Während des Lesens schleicht eine verlorene Luftbrise in den Gassen herum, pfeift durch die schlecht geschlossenen Doppelfenster hinein, und, ob es die Stille ist oder der fehlende Verkehr am Gürtel, kann ich nicht sagen, aber das Viertel scheint evakuiert. Daher soll der Satz: »Die Gerüchte über die Evakuierung des XVIII., wonach die Partei Frauen und Kinder zur Abreise aufgefordert habe« tatsächlich stimmen. Auch die zweite Erwähnung »Die Volksempfänger, die schon seit Tagen auf höchste Lautstärke gedreht, uns mit ihren Luftlagemeldungen erschreckt haben, sind an dem Vormittag verstummt«, kann stimmen. »Die Elektrische (die Tram) ist eingestellt, es fährt keine Straßenbahn und keine Stadtbahn mehr«, passt ebenfalls genau. Der Satz »Ich sehe verzweifelte Leute, die kopflos mit schweren Koffern und Paketen umherlaufen. Panik ist ausgebrochen«, wirft trotz seiner Klarheit Fragen auf, die ich ohne Sohalt nicht beantworten kann.

Ich stehe in der Grünanlage dicht am Zaun und schaue nach unten, in Richtung Stadtbahnstation hinter den Pappeln, und weiß nicht mehr recht, ob die Station nur für heute oder schon für immer eingestellt ist. Die erwähnten Panzersperren auf den Fotos sind zwar neben der Anlage, aber wo bleiben die zehn Bewacher, die dort stehen müssten? Ich packe die Fotos ein und suche auf dem Stadtplan nach einem Weg, wie ich zu Fuß in den ersten Bezirk kommen kann.

Auf dem Rückweg erwartete ich den Luftalarm vor dem AKH vergeblich. Es hat vielleicht mit der Zeitangabe zu tun, denn auf dem Zettel steht: »Punkt 12 Uhr werde ich vor dem AKH von Luftalarm überrascht.« Es ist aber jetzt fünfzehn Minuten nach zwölf, und nichts! Müde komme ich in der Ringstraße an, und hungrig, als ich um 13 Uhr vor dem ausgebrannten Heinrichhof stehe, sehe ich die ersten Bomberverbände »längs der Westbahnstrecke Richtung Stadtmitte« anfliegen. Was danach kommt, steht auf keinem Zettel. Ich vergleiche das Foto, und alles kommt mir bekannt vor: Einige Leute, die (wie ich) lieber auf der sonnigen Straßenseite am Ring (an der Ecke Operngasse) warten wollen, gehören nicht zu den »Angsthasen«, die nach dem Alarm gleich in den nächsten Luftschutzkeller verschwinden. Da ich mir diese Mutprobe leisten kann, stelle ich mich dazu. Warum aber die anderen vor dem Haus keine Angst vor den Bombern haben, bleibt ein Rätsel. Abgestumpft oder vielleicht durch den Daueralarm apathisch und gleichgültig geworden, wirken die Leute, die mit mir unter dem Haustor stehen und den geschmeidigen Wendungen der Silbermaschinen folgen. Auch das Bollern des Flakfeuers im Bezirk kann sie nicht bewegen. Als hinter uns, die wir an der Hausmauer stehen, eine Scheibe aus einem Fenster fällt, schaut keiner hin. Beim nächsten Einschlag im Bezirk fällt ein Rundbalken an der Fassadenmauer im stockwerklosen Innenhaus nieder. Keine Reaktion.

Es bewegt sich nichts auf der Straße; niemand geht vorüber, alles wartet in den Häusern, Bunkern und Luftschutzkellern die Vorentwarnung ab.

Nur wir stehen da, und alles (mit alles meine ich die fünf, sechs Passanten, die mit mir vor dem abgebrannten Eckhaus um den verkohlten Baum stehen) schaut nach oben, um die Bomberverbände, die über uns fliegen, mitzuzählen. Dass die Maschinen die weißen Wölkchen der Flakschüsse abstreifen, kaum getroffen werden, finden sie normal. Die Maschinen lassen die Kondensstreifen und den Lärm der Flakdetonationen hinter sich und ziehen dann seelenruhig weiter. Erst als wir den heftigen Einschlag der Bomben hören, denkt jeder: Eben ist irgendwo ein Haus in die Luft gegangen.

Ich blättere in den Notizen, aber es steht nirgends, ob die rollenden Einschläge von Floridsdorf oder vom Süden kommen. Man sieht nur, dass eine blaugraue Rauchwolke der anderen folgt. Und zwar immer vom Karlsplatz her. Man sieht aber keine Rauchsäule. In den Notizen steht: »Hernals und Währing getroffen.« Was bleibt mir anderes übrig, als das zu bestätigen und auf die Fotos zu schauen. Nach einem zehnminütigen Schwerangriff zieht eine Staubwolke auf, bedeckt die Ringstraße, und die fahle Sonne ist vorübergehend verschwunden. Man will nicht ewig dort herumstehen und die Entwarnung abwarten. Mancher geht weg, einigen ist aber das Warten lieber, als gleich zur Arbeit gehen zu müssen, man zündet sich eine zweite Zigarette an. Ich gehe.

An den Sträuchern im Burggarten vorbeigehend (ich bin jetzt in der Nähe von Goethes Denkmal vor dem Eingang der Goethegasse) werde ich von dem neuen grünen Laub und den Knospen im Park überrascht, als ob der Krieg nur im Winter stattfinden dürfte, und ich muss lachen. Bei dem Gedanken fällt mir ein, dass in Persien an diesem Tag das Neujahr gefeiert wird, und ich klettere, um mit den Bäumen darüber reden zu können, über Mauerschutt in den Burggarten und setze mich auf einen Steinsockel. Franz Joseph, der mir zum Nourus gratuliert, hat auch etwas zu sagen: »Aber wo denken Sie denn bloß hin? Schauen Sie bitteschön das Schlamassel da an!« Und während er mit dem Stab auf seine Mütze (die mit der kaiserlichen Kokarde) zeigt, schaut er hinüber zu den Ringstraßenpalais, wo die Häuser in Schutt und Asche liegen. Die Leute, die den dortigen Luftschutzkeller bereits verlassen haben, wirken wie Gespenster: blaublass im Gesicht und kaum zum Gehen fähig, so dass ich die Sorge um die Neujahrskarte, die ich dieses Jahr dem Vater nicht geschickt habe, gleich vergesse. Vor dem Haus versammelt, schauen sie und wollen doch nicht hinsehen, weil sie sich davor fürchten, dass die eigene Wohnung nicht mehr steht.

Ich schaue weg und schreibe im Kopf die erste Karte nach Persien, zerdrücke die ersten Knospen zwischen den Fingern und denke an die Verwandten, die gerade weit weg von hier Nourus feiern. Der Anflug eines Tieffliegers bringt mit dem Lärm seiner dröhnenden Motoren den Text meiner Nouruskarte durcheinander. Und ich höre in den Bäumen: »Horowitz«, und frage: »Horrorwitz?« Und ich lasse mich von ihnen belehren, dass er eine Mischung aus Horror und Witz war, ein verbotener Witz damals, und damit kommt meine Karte zum Eid (persisch: Fest) über den ersten Satz nicht hinaus. Ich denke, eine kranke Sonne, die auf eine verstaubte Ringstraße scheint, und eine Stadt, die kurz vor der Schmach der Niederlage steht, taugen schwer zu einem Eid.

Ich stecke die Fotos ein, denn so kann man kaum arbeiten! Und Punkt 14 Uhr stehe ich müde und ziemlich abgekämpft vor den Hofstallungen auf dem verstaubten, teilweise ausgebrannten Maria-Theresien-Platz, schaue zum Messepalast und weiß nicht, warum Herr Sohalt das Gebäude einmal als Palast und dann wiederum als Stallungen bezeichnet.

Neben den Wasserquellen im zweiten Hof, wo Frauen aus dem Brunnen Wasser holen, mache ich halt, und die Frage, seit wann in den Leitungen der Siebensterngasse kein Wasser mehr fließe, verwirrt mich, denn heute Morgen hatte ich doch den Kopf unter den Wasserstrahl gehalten und mich gewaschen.

Ich stelle mich am Ende der Schlange der wartenden Frauen, Greise und Kinder an, schaue auf die rot geschwollenen Hände, die schweren Behälter, Kübel und großen Flaschen, die sie mit Wasser füllen, und verstehe den Grund, warum sie fotografiert wurden, nicht. Wien ohne Wasser? Stets den Frauen nach, die mit den Handwagerln (oder auch mit bloßen Händen) das Wasser über den schmalen Weg hinaufschleppen, gelange ich, wie auf dem Foto abgebildet, zur Siebensterngasse, wo sie in breiten, abgetragenen Männerhosen hinter Spülwannen stehen. In den abgewetzten, schwarzen Wintermänteln, die sie sich wohl von den abwesenden Ehemännern geliehen haben, sehen sie seltsam aus. Wer kann es sich in diesem Elend leisten, die fett gewordenen Haare zu waschen? Die Strähnen müssen hinter den Kopf gebunden oder unter einem weißen Kopftuch versteckt werden. Schlimmer als auf den Fotos wird es in der Siebensterngasse, wo die Spülwannen in Reihen auf dem Gehsteig stehen, und die Frauen, von einer Schar ausgehungerter Kinder umgeben, mit beiden Händen in der Seifenlauge, mit nervenden Haarsträhnen im Gesicht, die Wäsche auf dem Waschbrett kneten: die Wasserträgerinnen, die mit dem Nass zu den ausgetrockneten Hydranten eilen, das Wasser zum Abwaschen in andere Kübel umleeren und wieder zurück zu den Hofstallungen laufen, kenne ich. Sie sind alle aus dem Bezirk. Auf dem nächsten Foto steht der Müll auf der Gasse im Mittelpunkt. Die Kinder schauen unweit von den Spülwannen ungeniert in den Coloniakübeln nach, ob etwas Brauchbares (Zeitungspapier, Fetzen oder Essensreste) zu finden ist. Der verstreute Müll in der Gasse bei der Kaserne übertrifft alle meine Vorstellungen von Schmutz und Gestank. Normalerweise sieht man auf den Fotos nur die Gegenstände, und man muss sie nicht riechen. In meinem Fall aber, wenn man gezwungen ist, beidem, sowohl Schmutz als auch Gestank, so nahe zu sein, wird aus der Straße der Julikämpfer eine unbeschreibliche Erinnerung.

Aus jedem offenen Haustor strömt der unangenehme Geruch vom ausgeträumten Endsieg heraus. Die Hausflure sind nass, und überall stehen mit Wasser gefüllte Gefäße (Spülwannen, Kübel, große Ballonflaschen, Gurkengläser und sogar Küchengeschirr) bis zu den Kellertreppen an der Wand. Ich stehe im Flur und beobachte den regen Verkehr im Stiegenhaus. Die laute Stimme von Herrn Frank im schneidigen Befehlston: »Hinaufgehende rechts halten! Herunterkommende links halten!« Die Wasserschlepperinnen haben es aber nicht leicht, sich daran zu halten, man kämpft sich hinauf, und Ausrutschen auf dem nassen Boden ist gelegentlich unvermeidlich. Je höher ich steige, desto bestialischer stinkt es im Haus. Herr Frank, der mit kugeligem Bauch im eng gewordenen Braunhemd im Parterre steht und den Weg versperrt, meckert dauernd, dass man zuerst für die seit Tagen nicht ausgespülten Klosetts etwas tun müsse. Es sind aber nicht nur die Klos, sondern auch die seit Wochen nicht gewaschene Wäsche, die an den Körpern stinkt. Ich muss mich zur Wand zurückziehen, damit die Leute vorbei können; sehe die Hände, die Körper, und verstehe nicht, warum das Nass, wenn es so dringend auf dem Klo benötigt wird, an den offenen Klotüren vorbei zuerst in die Wohnungen geschafft wird.

Alle Volksempfänger sind einzuschalten, sagt Herr Frank. Die Radios werden eingeschaltet und laut aufgedreht. Während in diesem Tumult Kinder nackt im kotigen Schlammwasser vor der Klomuschel stehen und schreien, wird angekündigt, dass die Goebbelsrede bevorsteht. Die Mutter muss aber zuerst das schmutzige Abwaschwasser durch das Waschbecken ohne Abflussröhre in die darunter stehenden Kübel einlassen, um es dann zum Klo zu bringen und den Spülkasten nachzufüllen. Das Haus ist mit Wagner-Musik, die aus allen Volksempfängern dringt, erfüllt. Der Kommentar zur Lage auf dem Zettel: »Er wollte alle im Haus fanatisieren«, verstehe ich nicht ganz. Während der Rede Goebbels' ist es im Haus notwendigerweise zur massiven Benützung der Klosetts gekommen und, was im Stiegenhaus nicht zu überhören ist, alle Klospülungen husten laut.

Ich sitze am Tisch, schreibe das Protokoll und schaue zu dem bisschen Sonne, das durch die Vorhangspalte hereinscheint, und merke nicht, wann und wie sich der Lärm draußen legt. Nachdem die Geschichte eingetragen und mit den Fotos verglichen ist – von 21 vorliegenden Aufnahmen des Tages sind nur 11 brauchbar –, gehe ich zum Sofa, lege mich hin und schlafe gleich ein.

Ostersonntag, 1. April 1945, ich habe starke Nierenschmerzen, bleibe daher lange am Sofa liegen. Von 10.30 Uhr bis 12.30 Uhr Vorwarnung, dann um 13.20 Uhr neuerlicher Alarm, der bis zur Vorentwarnung 15.16 Uhr dauert.

Ich sollte um 16 Uhr hinaus zum Westbahnhof, um den Zug mit Verwundeten eines zu spät geräumten Lazaretts, der seit 8 Uhr früh dort steht, mit dem Foto zu vergleichen. Dass der Zug nicht abfahren kann, weil die Strecke blockiert ist, nehme ich als einen glücklichen Zufall und bleibe auf dem Sofa liegen.

Während des Vormittags werde ich nur einmal wach, weil die Batterien des Flakturms ohne Unterbrechung in den Himmel schießen. Schuld daran ist ein russischer Tiefflieger, der wiederholt auf den Turm niederfliegt und mit Bordkanonen und MGs die Geschütze auf dem Plateau unter Beschuss nimmt. Das Dröhnen des Motors klingt mit den niedertourig laufenden, klappernden Flugzeugmotoren wie eine Nähmaschine, und solange er herumfliegt, wird es nicht ruhig. Ich schließe das Fenster, und auf dem Weg zurück ins Zimmer erschreckt mich die Menge der Fotos, die ich in den letzten Tagen an die Wand genagelt habe. Abgesehen von seiner Schulzeit, wo er mit kahlgeschorenem Kopf in einem grauen Sakko steckt (der enge, weiße Hemdkragen ist fest zugeknöpft), sieht Herr Sohalt von Jahr zu Jahr anders aus. Beim Stöbern in den Papieren auf dem Tisch und beim Sichten aller Fotos, auf denen er zu sehen ist, stelle ich sieben verschiedene Sohalts fest, die leicht sieben Bildbände für sich in Anspruch nehmen könnten.

Sortiert, geordnet und mit Reißnägeln an der stumpfen Wand befestigt, werden die sieben Säulen immer länger. Trotz der Schmerzen im Rücken und des Fiebers laufe ich immer wieder zum Flügel, wo der Papierberg liegt, und suche unter den Fotos Bilder von ihm. Ob auf der Kennkarte, auf einem alten oder auf einem neuen Reisepass, überall, wo ich persönliche Aufnahmen von ihm finde, reiße ich das

Foto heraus und bringe es an der Wand an. Die erste Säule beginnt mit den Fotos vom Umzug in die Siebensterngasse: Das Familienfoto, ein mittelgroßes Gruppenbild, aufgenommen vor der Tabak-Trafik, zeigt den Vater in der Mitte, die Mutter an seiner rechten Seite, lachend, und »Sepp« großgewachsen an seiner linken Seite, dort, wo die kleinen Hakenkreuzfahnen aufragen. Er hebt als einziger im Bild den rechten Arm zum Hitlergruß und lacht. Das Foto ist mit Juli 1938 datiert.

Das nächste Bild zeigt die Familie vor der Turnhalle Nr. 11, und auf der Sandsteintafel hinter ihnen den eingemeißelten Text:

> 154
> DEUTSCHE MÄNNER
> DER 89. SS STANDARTE TRATEN HIER
> AM 25. JULI 1934 FÜR DEUTSCHLAND AN.
> 7 FANDEN DEN TOD DURCH HENKERSHAND

Das nächste Foto »Der Umzug in die Siebensterngasse an Führers Geburtstag, 20. April 1939« zeigt den jungen Sohalt beim Entladen eines Lastwagens. Die Mutter hält einen Stuhl in der Hand und lächelt glücklich in die Kamera, der Vater (er konnte anscheinend nicht glauben, dass er neben dem arisierten Tabak-Geschäft auch noch so rasch zu einer arisierten Wohnung kommt) schaut euphorisch in die Kamera und ist gerade dabei, mit Sepp die schwere Bauerntruhe ins Haus zu tragen.

Er wirkte ganz anders als sein Sohn: Der gespitzte, nach oben gedrehte Schnurrbart war aus einer anderen Zeit, auch sein runder Bauch, den man auf einem Foto aus dem Schrebergarten sah, zeigte einen anderen Menschen. Wien schaut darauf (noch) aus wie ein Schanigarten im Hochsommer, satt, schläfrig und faul. Auf einem anderen Foto sitzt der Vater nach erledigter Gartenarbeit im Schatten einer kleinen Holzhütte mit einem Weinglas in der Hand an einem Holztisch in seinem Schrebergarten. Er schaut, während seine kleine rundliche Frau mit einem schwarzen Hund vor dem Gemüsebeet neben den hochgewachsenen Bohnenstangen steht, direkt in die Kamera.

Die Eltern legen von Bild zu Bild einige Kilo zu, Seppl wächst schneller als eine Bohnenstange, der Hund wird von Foto zu Foto älter und fetter, und so vergeht die Zwischenkriegszeit, bis die Zeit kommt, von der es nur mehr einige wenige Fotos gibt, auf denen die beiden Alten unterwürfig und bescheiden in die Kamera sehen. Der Sohn, zuerst vierzehn, später sechzehn und dann achtzehn (immer im braunen Hemd der HJ) wächst über die Welt im Schrebergarten hinaus.

In der nächsten Foto-Säule steht er, auf einmal einen Kopf größer als die Eltern, vor der scheinbar klein gewordenen Holzhütte und lässt sich neben der jetzt noch dickeren Mutter fotografieren. Man merkt schon, dass ihm der Schrebergarten am Schreiberbach zu klein geworden ist. Ob ich das Foto vom Vater im Ersten Weltkrieg in den schneebedeckten Schützengräben in Südtirol in dieser Säule unterbringen sollte?

Mit dem Foto von der Neudeggergasse vor der Möbeldeponie, in der die geraubten Einrichtungsgegenstände fast nichts gekostet haben, schließe ich die zweite Säule ab und beginne das Zimmer zu verdunkeln.

Die mit schwarzem Papier beklebten Scheiben lassen das Licht immer noch durch, ich sollte noch die Rollos herunterziehen und die Vorhänge schließen. Dann gehe ich zum

Lichtschalter. Es gibt keinen Strom, ich suche nach dem Streichholz und zünde die Kerze an. Das lange Sitzen vor einer flackernden Kerze und die Platte »Was-schert-uns-das Leben«, die vor sich hin kratzt, während mit dem Luftzug trotz der geschlossenen Fenster Mörtelstaub und eine Spur Verwesungsgeruch hereinkommen, das alles verursacht starke Nierenschmerzen bei mir. Danach unruhiger Schlaf.

Ostermontag, 2. April 1945, der Vorrat an riesigen Landkarten aus Nordafrika und Russland (viele von ihnen waren von hingestochenen Fähnchen durchlöchert), ein Fragebogen, ein vierseitiger Nachweis seiner arischen Abstammung und andere Dokumente aus Herrn Sohalts privatem Leben, machten die Suche schwer. Während ich überlege, wo ich die entdeckten Fotos an der Wand befestigen soll (die Aufnahmen aus dem Russlandfeldzug, die er Serie Barbarossa nennt, zeigen ihn stark gebräunt im Feldzeug), höre ich von Zeit zu Zeit dumpfe Detonationen, von denen man nicht weiß, ob sie von Sprengungen oder vom Abschießen schwerer Artillerie stammen. Wie jede Nacht sitze ich am Tisch und suche Fotos aus.

Inzwischen ist die rechte Wand neben dem Sofa bedeckt, es bleibt nur noch an der linken Wand hinter mir eine ungenützte Fläche. Ich steige wieder auf den Sessel und beginne die Fotos aus Russland von oben nach unten anzunageln. Auf diesen Aufnahmen steht oder sitzt Sohalt oft auf einem Schützenpanzer, wobei seine weit geöffnete Uniformjacke zeigt, dass Sommer ist; er lacht in die Kamera und ist siegessicher. Der Panzer rast über eine staubige Landstraße.

Nach dem vierten oder sechsten Foto mache ich Halt. Seltsam, Herr Sohalt, der brave Sepp, hält an der Spitze einer langen Kolonne der Nebelwerferabteilung einen frisch erlegten Hasen an den Hinterbeinen in der rechten Hand, während die anderen Landser hinter ihm mit einigen Bauernmädchen, die am Rande eines Weinbauhügels vorbeigehen, plaudern. All das macht trotz der friedlichen Stimmung einen beängstigenden Eindruck. Denn das Schlimme steht noch bevor: Auf dem zweiten Foto aus der selben Serie (er weiterhin in die Kamera lächelnd) wird auf einem Begleitwagen ein Weinfass angezapft. Die Bauernmädchen, welche vorher mitgelacht haben, sind inzwischen verschwunden. Nur beim genauen Hinsehen entdeckt man ein im Straßengraben liegendes Mädchen.

Nach dem zehnten oder elften Foto aus dieser Serie wird mir schlecht, ich steige langsam vom Sofa, setze mich auf den Parkettboden und hoffe, dass es mir langsam besser geht, wenn ich die Fotos nicht mehr vor Augen habe. Sinnlos.

Sonntag, 8. April 1945, ich fühle mich krank. Herzklopfen, Panik, Atemnot und Raserei im Brustkorb und Hals. Um 8.30 Uhr Voralarm, während ich noch im Dunkel des Vorraumes (wir haben weiterhin keinen Strom) stehe und mich bei schwachem Kerzenlicht rasiere, weiß ich, dass ich auch heute nicht zum Krankenhaus fahren möchte. Beim ersten Bombeneinschlag in der Nähe halte ich die Rasierklinge vom Gesicht fern, um mich nicht zu schneiden. Ich muss nicht extra zum Fenster, um zu prüfen, welche Bombe wo eingeschlagen hat. Es war ein Tieffliegerbeschuss gewesen, und zwar ganz in der Nähe. Das dumpfe Hacken der Bordkanonen und das hellere Tacken von den MGs sind von einem Granateneinschlag deutlich zu unterscheiden. Dass es eine Granate gewesen ist, die in dem Haus neben der Apotheke eingeschlagen hat, irritiert mich sehr. Im zweiten Stock des Hauses brennt es, und aus dem blaugrau qualmenden Torbogen laufen Frauen und Kinder hinaus. Nach dem Frühstück gehe ich trotz Bauchweh zum Fenster, um das Außenthermometer abzulesen. Die Bewohner sitzen schon vor dem Haus und warten auf die Feuerwehr. Zurück am Tisch trage ich ein: »12 Grad, wechselhaft wolkig, heftiger Wind.« Kurz vor 10 Uhr, durch den Druck eines zweiten Einschlages in der Nähe, fallen die Scheiben des Wohnzimmerfensters auf der linken Seite hinaus. Mein erster Satz danach: »Vor kurzem gab es eine Detonation in der Nähe, nach der alles in der Kredenz kurz klirrte. Leider sind die vier Scheiben vom Wohnzimmerfenster nicht mehr da.«

Der Zettel, auf dem »Wo bleibt die Panzerdivision Sepp Dietrich, die seit einer Woche in Wien sein sollte?« steht, sagt über ein Begleitfoto nichts. »Wer soll jetzt die Russen, die seit gestern vor dem Laaerberg stehen, aufhalten?« ist eine Notiz ohne Datum, und es ist nicht klar, in welchem Zusammenhang sie geschrieben wurde. Das Foto vom Kohlenkübel mit dem Parteiabzeichen und die Aufnahme, auf der die Kühe vor dem Museum herumstehen, kann von diesem Tag oder auch von einem anderen Tag stammen. Trotzdem nehme ich den Rucksack mit Ausrüstung und gehe aus dem Haus. Noch nicht zehn Schritte vom Haus entfernt, und der Lärm des Granatenbeschusses, der von den Dächern kommt, zwingt mich und die wenigen anderen Passanten, eng an den Mauern zu bleiben.

Die Sicherungsposten stehen an den Kreuzungen der Spittelberggasse und Gutenberggasse und lassen uns passieren. Ich stehe gegenüber dem Uhrengeschäft an der Ecke Burggasse, als mich das scharfe Artilleriefeuer, das den Dachboden vom Haus gegenüber absägt, aufschreckt. Die

Granate, die in das Eckhaus schlägt, erzeugt eine dicke braune Rauchwolke. Einige Dachziegel mit Mauerbrocken sausen und regnen auf das Pflaster nieder (auf dem Foto liegen sie schon am Boden). Links und rechts und nach oben schauend gehe ich wieder vorsichtig dicht an der Mauer entlang zurück, immer von einem Torbogen zum nächsten, und überall liegen Glassplitter und Ziegelbrocken. Die Gasse ist bis auf einen Panzerspähwagen Höhe Spittelberggasse menschenleer. In diesem Panzer sitzt der Fahrer und raucht. Vor der Damenschneiderei neben der Tabak-Trafik höre ich das Pfeifen einer Granate in der Nähe, geübt ziehe ich mich in den Hausbogen zurück, und die Hauswand an der Ecke Spittelberggasse wird getroffen. Ich bereue es bitter, den Stahlhelm nicht mitgenommen zu haben, laufe schnell zum Haus und hämmere gegen das zugeriegelte Tor. Drinnen ist der Hausflur mit aufgeregten Hausparteien voll. Eng an die Wände gepresst, möchte man von mir wissen, ob sie schon da sind? »Wer?« frage ich und laufe hinauf. Ich habe ein anderes Problem. Wenn ich heute zum Spiegelgrund kommen will, muss ich gleich losfahren. Es sind genug Fotos da, und es ist Zeit, dass ich es hinter mich bringe. Einen Blick durch den Vorhangspalt nach unten, und der Panzerspähwagen von vorher, der brennt und von einem anderen Panzer von der Fahrbahn zur Seite geschoben wurde, stimmt mich um. Auch was sich vor der Kaserne abspielt, ist nicht weniger gespenstisch: Frauen, die mit schweren Kartons aus der Kaserne herauskommen, kreischen laut. Zwei von ihnen bleiben vor der Apotheke stehen, und eine der beiden schreit zu den geschlossenen Fenstern hinauf, dass in der Kaserne Vorräte verteilt werden. Das Areal ist bald schwarz von Menschen, die mit leeren Kisten und Körben Richtung Kaserne hasten. Alles drängt, um ja nicht leer auszugehen, in die Kaserne hinein. Eine Zeit lang bleibe ich noch da und schaue hinunter. Nach fünf oder zehn Minuten tauchen die ersten wieder auf, verlassen die Kaserne vollbepackt und laufen in alle Richtungen weg. Der Feldwebel, ein müder, unrasierter SS-Mann, folgt ihnen, erreicht die erste Gruppe vor der Apotheke, stellt sich mit gezogener Pistole vor die Menge und schaut, dass er wenigstens die Fliegerwesten vor den Plünderern retten kann. Obwohl er ihnen die Kartons mit Knäckebrot überlassen will, lacht man ihm ins Gesicht. Auch gegen Kriegsseife, Mundwasser und Klosettpapier habe er nichts, aber die Pelzwesten müssen dableiben, sagt er, und sieht erstaunt zu, dass die Plünderer um einige Klopapierrollen zu streiten beginnen. Ihm wird das Getümmel zu viel, er schießt in die Luft und treibt die Menge auseinander. Alles läuft im Nu weg, und ein Teil des Belagerungsproviants bleibt auf dem Pflaster liegen. Die letzten, die die Kaserne mit Fleischkonserven in Kartons verlassen, streiten nicht mehr. Es sind zwei junge Mädchen, die ein Holzfass mit den Füßen vor sich her treiben; sie müssen aber, da in diesem Moment das Artilleriefeuer heftiger wird, das Fass stehen lassen und weglaufen. Das allein gelassene Fass rollt zu einem Ziegel in der Fahrbahn, kippt neben dem aufgerollten Klopapier um, verliert beim Zusammenstoß mit einem Stein den Stöpsel, und der rote Wein gluckst auf das Pflaster. Um 12 Uhr stehe ich immer noch da und weiß nicht, was ich tun soll. Die Plünderung der Stiftskaserne wird um 13 Uhr offiziell, das heißt alle, sogar diejenigen, die aus dem oberen und unteren Teil der Siebensterngasse kommen, dürfen in die Kaserne hinein und sich holen, was sie vorfinden. Eine beträchtliche Anzahl von Decken, Matratzen und Bettzeug wird hinausgeschleppt und zu den

Häusern getragen. Um 14 Uhr klart der Himmel über der Gasse auf, und obwohl die Gefahr eines Angriffes dadurch nicht gerade geringer wird, entschließe ich mich, aufzubrechen. Ich packe die letzten Aufnahmen ein und mache den Bericht fertig. Die Bemerkung von Herrn Sohalt, dass man sich wegen dem üblichen Nachmittagsangriff keine Sorgen machen müsse, weil die russischen Aufklärer bis 14 Uhr Mittagspause machen würden, ist ein Trost.

Ich nehme mir vor, das Foto von den Rinderherden vor dem Kunsthistorischen Museum gleich dort, während ich auf den 48A bei der Haltestelle Bellaria warte, zu vergleichen, und verlasse das Haus. Unten vor dem Haus bleibe ich beim Anblick des wilden Gedränges vor der Tabak-Trafik stehen. Was wollen die Leute dort? Ich stelle mich hin und erfahre langsam: Wer vor dem einrückenden Iwan schnell verschwinden wolle, müsse zu Sohalt!

Die Erklärung des Sohnes auf dem Zettel, Papa habe wegen der Freigabe der 40 Punkte alle Hände voll zu tun, ist nicht die ganze Wahrheit. Ich ergänze: »Man munkelt, um die nötigen Papiere zu besorgen, muss man zu Herrn Sohalt. Der Sohn sorgt dann dafür, dass man mit den LKWs der Dienststelle (der Wehrmacht) wegfahren kann. Die unausgehandelte Preisliste: für die Fahrt nach Linz 5000,– RM, bis Salzburg 10 000,– RM. Und, je nachdem wie groß eine Ladung ist, sollen rund 1000,– RM dazu gerechnet werden. Wer mit dem eigenen PKW wegfahren will, muss den Treibstoff (bis zu 100,– RM pro Liter) bei ihm bestellen. Für die Ausfuhrerlaubnis aus Wien (vom Wehrkreisleiter gestempelt) braucht man dann nicht extra zu bezahlen, ansonsten 300,- RM. Die zugeteilten 30 Zigaretten könne man gegen 30,– RM tauschen. Zwei Kilo Zucker für 100 Zigaretten, das ist die Währung, und sie gilt nur heute.«

Während ich bei der Bellaria auf den Bus warte, nervös auf und ab gehe und grübele, was ich mit der Geschichte von Sohalts Vater tun soll, ob ich sie vorbringen soll oder nicht, fährt ein Bus nach dem anderen ab. Abstumpfung und Apathie halten an, alle Farben sind, wie auf Sohalts Fotos, entweder schwarzweiß oder grau. Ich schlage das Heft auf und lese den Text, den ich Herrn Sohalt im Krankenhaus vortragen will, langsam durch. Er wirkt, ganz abgesehen von den von mir beschönigten Passagen, leblos und langweilig. Er ist der Wirklichkeit nicht nah genug. Als ich das Heft einstecken will, wird es ohne jede Warnung laut am Heldenplatz. Dass die Flakbatterien, die vor dem Prinz-Eugen-Denkmal aufgestellt sind, an diesem Tag zur Probe abgeschossen werden, wurde in den Notizen nicht erwähnt. Der scharf riechende Pulverrauch verbreitet sich schnell, und der Lärm macht den Frauen Angst, die in den Detonationen einen Luftangriff vermuten. Sie wollen ins Palais Epstein flüchten, werden aber vom Portier abgewiesen.

Der Vorfall dauert vielleicht eine Minute, trotzdem reicht es aus, um uns, die wir in der Haltestelle warten, zu deprimieren. Ich verschiebe den Krankenbesuch auf den nächsten Tag und gehe, ohne zu wissen wohin, die Straßen im Bezirk auf und ab.

Montag, 9. April 1945, ein windloser Aprilmorgen, wolkenlos, 18 Grad, an dem die Sonne auf den Dächern der Kaserne ruht, so dass die Spinnweben sich ohne Hast in den leuchtenden Ecken ausbreiten können. Einer dieser Morgen also, an dem man wie in Persien am 13. nach Tahwil (dem ersten Tag im persischen Neujahr) die Jause einpackt, um auf eine Wiese, wo die Hummeln brummen, zu wandern und dort nach altem Brauch die Frühjahrsgräser zusammen zu binden. Mit Sohalts Bemerkung: »Leider schön und so klar, dass keiner von uns vor den Jagdbombern sicher sein wird«, beginne ich den Rucksack einzupacken, denn ich weiß, dass die Ruhe höchstens eine halbe Stunde anhalten wird, und dass es, wie bei ihm steht, um 10 Uhr losgeht! Während ich die Brotscheiben für das Mittagessen abschneide und die Fotos vom Tag in den Rucksack einpacke, gehen die ersten Einschläge in den Außenbezirken nieder.

Am Weg zur Bushaltestelle in der Burggasse vor dem Haus Nr. 15 komme ich an ein paar SS-Männern vorbei, die beim Bombentrichter neben dem Panzer stehen und die Kreuzung Stiftgasse überwachen. Mit leichtem MG bewaffnet liegen auch zwei von ihnen in der Tiefe der Krater und halten Ausschau nach dem vorbeifliegenden Tiefflieger, den Verbänden von 3 bis 6 Maschinen, die, ohne etwas abzuwerfen, nach Süden ziehen. Gelassen gehe ich an dem Bombenkrater vorbei zur Bushaltestelle und stelle mich dort wie in Friedenszeiten an.

Obwohl ich der Einzige bin, der an der Haltestelle wartet, hoffe ich, dass der Busverkehr nicht eingestellt ist, denn ich will nur raus aus dem Krieg, ich möchte ins Grüne fahren und die Sonne genießen. Einige bekannte und viele unbekannte Gesichter eilen vorbei; mancher bleibt kurz stehen, sagt mir, es sei sinnlos, auf den Bus zu warten, denn der Bus- und Straßenbahnverkehr sei eingestellt worden. Aber die Vorstellung, gleich auf der grünen, luftigen Baumgartner Höhe zu sein, vor dem Krankenhaus beim kleinen Eichenwald, lässt mich nicht los. Der dichte Wald dort hält den Wind auf, und die sonnenüberflutete Lichtung mit Schattenflecken bleibt am Morgen lange windgeschützt und warm: als Jausenplatz sehr geeignet.

Das Ehepaar Schreber (Bekannte der Familie Sohalt) macht bei mir Halt, warum ich nicht zu dem Luftschutz-Keller unterwegs bin, fragt der Mann. »Sepp«, sagt er, »was wird jetzt aus uns, was geschieht mit Leuten, die …« Seine Frau hält ihn am Ärmel und sagt laut: »Hermann, er ist nicht der Sepp, komm!« Und sie fragt mich, ob Sohalt schon operiert worden sei. »Deshalb fahre ich hin«, sage ich und zeige auf meinen Rucksack und zähle auf, was ich ihm alles mitbringe. Gerührt über meine Fürsorglichkeit, bekommen beide feuchte Augen. »Was wird aus uns?« fragt der alte Mann wieder. Die Frau zieht ihn aber gleich weiter: »Komm! Wir müssen gehen, er ist nicht der Sepp!«

Nachdem sie weg sind, hält die Ruhe zehn, fünfzehn Minuten, dann ist das Motorengeräusch da. Einer der Männer, die im Krater liegen und den schmalen Himmel der Gasse im Visier haben, schreit: »Flieger!« Und es rattert laut, von einer aufmontierten Zwei-Zentimeter-Flak am Panzer. Allerdings nur kurz, denn die Gasse ist eng und der Blickwinkel nicht groß. Aus den anderen Gassen wird auch mit leichter Flak und MGs sinnlos auf die Flugkörper geschossen. Ich schleiche in den Hauseingang und setze vorsichtshalber den Stahlhelm auf. In einer sonnigen Ecke packe ich die Fotos aus, blättere hastig im Aprilheft, lese in den Notizen des Tages. Nun, es bleibt mir nichts anderes übrig, als dort stehen zu bleiben und auf den großen Angriff zu warten. Ich schaue auf die Uhr, und schon pfeift die Granate über meinen Kopf, schlägt in die hohe Feuermauer, blättert knapp über dem Dachansatz das Blech ab und löst einen Regen von Ziegeln und Glassplittern aus. Als sich der Staub langsam wieder legt und die Augen durch die Staubwolke etwas sehen können, suche ich nach der Stelle in der Mauer, an der die Granate eingeschlagen ist.

Der Umfang des Einschusses – Durchmesser ein Meter – zeigt, dass ich mich nicht länger dort aufhalten kann. Keine der Glasscheiben der Gasse hat den Druck überstanden. Also nichts wie weg! Während hintereinander weitere Einschläge folgen, packe ich den Rucksack und beginne zu rennen.

In der Siebensterngasse werden wir von den Luftschutzhelfern angetrieben, zum Luftschutzkeller unter dem Restaurant Schömer (Nr. 17 und 19) zu gehen. Unten bin ich, durch den Wechsel von der hellen Gasse in den finsteren Keller, vorerst blind, brauche einige Minuten, um etwas sehen zu können. Und was sehe ich da?

Im Schein einer grimmigen Petroleumlampe sitzen Leute dicht an einem schwarzen Ofen, von dem aus senkrecht ein langes Rohr durch den Lüftungsschacht nach draußen geht. Überall sitzen (oder liegen) Leute auf aufgeschlagenen Betten und Matratzen, und in der Mitte stehen aufgetürmte Koffer und Kisten. Zwischen den Engzusammengerückten einen Sitzplatz zu finden, ist gar nicht leicht. Nur dort, wo die Älteren auf Sesseln und Bänken hocken, ist ein Stehplatz an der Wand frei. Die Angehörigen der Ortsgruppe hocken vor dem Ofen und verbrennen, während die Frauen weiterkochen, jene Schriftstücke, die schnell beseitigt werden müssen. Links von ihnen sitzen einige Damen mit Nähzeug am Boden. Ob sie von der NS-Frauenschaft sind oder von der Modeschneiderei, weiß ich nicht, sie ändern und nähen die Fahnen. Nur, in welche Richtung Hammer und Sichel darauf genäht werden sollen, macht hier und da große Probleme. Ich sehe, als eine frische Ladung Fahnen hereingeschafft wird, dass bereits der runde weiße Fleck mit dem Hakenkreuz darauf herausgeschnitten worden ist. Aus dem roten Stoff einer NSDAP-Fahne sollten soweit wie möglich mehrere rote Fähnchen herausgeschnitten werden.

Die Luft im Keller ist voller Rauch, und daran ist das, was auf dem Ofen zubereitet wird, schuld. Die schlecht brennende Petroleumlampe »nimmt« wie Herr Sohalt vermerkt »einem den Atem weg«. Er schimpft auch über die Leute, die trotz des »Ernstes der Lage« nicht aufhören zu streiten. »Die Einwohner vom 17er-Haus debattieren, warum sie (die vom 19er) unter Berufung auf ihre größere Anzahl und auf den Umstand hin, dass der Keller unter ihrem Hause liegt, die Hälfte des Raumes für sich beanspruchen wollen.« Es zehrt, wie er schreibt, alles an den Nerven, und ich muss schnell hinaus. Ich stolpere über zwei, drei Strohsäcke, die im Weg stehen, und als ich im Dunkeln den Ausgang finde, greift mir einer der unrasierten Schränke auf den Ärmel und sagt: »Sepp!! Warte einen Moment! Feldpost für dich!« Und, als ich ihn anschaue: »Du weißt schon, vom Willi Schiebel!« Ich nicke ihm zu und suche den Ausgang.

Als ich draußen bin, ist die schattige Gasse leer. Die staubige Luft wirkt ohne den beißenden Schmalzgeruch auf einmal so frisch. Noch bin ich nicht bei der Apotheke vor der Kreuzung, und schon fliegt die erste Maschine im Sturzflug tief auf die Dächer der Kaserne zu. Sie nimmt gleich den Flakturm und den Kasernenhof unter Beschuss, und lässt nach dem aufgewirbelten Staub eine betäubte, erstaunte Straßenkreuzung zurück.

Die Aufnahme eines Buben, wie er gerade eine Matratze aus der Kaserne hinausschleppt, während die scheibenlosen Fenster neugierig schauen, ob er die Last über die Fahrbahn schaffen wird, ist gelungen. Hinter dem langsam vorüberziehenden Buben mit der Matratze bleibt die Siebensterngasse als Vergangenheit zurück; eine traurige, unter dem Staub der verblassten Sonne verlassene Gasse, die von der früheren Straße der Julikämpfer, von Mörtel und Ziegelbrocken, nichts mehr wissen will.

Oben in der Wohnung kontrolliere ich nach der Entwarnung die nächste Aufnahme: Schauplatz ist das Modegeschäft unten im Haus, das zur Damen-Schneiderei gehört: Die Lehrmädchen der Schneiderei winken den Landsern, die im Tor des Eckhauses auf den Rückzugsbefehl warten, zu, dass sie in das Geschäft kommen sollen. Auf dem ersten Foto sieht man, wie zwei von ihnen die Einladung annehmen und vorsichtig hinüber zum Geschäft schleichen. Die zweite Aufnahme zeigt, wie sie nach zehn Minuten herauskommen und in Zivil sind! Nur die Kommissstiefel haben sie noch an. Mit den genagelten Stiefeln klappern sie aus dem Geschäft heraus. Sie gehen zuerst langsam und dann immer schneller in Richtung Breite Gasse, um zu verschwinden. So gehen mehrere als Wehrmacht hinein und kommen als Österreicher heraus. Als wäre man nie dabei gewesen.

Ich lege mich kurz hin und versuche bis zur Evakuierung der Kaserne zu schlafen.

Dienstag, den 10. April 1945, der letzte Tag des Zweiten Weltkrieges in der Siebensterngasse beginnt wie jeder andere Tag mit dem Zwitschern der Vögel im Hof. Das *Tuitsch, Bulitsche, Tuitsch,* was so viel bedeutet wie: wie wird es heute, ist sehr laut. Ich sitze im dunklen Zimmer im Bett und warte auf den Tagesanbruch, um ja die Lichtstimmung zum ersten Foto nicht zu verpassen.

Und das Foto? »Das Kreuz verliert schon die Haken«, schreibt Herr Sohalt dazu. Man sieht auf dem Bild, dass der Rollladen der Tabak-Trafik vor der Pforte stark nach außen gebogen ist: »Gestern Nacht«, schreibt er, »haben die Plünderer das Geschäftslokal des Vaters demoliert.« Er sei erbost und finde es ausgesprochen gemein, dass die Bagage all das, was die Familie vor sieben Jahren in schlechtem Zustand übernommen und mit harter Arbeit ausgebaut habe, nun über Nacht plünderte.

Ordnungshalber beginne ich mit diesem ersten Foto und eile, sobald der erste Morgenstrahl das taunasse Kasernendach errötet hat, die Treppen hinunter, um zum richtigen Zeitpunkt dort zu sein. Wie die Plünderer in das Geschäft hineinkommen konnten, ist offensichtlich. Durch den weggebogenen Rollladen kann jeder Erwachsene leicht hinein und heraus kriechen. Rundherum liegen überall Stempelmarken, Zeitungen, kleine Papierfahnen und Postkarten zwischen glitzernden Glasscherben. Ich stöbere, über die Briefmarken gebückt, nach den Postkarten, doch sie sind nicht mehr zu retten. Es gibt Momente in Wien, kurze und vorübergehende, wo das Pflaster am Morgen auftaut, der Wind den Atem anhält und die Luft völlig still bleibt. In einem solchen Moment hört sich das Pferdetraben auf dem Pflaster in der schlummernden Gasse sehr eigentümlich an. Es kommt von oben, von der Neubaugasse her. Ich schaue zur Kontrolle das Foto noch einmal an: Die Sonne strahlt von der Breite Gasse auf das Haus, und die Gassen links und rechts sind menschenleer.

Wir (die Fenster auf beiden Seiten der Gasse und ich) betrachten ein kleines russisches Pferd, das von der Kirchengasse hereintrabt und dann stoppt. Es wiehert einmal und schaut mit seinem Reiter in die verschlafene Siebensterngasse hinein, beide verschwinden wieder, aber die unerträgliche Stille bleibt. Es vergeht einige Zeit, bis die zwei mit mehreren mit wattierten Jacken, Overalls und Pelzhauben bekleideten Soldaten auftauchen. Sie schauen in meine Richtung, spähen kurz in die Gasse herein und verschwinden wieder. Bald darauf trabt das Pferd zum zweiten Mal herein. Der Kirgise (oder ist es ein Kosak?) zieht am Zügel und steht kurz im Sattel auf, nimmt vorsichtshalber die Maschinenpistole hoch und beugt sich über das Pferd tief nach unten. Da ich der einzige bin, der an der Kreuzung vor der Kaserne steht, muss er wohl vorhaben, auf mich zu zielen. Die Frage: schießt er, schießt er nicht, schwebt mit der Brise eine Zeit lang hin und her.

Der zweite Mann deutet mit der Waffe im Anschlag auf die Fenster, er meint offenbar, man müsse in die Toreinfahrten und auf die Fenster schauen, dort, wo jemand mit entsicherten Waffen lauern könne. Das Pferd wiehert und geht langsam rückwärts, beide verschwinden wieder. Die gespannte Ruhe streift mit einem kleinen Wind durch die leere Gasse.

In dieser Stille öffnet sich im Haus gegenüber dem Restaurant Schömer plötzlich ein Fenster. Jemand ruft: »Die Russen sind da!« Entweder schlafen die Leute alle so tief, oder niemand will das so genau wissen. Kein einziger Fensterflügel öffnet sich und kein Kopf schaut nach unten. Alles wartet noch ab: die Häuser, die Kaserne, die Pflastersteine, die Sonne, die Fenster und das, was dahinter lauert. Und der Russe möchte nicht kommen.

Doch, sie kommen! Die zwei, die von der Neubaugasse in die Siebensterngasse einbiegen, tragen eine Kabelrolle und ein Feldtelefon mit, bleiben eine Weile vor dem Restaurant Schömer stehen; einer geht zu dem geschlossenen Haustor, denkt nach, setzt sich neben das Feldtelefon, der andere, ein älterer Soldat, wickelt hinter ihm die Telefonleitung auf. Die Meldung ist kurz, man wartet auf den Befehl.

Und die Gasse wartet, man merkt, die Spannung hinter den geschlossenen Fenstern wird langsam unerträglich.

Etwa um 8.30 Uhr trauen sich einige mutige Bewohner der Gasse aus dem Haus neben der Apotheke, bleiben hinter dem Vorbau stehen, bücken sich vorsichtig nach vorne und spähen die Gasse entlang. Von den gefürchteten russischen Abteilungen ist nichts zu sehen, von den Straßenkämpfen auch nicht. Man sieht nur die zwei russischen Nachrichtenmänner im Haustor vor dem Feldtelefon sitzen und ihre Meldungen durchgeben. Man sieht auch, wie einige Bewohner der Gasse sich langsam aus dem Haus trauen. Die zwei Russen sind, was die angebotenen Zigaretten betrifft, zurückhaltend und lehnen ab, aber sie verteilen dann ihre eigenen. Mancher Nachbar traut sich ein, zwei Schritte vor, und wer kann, murmelt etwas auf Russisch. Wien – muss man sagen – kann, wenn nötig, ganz gut freundlich sein.

Kurz darauf, um 9.10 Uhr etwa, taucht der erste russische Spähtrupp auf. Die Trossabteilungen mit kleineren Leiterwagen bleiben aber in der Neubaugasse stehen. Worauf warten sie? Das Tor der Stiftskaserne, aus der noch die letzten Reste der Bestände herausgeschleppt werden, steht offen. Die Flüchtlingswellen (sagen wir der ängstlichen Parteigenossen und anderer Belasteter), die von den bereits besetzten Bezirken Ottakring und Hernals kommen, nehmen ständig zu. Sie wollen die Wehrmachtstruppen, die den ersten Bezirk noch nicht geräumt haben, erreichen, was mit schweren Koffern, Frau und Kind nicht leicht ist.

Ich suche das nächste Foto. Wann wird die Kaserne vom russischen Panzer eingenommen? Auf der Begleitnotiz steht: »Um 9.30 Uhr, nach den einziehenden Sturmgeschützen durch die Lindengasse, rollt der erste russische Panzer herein. Der Offizier steht auf dem Panzer und dirigiert die Kolonne mit einem blinkenden Säbel alten Stils. Eine Scheide trägt er nicht!« Das Foto dazu fehlt. Ist es nicht dasselbe Foto, auf dem nur ein Teil eines Panzers in der Nähe der Wasserlache steht? Die Bemerkung auf der Rückseite dieses Fotos: »Aus dem umgefahrenen Hydranten Ecke Lindengasse/Stiftgasse ergießt sich ein Sturzbach ins Rinnsal«, ist keine Antwort darauf.

Um 9.15 Uhr gehe ich langsam zur Lindengasse und warte vor dem Gasthaus auf die rollenden Panzer. Die Geschichte hat (verglichen mit Sohalts Angaben) eine halbe Stunde Verspätung, denn der Panzer, der um 9.20 Uhr da sein sollte, taucht erst um 9.50 Uhr in der Kirchengasse auf. Die Horrormaschine rasselt durch die enge Lindengasse herunter und bleibt, durch die lange Reise müde, am Beginn der Stiftgasse stehen. Der Panzerturm quietscht beim Drehen des Kanonenrohrs, es richtet sich langsam gegen das Kasernentor auf, korrigiert den Kurs und hält still. Ein Kirgise zieht sich aus dem Bauch des Panzers durch die geöffnete Luke heraus, er entstaubt sich würdevoll, nimmt den nackten Säbel in die rechte Hand, zeigt damit zu dem Flakturm und wartet. Der Säbel blendet in der Sonne, auch der Fahrer und die Kolonne warten, nur der Wind wartet nicht, er jagt die letzten Fetzen hinter den flüchtenden Plünderern aus der Kaserne hinaus.

Der Kirgise bewegt die Augen. Jetzt! Nein, noch nicht, er will den Moment auskosten. Er streift alle aus den Fenstern auf ihn gerichteten Augen, lächelt zu den weißen Tüchern, die im Wind flattern, und denkt an die zwanzig Millionen Toten Russlands. Er klopft leicht (und nur einmal) mit der Säbelspitze auf den grauen Panzerschild, und der Fahrer gibt Gas. Der Panzer rollt langsam zur Seite, er bricht dem Hydranten, der am Gehsteig um die Ecke steht, den Hals. Das Wasser spritzt die Fahrzeuge, die mit Sturmgeschützen an dem Panzer vorbeirollen, nass. Der Kirgise, der, seit er von zu Hause weg ist, nie gelacht hat, lächelt kurz den vorbeifahrenden Soldaten zu. Die entlastete Siebensterngasse atmet auf, die Einwohner der Siebensterngasse atmen auf: Die Russen sind nett.

Die Erleichterung geht wie ein Wind durch das offene Tor der Kaserne hinein. Der Befreier möchte keine Granaten in die Häuser werfen, weil er großherzig ist und verzeiht.

Die Frauen der Gasse trauen sich langsam vor das Haus, einige zögern noch, nur einen Schritt. Keine hatte in den letzten Jahren so viel und so heftig auf der Gasse gelacht. Die Gehsteige sind voll wie damals, beim Erinnerungsmarsch für die Julikämpfer, nur der deutsche Gruß fehlt und die Kapelle, dafür viele, sehr viele Taschentücher, die immer auf und ab winken. Wegen dieses, Herr Sohalt würde sagen, unvölkischen Benehmens geniert sich die Straße der Julikämpfer in Grund und Boden.

Von der Sitzbank der Haltestelle aus, wo wir (ich und die Pflastersteine) so oft Zeugen anderen Benehmens waren, sieht alles anders aus. Die Pflastersteine – bestens geübt in Nachsicht und mit allen Wassern gewaschen – zeigen auf die Leute und sagen: »Schau sie nur an! Man ist befreit!«

Ich sage nichts, stehe langsam auf und gehe nach oben. Ich stelle mich ans Fenster. Es ist zwar dasselbe Fenster, zeigt aber einen anderen Flakturm. Das, was dort in der Kaserne unter dem seidigen Dunst der kraftlosen Nachmittagssonne steht, blickt nun verschämt von den Dächern der umgebenden Häuser herunter und meint, nichts dafür zu können. Eine rote Fahne (mit Hammer und Sichel), die auf dem Dach der nutzlos gewordenen Betonschachtel mit ihren langen, hohlen, leeren Dunkelräumen weht, verursacht eine leise, angenehme Freude in mir. Das friedliche Bimmeln der 49er Straßenbahn vor dem Haus hört sich zwar gut an, aber wenn ich zum Tisch schaue und die Papiere, die Fotos, die Hefte, die Hakenkreuzfahnen, die Platten, Sohalts Familienfotos an der Wand und den SA-Ehrendolch samt Parteiabzeichen und den Totenkopfring sehe, bin ich wieder im Krieg. Um die frische Luft des Friedens endlich ein- und ausatmen zu können, reiße ich als erstes das schwarze Verdunkelungspapier von den Fensterscheiben. Die Gasmasken, die drei Stahlhelme, Bücher wie »In Stahlgewittern«, »Der Bodenkrieg« oder »Die Fliegerschwärme über dem Ozean« werde ich auf den Dachboden tragen.

Geneigt, mich zu einem Mittagsschlaf hinzulegen, gehe ich zum Sofa, strecke mich darauf aus und überlasse mit dem zufriedenen Lächeln des Kirgisen die Räumungsarbeiten im Kopf dem lauwarmen Wind.

HEFT NR. 10

Der Krieg war, entgegen allen Erwartungen und Hoffnungen, an diesem Tag nicht zu Ende. Die Befreiung, die ich mir wünschte, das endgültige Einpacken der Aufnahmen in den Rucksack und die Fahrt ins Krankenhaus, um dort Herrn Sohalt alles zu übergeben und mich von ihm und von seinem Krieg zu verabschieden, blieb aus. Als ich vom Nachmittagschlaf erwachte, wehte nach der Einstellung aller Kriegshandlungen in der Siebensterngasse ein anderer Wind. So dass ich in Gedanken schon bei den bevorstehenden warmen, schönen Frühlingstagen war, jenen Tagen also, an denen es um die Fragen ging, wo und in welchem Schanigarten man die ersten kühlen Gespritzten trinken sollte, wo die Schatten unter den Bäumen, wo die Mädchen unter diesen Bäumen am freundlichsten zu einem sein würden. Bald wird es, so dachte ich mir, mit der Gespaltenheit in mir vorbei sein, und die Zeiten, in denen ich die Luft mit zwei verschiedenen Lungenflügeln atme, die Menschen mit zwei verschiedenen Augen sehe und mit zwei verschiedenen Ohren höre, werden endgültig vorüber sein.

Als ich hinausging, um ins Krankenhaus zu fahren, wurde mir vor der Apotheke klar, dass der Krieg für mich noch nicht vorbei war. Gleich vor dem Tor der Kaserne, wo die russische Wache gerade dabei war, den Frauen, die aus der Kaserne herauskamen, die erbeuteten Stiefel und Kleidungsstücke abzunehmen und sie mit Schimpfen und Ohrfeigen einzuschüchtern, hatte Sohalt drei Fotos gemacht. Einmal sogar, als sie unverschämt in die Kamera lachten.

Ich ging vorbei, und einen Häuserblock weiter erlebte ich an der Kreuzung Lindengasse/Stiftgasse die nächste Fotoserie: Ein Haufen irrsinnig gewordener Anrainer lief einer gespenstischen Figur nach, die mit einem zerrissenen Mehlsack auf der Schulter hin und her rannte, um die Beute zu retten, aber das Mehl lief aus dem Sack aus und bestäubte die Verfolger. An der Ecke Kirchengasse, wo ein Mode- und ein Schuhgeschäft nebeneinander standen, waren Menschen versammelt: Der Besitzer des Schuhgeschäfts, ein alter nervöser Mann mit hängendem Bauch, ohrfeigte gerade ein junges Mädchen, das einen großen Sack mit Schuhen wegzuzerren versuchte. Es kam zu einer Rangelei, das Mädchen schrie laut und lief mit der Beute weg und einige Menschen hinter ihm nach. Die Schuhe im Geschäft flogen in die Luft, der alte Mann setzte sich auf die Glasscherben am Gehsteig und schaute fassungslos zu, wie sein Geschäft geplündert wurde, sah dann blass in die Kamera. Dann kam das Foto mit dem Haus in der Kirchengasse, vor dem ein Parteifreund Sohalts – Name und Adresse standen auf der Rückseite des Fotos – stand und mit dem Grinsen eines unverschämten Denunzianten den fünf, sechs betrunkenen vorbeigehenden Russen zeigte, in welchem Stock im Haus noch guter Wein und junge Frauen und Mädchen zu holen waren.

Zur nächsten Aufnahme vor dem Eingang des Hauses Herzmansky 3, dem Warenhaus an der Ecke Stiftgasse/Mariahilferstraße: Die Menge zögerte nicht mehr lang, überrannte den verzweifelten Portier und die zwei Diener, denn jeder wollte als erster durch die enge Pforte des weggebogenen Rollladens hineindrängen. Das Geschrei der unter die Füße der Plünderer gekommenen alten Frau war entsetzlich. Gleich darauf flogen Stoffballen, Damenkleider, Unterwäsche hinaus, landeten auf dem nächsten Foto direkt vor meinen Füßen auf der Straße. Und all das vor den spottenden Augen der lachenden Russen. Sohalt schrieb: »Auch hier viele Partei-Genossen aus dem Haus.« Ein alter Herr im Stadtpelz stand auf dem nächsten Foto im Haustor (vor der jetzigen Garage) und zog ohne Scheu seine Hose aus, um eine erbeutete Hose anzuprobieren. Nach der Aufnahme des Wassers, wo der umgefahrene Hydrant bereits einen Sturzbach gebildet hatte, ging Herr Sohalt weiter die Mariahilferstraße hinauf und nahm die Reste der menschlichen Würde bis zum Kaufhaus Gerngroß auf. Überall das gleiche Motiv: Männer und Frauen rannten durch die russischen Kolonnen, um den Eroberern »Willkommen« zu sagen. Ich ging weiter, bis zum Westbahnhof lagen überall herabhängende Stromleitungen und Berge von Schutt und Splittern am Gehsteig herum. Von den ausgehungerten Frauen am Straßenrand, die heulten, schoss er gleich mehrere Fotos. Aber von den vor dem Café Westend wartenden Mädchen, die vorbeifahrende Russen zum Aussteigen ermutigten, nicht.

Mit dem Foto vom zerbombten Westbahnhof, wo Frauen auf der Treppe herumsaßen, hörte ich auf. Sie saßen mit den Händen im Schoß auf mit Soldbüchern, Handgepäck und Müll bedeckten Stiegen herum und warteten auf Züge, die weder ankamen noch abfuhren.

Ich machte eine Pause, atmete auf und dachte, meine Arbeit für den Bildband sei damit vorbei, steckte langsam die erschöpfte Füllfeder in die Regenmanteltasche, überflog die eingetragenen Passagen im Heft, verglich sie mit den Fotos und stellte mit Genugtuung fest, dass der angenehme, frische Wind, der vom sonnigen Gürtel herkam, rechtzeitig wehte, denn der intensiv gewordene Geruch der Geschichte musste vertrieben werden.

Als der zerbombte Eingang des Westbahnhofs mit den verzweifelten Frauen auf den Steintreppen kleiner wurde und endlich verschwand, atmete ich auf. Für eine sanfte Überfahrt sorgte die brummende Rolltreppe. Ich blieb eine Weile in der neu gebauten Stadtbahnstation sitzen, genoss den durch das Glasdach fallenden Sonnenstrahl und folgte ihm, wie er sich auf dem weißgekachelten Boden langsam zu den Fahrscheinautomaten schlich. Es war ein gutes Gefühl, der Geschichte entflohen zu sein. Während der Fahrt ins Krankenhaus atmete ich gierig den Plastikgeruch des neuen Waggons. Die Gegenwart roch nach einem frisch lackierten Fensterstock. Ich rechnete mit geschlossenen Augen mehrmals hintereinander die Stunden zusammen, die Herr Sohalt mir schuldete, und kam immer zu einer Summe, die hinsichtlich der geleisteten Arbeit nicht angemessen war. In der verlassenen Sanatoriumstraße stieg ich aus, eilte zum Haupttor und verspürte, bevor ich hineinging, starke Kopfschmerzen und Übelkeit. Der kalte Schweiß und das leere Gefühl im Magen deuteten auf einen Schwächeanfall hin.

Das Schweigen der kartenspielenden Knochenkranken am Gang, als sie mich mit dem Rucksack näher kommen sahen, und das frisch überzogene Bett mit den geschlossenen Seitengittern bedeuteten nichts Gutes. Das Fenster stand offen, eine milde Nachmittagsbrise blätterte in einer vergessenen Zeitung am Boden, und das Schlummern der zwei, drei Patienten im Zimmer erinnerte an die Ruhe bei der Grablegung. Als ich zögernd hinausging und nicht wußte, wen ich fragen sollte, deutete mir der schwer kranke

Herr Eppinger im Rollstuhl, dass ich näher kommen sollte. Mein erster Gedanke war, dass Sohalt nicht mehr am Leben war. Als ich nahe genug bei ihm war, flüsterte er, es sei nichts Schlimmes, der Seppi sei nach einem kleinen Schlaganfall in die Intensivstation verlegt worden. Als ich mich eben nach der Zimmernummer erkundigen wollte, kam die Stationsschwester und sagte, es sei nicht gestattet, die Patienten dort zu besuchen. Erleichtert ging ich weg, froh, dass er nicht da war, um mehr von mir zu fordern.

An der Bushaltestelle in der Sanatoriumstraße, wo die grünen Trauerweiden sich in der warmen Brise sanft hin und her bewegten, meldeten sich die Fotos von der Förstergasse zu Wort. Dadurch wurde die Busfahrt in die Stadt, über den 30, 40 Fotos, zu einer Qual. Für ihn waren es Fotos, die nicht in seinen Bildband hineinkommen dürften, für mich hingegen mussten gerade sie in einen Bildband über Wien im Krieg. Ein alter Streit zwischen uns: »Machen Sie da keine Umstände, ja?« sagte er. Und ich würde leise beteuern, dass die Fotos von den gesprengten Brücken am Donaukanal in meinen Augen keine große Bedeutung hätten.

Diese Serie, angefangen vom vergitterten Kellerfenster im Haus Nr. 2 bis zur Erschießung der neun Gefangenen im Bombentrichter in der Rembrandtstraße, dokumentierte ein Verbrechen in Wien und nicht in einem Lager irgendwo außerhalb. Das Datum auf dem blauen Papierumschlag, in dem die Aufnahmen extra aufbewahrt wurden, lautete: 12. April 1945. In zwei Tagen würde es also soweit sein. Die Auftragsarbeit, wie er es auf dem Umschlag nannte, war, die Aushebung der letzten jüdischen U-Boote (gemeint waren die letzten neun versteckten Männer in der Förstergasse 2), die durch eine Nachbarin denunziert worden waren, zu fotografieren, mehr oder weniger eine Fleißaufgabe für die Ortsgruppe.

Die Aufnahmen von den Männern dokumentierten dieses Geschehen Schritt für Schritt, vom vergitterten Kellerfenster bis zum Bombenkrater, wo sie mit einem Genickschuss ermordet wurden. Ich hatte sie wieder und wieder genauestens studiert. Aber die Vorstellung, am übernächsten Tag an Ort und Stelle zu sein, beanspruchte eine besondere Art der Belastbarkeit. Was das Auge auf einem Foto sieht, ist immer nur ein Bruchteil dessen, was man erlebt.

Während der Fahrt klopfte ich oft an die Scheibe und hätte mir nichts anderes gewünscht als ein Fenster zu einer anderen Stadt, eine andere Öffnung, aus der man in ein anderes Wien hätte blicken können. Ein Wien also, das mich früher oft auf eine gewinnende Art hatte beruhigen können.

Für Herrn Sohalt mag die Nacht von Mittwoch auf Donnerstag (dem entscheidenden 12. April 1945) eine Nacht des ruhigen Schlafes gewesen sein. Für mich nicht. Bis zur frühen Morgenstunde, bis sich der Tag lichtete, hatte ich keine Minute die Augen schließen können. Ich lag auf dem Sofa und kämpfte mit den Bildern eines nicht abgeschlossenen Falles. Der Dauerlärm in und um die Förstergasse, der hauptsächlich durch das Feuer der Artilleriegeschütze und die Explosionen in der Leopoldstadt verursacht wurde, wollte mich nicht einschlafen lassen. Die Vorstellung, dass der Krieg noch im Gange war und die Brücken erst in den Morgenstunden gesprengt werden sollten, erinnerte mich immer wieder daran, dass ich die Versteckten im Keller noch hätte warnen können. Erschrocken setzte ich mich auf, schaute zum Fenster, bis mir klar wurde, dass all dies nur Geschichte war. Im Wachtraum gingen aber die Häuserzeilen am Ufer des Donaukanals in Flammen auf, und alles begann wieder von vorne. Die Fotos wurden ständig von einem neuen Standpunkt aus lebendig. Um mich davon abzulenken, konzentrierte ich mich auf die Bäume am Kanal, verwandelte sie in Kriegslinden und sah zu, wie sie vom Bezirksvorsteher entlang des Kanals eingesetzt wurden. Bald wurde aus einer eingesetzten Kriegslinde ein Wald, groß wie der Wienerwald, und trotzdem war er nicht imstande, die Bilder der Förstergasse zu verdrängen. Im Halbschlaf sah ich mich vor der Roßauerbrücke stehen, musste zur Förstergasse hinüber, konnte aber nicht, denn einmal war die Brücke gesprengt, ein anderes Mal waren ein Luftangriff oder ein heftiger Artilleriebeschuss das Hindernis. Die Aufnahmen von der Förstergasse drangen aus allen Ecken und Winkeln des Zimmers auf mich ein. Beim frühmorgendlichen Amselruf aus der Kaserne war ich froh, dass ein heller und angenehmer Tag anbrach.

Während ich am Fenster saß und auf die Amselrufe horchte, schimmerte die Sonne auf die Dächer der Kaserne, und Duftwolken eines Blumenstraußes aus Flieder, Goldregen, Heckenrosen, Akazien und Lindenblüten drangen ins Zimmer. Ich hatte plötzlich Lust auf ein ergiebiges Frühstück. Ich ging nach unten, wollte mir zwei, drei Semmeln und ein Glas Weichselmarmelade kaufen, frühstücken und mich dann hinlegen und schlafen. Also keine Rede von Arbeit an diesem Tag. Ich ging in der Mariahilferstraße mit den Semmeln in der Hand wie in Trance einem Wagen der Straßenreinigung nach. Er bespritzte die Fahrbahn, und es machte Freude, ihm dabei zuzusehen.

So kam ich, ohne es zu merken, zur Ringstraße. Bis dahin war alles alltäglich: Die Leute gingen ihrer Arbeit nach. Vom Frühling überrascht ging man zwar eine Spur langsamer als sonst, um den Morgen zu genießen, aber man ging zur Arbeit. Ich knabberte an einer frischen Semmel und ging weiter. Die Luft war sanft, und die Bäume feierten das junge Blätterwerk. Unter den Platanen (am Börseplatz um den Kinderspielplatz) merkte ich, dass der Verputz der Fassaden abblätterte und langsam ergraute. Das Postamtsgebäude und die benachbarten Häuser in der Wipplingerstraße hatten begonnen, alt zu werden, und die Fahrbahn, die bisher spiegelglatt war, bekam unzählige Granattrichter und wurde plötzlich unpassierbar, links und rechts am Bürgersteig häuften sich die Schuttberge, darauf umgestürzte Lichtmasten und ganz hinten von Granatsplittern beschädigte Fassaden. Als ich mich umdrehte, waren die unendlich langen Nachschubkolonnen der russischen Besatzungsmacht unterwegs. Mit zweispännigen Wagen und vielen LKWs rollte sie in die Wipplingerstraße hinein, und im Nu waren anstatt des normalen Verkehrs nur mehr Infanteriegeschütze, Trosswagen, heubeladene Leiterwagen und ähnliches unterwegs. Beladen mit erbeuteten Radios, Grammophonen, Nähmaschinen und Russen fuhren die Lastwagen Richtung Rotenturmstraße. Der Baum, der irgendwo in der Nähe vom Hohen Markt stand, erinnerte als einziger an den Frühling. Sonst war überall nur Staub.

Am Stephansplatz sah ich das Steildach der Kirche rauchen, der linke Turm war ausgebrannt und der Giebel ganz schwarz. Ohne dass ich das nur im geringsten vorgehabt hatte, trieb es mich willenlos durch die Rotenturmstraße zum Donaukanal. Ich war nicht mehr ich, ich war ein anderer, blieb am toten Wasser vor der ersten gesprengten Brücke stehen und schaute zu den auf LKWs aufgestellten Stalinorgeln, deren Rohre auf die Leopoldstadt gerichtet waren.

Am anderen Ufer stand anstelle der Häuserzeilen eine Geisterstadt, wo Tausende Fensterhöhlen in obdachlosen Fassaden mit winkenden Leintüchern um die Einstellung der Kriegshandlungen baten. Die verbrannten Fensterrahmen zuckten bei den Sprengungen. Ich stand da und schaute zu, bis die Staubschwaden in kleineren Streifen abzogen. Ein unendlicher Zug von Fußgängern, die mit schweren Tragtaschen und leeren Rucksäcken unterwegs waren, strömte über den Holzsteg auf diese Seite. Ich ging weiter, und irgendwann wurde ich durch die trübe Stimmung müde, ich setzte mich hin und schaute auf die Roßauerbrücke, die bis zur Hälfte im Wasser lag. Die Förstergasse lag unerreichbar auf der anderen Seite.

Die Pappeln in der Nähe des Franz-Josefs-Kais zeigten Verständnis und warfen mir einige flaumige Schneeflocken nach.

In den acht Monaten und zwanzig Tagen Anstrengung für den Bildband blieb ich dank meiner robusten Gesundheit trotz mangelnder Ernährung und strengem Winter körperlich gesund. Seelisch war das nicht so. Vielleicht fehlte es mir an Erfahrung, wie ich mich vor dem Eindringen solcher Bilder schützen könnte. Vergegenwärtigen ist ein böses Wort für mich. Das Leiden an der Stadt, das mit den Fotos entstand und durch den Verlust des Mietzimmers und die Delogierung aus der Brandmayergasse zunahm, machte sich in meiner Seele breit. Es wurde in der Zeit, in der ich praktisch obdachlos war, schlimmer und erreichte dann mit meinem Aufenthalt in der Siebensterngasse seinen Höhepunkt. Nach schrecklichen Erlebnissen, wie dem Vorfall in der Förstergasse, merkte ich, dass etwas nicht in Ordnung war mit mir. Die Krankheit wurde mir aber erst richtig bewusst, als die Arbeit abgeschlossen war, ich mich nach einer neuen Unterkunft umschauen wollte, und das versäumte Wintersemester nachzuholen war. Die Vergangenheit tauchte nicht nur in der bisherigen Umgebung Sohalts, sondern überall in der Stadt auf, oft auch wenn ich gerade auf der Suche nach einer Unterkunft war. Was das Vergessenkönnen so sehr behinderte, war die Erinnerung an die alten Bilder, die Fotos aus vermoderten Zeiten. Diese hartnäckigen Bilder loszuwerden, erwies sich, wie Herr Egon es so schön ausdrückte, als ein schwieriges Unterfangen. Sie schlichen sich so unerwartet und überfallsartig bei mir ein, dass ich mich kaum davor zu schützen wusste.

Das Geld, mit dem ich mir ein Zimmer mieten wollte, war schon verdient, Adressen, wo ich Zimmer anschauen wollte, gab es genug. Ein Hindernis waren jedoch die Gassen mit den Pflastersteinen, die Häuser mit den alten Fassaden, die plötzlich voller Löcher waren. Dazu kam die Angst vor Einheimischen. Heute kann ich, ohne vor Angst gleich Atemnot zu bekommen, an jedem, der hier im Sanatorium herumsteht, vorbeigehen. Damals war das eine Mutprobe. Es waren vor allem die Innenräume der Altbauwohnungen, die mir zunehmend Angst einjagten.

Einerseits war ich über die Fülle der Angebote froh, andererseits beunruhigte mich von Wohnung zu Wohnung mehr die Frage, ob das Haus damals vielleicht Schauplatz eines dieser Bilder in meinem Kopf gewesen war. Ein schauerliches Gefühl, dass man immer und überall das Schlimmste, ein Geschehen so ähnlich wie in der Förstergasse, vermuten konnte. Die Wände und Gegenstände der Altbauwohnungen sind, was Vermutungen dieser Art betrifft, oft intensiver als die erlebten Bilder. Die Zimmer einer Altbauwohnung oder eines Hauses sah ich damals als Nachlassverwalter, Erben und Geheimnisträger der belasteten Geschichte. Es war beängstigend: hier ein Schnellschuss, dort ein Bild, da ein vergessenes Foto im Hof. Keiner konnte mir sagen, ob und unter welchen Umständen die ehemaligen Bewohner des Hauses vertrieben, delogiert, evakuiert oder abtransportiert worden waren. Es genügte schon, dass ein undefinierbarer Schatten im Dunkel umherhuschte, und die Lawine der Bilder war bis zum Morgengrauen nicht zu stoppen.

Das Haus in der Lustkandlgasse war nur eines davon: Ich sollte dort im ersten Stock eines vierstöckigen Hauses ein Zimmer besichtigen. Bevor ich hineinging, warf ich vom Gehsteig aus einen Blick auf die Fassade: Die Doppelfenster mit den alten welligen Scheiben, die mit altmodischen Vorhängen und vergilbten Plastikpolstern blickdicht gemacht worden waren, lösten die Erinnerungsflut aus, und schon blätterte die alte, dicke Farbschicht von der Mauer ab. Auch die Gitterfenster zum Gehsteig hatten etwas gegen unerwünschte Besucher. Ich überquerte die leere Gasse, ging ins Haus hinein, und im dunklen Hausflur hing das Schild: *Hausieren und Betteln verboten.* Der nächste Auslöser für Gespenster anderer Art war das Fenster des Hausmeisters, wo verbeult, abgenützt und rostig noch die Tafel *Hauswart* hing. Wie eine flüsternde Mahnung, man würde schon lange genug neben dieser Tafel stehen, drang aus dem Keller merkwürdiges Geflüster. Dieses Wispern war bis zum Dachboden zu hören, dann schaltete sich das Licht ein, und man sah am Boden aus unerklärlichen Gründen nasse Flecken. Auch die Gerüche, in Wien als Armutsgeruch bekannt, waren eigenartig. Sie strömten aus den offenen Küchenfenstern auf den Gang. Ich ging wie ein ängstlicher Werbezettelverteiler auf Gummisohlen von Tür zu Tür, schaute auf die Namen. Die Nummernschilder und die

Fußmatten der Wohnungen erzählten von denen, die hier einmal gelebt hatten. Ich wollte gleich wieder weg.

In vielen solchen Häusern stand ich, falls niemand im Stiegenhaus war, vor einem Gangfenster und sah aus geschliffenen und vom Verdunkelungsgrün gefärbten Scheiben in einen Hof. Der Baum im Hof, der oft einsam in der Mitte stand, schämte sich wegen der Vorfälle in früheren Zeiten. Ich sah in der Stille des Hofes viele Koffer stehen, alle mit Namen und Adressen beschriftet.

Irgendwann wollte ich einfach keine Besichtigungen mehr machen. Das Wohnen in einem solchen Haus kam trotz der günstigen Miete ohnehin nicht in Frage. Auch die Straßen und Plätze meldeten sich immer wieder zu Wort. Ich kann es nicht vergessen: Einmal kam ich, wann genau, weiß ich nicht mehr, von den Hofstallungen, wo ein Wehrmachtsoffizier im Hof von den Russen erschossen worden war, machte einen Umweg, um auch das Familiendrama am Schmerlingplatz gleich hinter mich zu bringen. Die Bäume am Platz waren, wie auf dem Foto, mit zartem, feinem Junglaub schattenreich sanft. Die unerträgliche Szene mit Karl Frank am Boden, der sich, nachdem er die Familie umgebracht hatte, eine Kugel in den Kopf schoss, trübte die weißen Frühlingsschatten in der Anlage.

Obwohl ich nicht sehr lange dort war, hielt sich der Verwesungsgeruch in der Nase. Ich sah bis zur Siebensterngasse überall kleine, schnell in den Anlagen improvisierte Gräber mit gebastelten Holzkreuzen, die auf der Kopfseite des Erdhügels eingesetzt worden waren. In allen Gassen schwebte der intensive Verwesungsgeruch in der staubigen, warmen Luft. Bei dem einsamen Baum in der Spittelberggasse, von dessen frischem Grün ich mir Trost erhoffte, überfiel mich eine Ahnung, aber ich wusste nicht wovon.

In der Wohnung angekommen, schloss ich gleich die Fenster und rauchte dann einige Zigaretten hintereinander, in der Hoffnung, dass der Geruch aus der Nase verschwinden würde, es nützte aber kaum. Von starken Kopfschmerzen geplagt, legte ich mich hin, um den Gestank im Schlaf loszuwerden. Ich träumte, der Krieg sei vorbei, ich lebte in Wien, die Stadt sei wie früher, vor Antritt meiner Arbeit für Herrn Sohalt. Als ich aber durch den furchtbaren Lärm in der Siebensterngasse aufwachte und zum Fenster eilte, sah ich, dass die Einwohner entlang der Gasse auf Leitern standen und die Straßenschilder »Julikämpfer« von den Hausmauern herunter hämmerten. Bei der Erinnerungstafel für die Gefallenen vom 25. Juli 1938 war es nicht so einfach: Als es aber endlich so weit war, schmetterten sie die Tafel vor der Turnhalle auf den Boden, so dass die Sandsteinstücke in die Luft flogen. Man gaffte, jubelte und applaudierte, als wäre man wieder beim Gedenkmarsch vom Sommer 1938.

Ich konnte, solange draußen ein solcher Lärm war, nicht hinaus. Am Donnerstag, dem 14. April hockte ich in der verdunkelten Wohnung und wartete auf die baldige Änderung meiner vom Krieg geplagten Lage. Die Entscheidung, die Wohnung bis Kriegsende nicht zu verlassen, fiel von selbst.

Aus Angst, in der Wohnung zu verkommen, stellte ich mir eine Aufgabe: die Zusammenstellung aller Fotos in einem Band, auf meine Art. Die Arbeit im verdunkelten Wohnzimmer war nicht gerade heilsam, aber wie sollte ich sonst die Zeit totschlagen? Mein Ehrgeiz war, alle Fotos – auch diejenigen, die als Negative für immer verschwinden sollten – entwickeln zu lassen, auf einen weißen Papierbogen zu kleben und mit einem Kommentar zu versehen. Es ging ziemlich schnell und leicht, denn ich hatte weder Gedächtnislücken noch Vergesslichkeiten. Alles sollte hinein, auch die Aufnahmen aus Russland, die alle Vorstellungen von der Anatomie der Gliedmaßen in Frage stellten. In dieser Woche hatte ich, während ich aß, rauchte oder trank, immer ein Foto in der Hand. Das Eingesperrtsein wurde zur Gewohnheit. Ich blieb freiwillig in der Wohnung, nicht nur weil ich Angst hatte, von den Leuten draußen belächelt oder, weil ich mich seit Tagen nicht rasiert hatte, als Sandler bezeichnet zu werden. Nein, es war die Freude, endlich den Fotoband so gestalten zu können, wie es mir zusagte. Zwar vorübergehend und provisorisch, aber immerhin nach eigenen Vorstellungen und nicht wie bisher als Handlanger und Befehlsempfänger. Jetzt, wo ich alleine entscheiden konnte, welches Foto wohin sollte, ging alles reibungslos. Als ich mit dem Bildband fertig war, war aus den Fotos endlich ein Buch entstanden, in dem das Wien dieser Zeit zwar hässlich, aber um so wahrhaftiger abgebildet war.

Zum Schluss fehlte es nur noch an einem Vorwort, dass das von Herrn Sohalt geschriebene Vorwort (»Du armes Wien! Wann werden deine alten Wunden geheilt?«) ein wenig korrigieren sollte. Das Material auf dem Tisch – die Marschbefehle, Anordnungen zur Evakuierung, Kartenskizzen zu einem Lager, ausgefüllte und nicht ausgefüllte Formulare, Deutsche Kennkarte und andere Dokumente – brauchte viel Platz. Allein die Namen der Organisationen, in denen Herr Sohalt aktiv gewesen war, und die Erklärungen dazu beanspruchten mehrere Seiten. Die Erklärung der Begriffe – Illegaler, Parteianwärter, KZ-Wächter, einfaches NSDAP-Mitglied, HJ-Eiferer, NSDtB, NSDoB, NSKK, NSFK, DAF, KdF, NSV, NSKOV, NS-Ärztebund, NS-Lehrerbund, NS-Rechtswahrerbund, Reichsbund der deutschen Familie, NS-Altherrenbund, NS-Reichskriegerbund, Reichspresse-Kammer, Reichsrundfunk-Kammer, Reichstheaterkammer, Reichsmusikkammer, Reichsfilmkammer, Staatsakademie für Rassen und Gesundheitspflege – durchzulesen, um etwas über ihn als Fotograf schreiben zu können, dauerte zwei Tage.

Um das Vorwort möglichst kurz zu halten, beschloss ich, ein einziges Dokument zu nehmen: das ausgefüllte Formular seiner Parteimitgliedschaft. Der achtseitige Papierbogen hieß »Personal Fragebogen der NSDAP« und war ein »Antragschein auf Ausstellung einer vorläufigen Mitgliedskarte zur Feststellung der Mitgliedschaft im Lande Österreich«. Unter Angaben über die Zugehörigkeit zur NSDAP wurde nach dem Vornamen, Familiennamen und Geburtsdatum (25. Juni 1920) und Geburtsort (Wien) gefragt:

Wann erfolgte der erstmalige Eintritt in die NSDAP?
Jänner 1937
Welche Ortsgruppe?
Landesführung Österreich
Bisherige Mitgliedsnummer?
6485453
Ist die Mitgliedsnummer von der Reichsleitung bestätigt?
Ja, von Dr. Olbrich (Wilhelm) bestätigt
Aufnahmedatum (nur wenn von der Reichsleitung bestätigt):
14. März 1937
Beiträge zuletzt bezahlt an:
Willibald Schiebel, Deutsche Wiener Turnerschaft, Bundesturnhalle, Straße der Julikämpfer (vormals Siebensterngasse) Nr. 11
Bei welcher Gliederung der NSDAP (Pol. Leitung, SA;

SS; NSBD ...) machten Sie Dienst? (Antwort wurde durchgestrichen)
Welche Funktionen haben Sie in der illegalen Zeit ausgeübt?
(Antwort wurde durchgestrichen)
Sind Sie wegen illegaler nationalsozialistischer Betätigung bestraft worden?
(Antwort wurde durchgestrichen)
Welche Strafen haben Sie erlitten?
Infolge zeitlicher Beurlaubung und Enthebung vom Beruf Verlust des Gehaltes
Gehören Sie einer logenähnlichen Vereinigung (die Fellows, Druidenorden, Rotary Club) oder einem sonstigen Bund an?
Niemals angehört
Angaben des Antragstellers über sonstige Tätigkeit für die NSDAP
Habe während der illegalen Zeit die Wehrhaftmachung vieler Mitschüler durch Pflege der Leibesübungen durch Wort und Beispiel zu fördern gesucht (Teilnahme an illegalem Lager der NSDAP). Habe durch Preisgabe der Ersparnisse und Aufnahme eines Darlehens die Jacht »Universitas«, die als »Nazischiff« zu Grunde gehen sollte, zu retten gesucht und habe die bevorstehende Versteigerung verhindert. Dadurch habe ich in den Jahren 1935 bis 1937 die Summe von S 5000,- verausgabt, ohne für dieses freiwillige Opfer bisher einen Ersatz zu erhalten. Vor der Abstimmung habe ich mich als Redner zur Verfügung gestellt und wurde dem Gau Kärnten zugewiesen, dort konnte ich, wie aus dem mir zugekommenen Schreiben ersichtlich, schöne Erfolge erzielen (100% Wahlbeteiligung, 100% Ja)

Vorstehende Angaben habe ich nach bestem Wissen und Gewissen gemacht.
Datum: Wien, den 4. September 1938
Unterschrift: Josef Sohalt

Bestätigung vorstehender Angaben und Beurteilung durch die Ortsgruppenleiter oder Formationsführer (Stempel von SA, SS, NSBD, HJ, usw.)

Nachdem ich am dritten Tag mit dem Schluss- beziehungsweise Vorwort fertig war, schaute ich erleichtert auf die Uhr: Es war 3 Uhr morgens. Die Fotos waren alle mit genauem Datum und richtigem Aufnahme-Ort versehen, die Erklärungen stimmten mit Herrn Sohalts Angaben überein. Ich legte mich aufs Sofa, dachte, damit sei die Arbeit für den Fotoband getan, und schlief bald ohne große Mühe ein. Am nächsten Tag wachte ich gut ausgeschlafen und ohne Schmerzen auf. Die Luft war, im Vergleich zu früheren Tagen, kaum noch verpestet. Der Wind brachte keinen Verwesungsgeruch mehr herein, so dass ich zum ersten Mal den Tee ohne Brechreiz zu mir nehmen konnte. Ich stand lange vor dem offenen Fenster und horchte in die Stadt. Alles war wie früher: Die Straßenbahn kreischte in der Kurve, die beiden Glascontainer (bunt und weiß) machten beim Umladen das übliche Scherbengeräusch, die Sonne schien wieder ohne Beschwerde über die Kaserne, und die Tauben kurvten wieder angstfrei um den Flakturm.

Mit dem Besuch der Stiftskaserne wollte ich herausfinden, ob nun die Bilder aus meinem Kopf verschwunden waren oder mit der Erinnerung an eines der Fotos wieder auftauchen würden. Punkt zehn Uhr stand ich vor der Kaserne, wo das Schilderhaus steht, und sah auf den zwei Plakatständern die neuesten Filmankündigungen des Kasernenkinos. Ich wollte, anstatt den Flakturm weiterhin nur vom vierten Stock aus zu betrachten, ihn schon lange einmal auch vom Kasernenhof aus sehen. Ich ging schüchtern auf und ab, fragte dann aber die Torwache: »Wie komme ich da zum Kinosaal?« Der Mann warf einen Blick auf seine Uhr und fragte: »Jetzt schon? Die Vorstellung beginnt erst um 20 Uhr.« Ich würde nur kurz den Saal anschauen, sagte ich. Er zuckte mit den Achseln und ließ mich trotz meines verwahrlosten Zustandes hinein. In der Kaserne war bis zum zweiten Hof links alles normal. An der Stelle der früheren Turnhalle stand das mehrstöckige, neu gebaute Betonhaus, das ich nur von der Straßenseite kannte. Neben dem Flakturm schaute ich weg, um das Eisentor vom Bunker nicht zu sehen. Die zwei Plakatständer vor dem Kinosaal im zweiten Hof zeigten, wo das Kino war. Im neu renovierten Filmvorführungssaal zeigte man in dieser Woche »Dirty Harry« mit Clint Eastwood und »Ein Mann sieht rot« mit Charles Bronson. Ich öffnete die Glastür und ging hinein. Am Gang war ein wenig Kasernengeruch (eine Mischung aus Waffenöl, Holz der Munitionskisten und Ölpapier) zu bemerken, aber alles andere sah aus, als wäre man in einem Vorstadtkino: Vorschaufotos an der Wand, eine kleine Holzbar aus der Nachkriegszeit und farbige Wandplakate. Links lagen am Ende des Flurs zuerst die Toiletten und dann der Filmvorführungssaal. Im spärlichen Licht sah ich rechts den dunkelblauen Vorhang, der nicht ganz geschlossen war, oben darauf eine kleine rotweißrote Fahne, die wie eine Schleife den Vorhang in der Mitte zusammenhielt. Ich wagte mich hinein, setzte mich auf einen Klappsessel am Gang und wartete, ob etwas passieren würde. In der Vorführerkabine brannte Licht, ein Film wurde gerade zurückgespult, laute Stimmen waren zu hören. Das Geräusch des Projektors erinnerte an einen alten Stummfilm. Wie lange ich dort im Dunkel saß, weiß ich nicht mehr. Ich weiß nur, dass die Leinwand nicht lange weiß blieb. Ob ich an Herrn Sohalts Notizen gedacht hatte oder es durch irgend etwas anderes ausgelöst worden war, kann ich nicht sagen. Der Lehrfilm für die Rekruten des Volkssturms begann mit einem Abschnitt über die Anwendung der Panzerfaust 30 und endete mit der Anwendung der Panzerfaust 60. Die Demonstration des neuen Sturmgewehrs Nr. 44 (30 Schuss) und LGM 42 (ein leichtes Maschinengewehr) verursachte Zigarettenrauch der schlimmsten Sorte ganz in meiner Nähe. Bei den Streifen über den Einsatz der MG 262 und des Ar 234 Düsenbombers war der Saal auf einmal zum Bersten voll. Als ich die Wehrmachtsuniformen an den Zuschauern bemerkte, nahm ich mich zusammen, stand auf und schlich mich hinaus. Draußen im Hof in der Sonne ging es mir gleich besser. Froh darüber, dass es vorbei war, verabschiedete ich mich von der Wache sehr freundlich und ging hinauf, um die Wohnung aufzuräumen.

Der Verwesungsgeruch war seit etwa einer Woche verschwunden, aber das ständige Geräusch des Filmprojektors in meinen Ohren ersetzte ihn, war permanent da und wollte nicht mehr aufhören. Je nach Stimmung hörte ich ihn leise oder laut, woraufhin die Bilder rückwärts oder vorwärts liefen. Ein normales Leben war nicht mehr möglich. Im Volksgarten waren die Bäume grün und der Flieder begann weiß, rot und lila zu blühen. Gleichzeitig sah ich entlang der Mauer zahlreiche Leute die Äste absägen, um sich Brennholz zu verschaffen. Oder am Heldenplatz: Neben umgeworfenen Kraftfahrzeugen benutzten die Kinder in der verlassenen Flakstellung den großen Scheinwerfer als Schaukel.

Es dauerte manchmal nur eine Sekunde, und Granatlöcher in der Fassade, Einschläge von Granatwerfern im Pflaster und Passanten, die mit Handwagen und Rucksack an den rauchschwarzen Fassaden ängstlich vorbeischlichen, wurden sichtbar. An der Biegung vor dem Parlament tauchte plötzlich eine Kolonne fahrender LKWs auf. Die blaue Luftschutzbeleuchtung war wieder da. Als ich mich umdrehte, folgten den Panzerfahrzeugen Pferde und Landser. Das Knarren des Lederzeugs, das Klappern des Metalls und der trotz nagelbeschlagener Stiefel gedämpfte Lärm der Marschierenden war unheimlich. Das Panzergefährt auf Raupen schlich sich wie ein Heerwurm vorbei. Warum? Wohin? Ich verharrte in diesem zeit- und datumslosen Zustand am Straßenrand. In der finsteren Bellariastraße blieb ich kurz stehen und schaute vorsichtig in die Burggasse, ob die Kriegszeiten vorbei waren.

Zu Hause angekommen, stellte ich den Helm auf den Kühlschrank, ging ins Zimmer und zündete wie zu Zeiten der Verdunkelung eine Kerze an.

Es war merkwürdig: Die Stadt war, bis auf einige wenige Häuser, restauriert, es gab also keine Kriegsspuren mehr, nirgends Granatlöcher und Risse. Nichts erinnerte an einen Krieg in Wien, und trotzdem sah ich immer und überall Einschusslöcher und abgestürzte Brandmauern. Ich aß wenig bis nichts, um nicht zum Einkaufen aus dem Haus gehen zu müssen, schlief, wenn überhaupt, nur tagsüber, damit ich den Krieg nicht erleben musste.

Mein allerletzter Versuch, zu überprüfen, ob ich wieder in die Normalität zurückfinden könnte, war erschreckend. Ich ging zum Chemielabor und versuchte festzustellen, ob ich nach dieser langen Unterbrechung das Praktikum noch fortsetzen konnte, was dazu führte, dass ich einsah, dass ich krank war und zur Heilung meiner seelischen Probleme professionelle Hilfe suchen musste.

Ich nahm an diesem hellen Frühlingstag die Bücher und marschierte Richtung Währingerstraße zum Labor. Unter anderem war ich neugierig, ob die Gespenster der Stadtgeschichte durch chemische Verbindungen zu vertreiben waren. In der Nähe des Instituts setzte ich mich in der schattig grünen Carlsson-Anlage vor dem Labor auf eine Bank und rieb die verschwitzten Hände an meiner Hose. Die Wiederholungen im Kopf waren unerträglich schnell, auch die Stimmen waren nicht zu stoppen. Irgendwann sah ich auf und musterte die Häuserzeile entlang der Spitalgasse, ob sie sich an den letzten Angriff mit der schrill pfeifenden Bombe erinnern konnte. Ich sah zu Boden und versuchte die Bilderflut zu stoppen. Als ich aufstehen wollte, lag die große Last des Frühlings auf meiner Schulter und drückte mich nieder. Die Platanen der Währingerstraße wehten sanftmütig und flüsterten: »Versuche es nur.« Nach dem grellen Licht draußen war ich im dunklen Flur des Instituts eine Zeit lang blind. Müde und abgekämpft ging ich die Stiegen hinauf und suchte nach dem Schlüssel. Beim Umziehen vor dem Spind am Gang warf ich einen Blick zum Saal und schreckte zurück: Das weiße Licht zwischen den hochgestapelten Glasschränken, die Reagenzgläser, Röhren und Kolben voller Chemikalien, die gekachelten Labortische und verrosteten Gas- und Wasserleitungen, die Bunsenbrenner erinnerten an Zyklon B.

Man sagt, die Zeit heilt alle Wunden, sortiert Bilder, filtriert das Abstoßende und behält nur das Angenehme. Das mag alles stimmen, aber nicht, wenn man nach einem solchen Jahr im Dunst der giftgelben, übelriechenden H_2S-Präparate steht, die beim Kochen auf dem Bunsenbrenner die Luft verpesten. Um die Bilder abschütteln zu können, zog ich den weißen Kittel an, ging in den Saal und gleich zum Fenster, um es zu öffnen. Trotz des Luftzuges, der von der sonnigen Strudelhofgasse zur schattigen Währingerstraße zog, blieb die Luft weiterhin verpestet, so dass ich eine Weile den Kopf hinaushalten wollte, um Straßenluft zu atmen. Und was war auf der Straße? Wie kann eine aufgegrabene Stelle zur Erneuerung der Gas- oder Telefonleitungen solche Bilder hochkommen lassen?

Während man um mich herum laut und heiter die Versuche erledigte, stand ich vor dem offenen Fenster und versuchte, den jungen Zweigen der Platanen die Hand zu reichen.

Ich war krank.

Donnerstag, 30. April, der Tag, an dem ich hierher kam: Ich holte die beiden Koffer vom Dachboden und begann sie einzupacken. Dass ich die Wohnung, bevor ich sie verlasse, in einen makellosen Zustand bringen wollte, kostete Zeit und Arbeit. Die gründliche Reinigung der Wohnung sollte mit dem Kühlschrank beginnen. An dem ramponierten Gehstock konnte ich leider nichts ändern, ebenso wenig an den Rissen in der Mauer der Duschkabine oder an den Rostflecken im Spülbecken, aber alles andere sollte zu neuem Leben poliert werden. Ich ging sehr methodisch vor, vom größeren Wohnzimmer zum kleineren Schlafzimmer und dann zum Vorraum, zur Küche und zur Duschkabine, ich schrubbte, wischte, putzte und stellte, was im Weg war, um, ich leerte die randvollen Aschenbecher aus, suchte, wo die Zigarettenkippen daneben gegangen waren, die Aschenreste.

Ich faltete meine Kleider, packte sie ein, sammelte Teegeschirr, warf es in die mit warmem Seifenwasser gefüllte Spüle. Zum Schluss nahm ich mir die wackligen Beine des Fernsehtisches vor, befestigte sie mit neuen Schrauben. Das Herunterreißen des Verdunkelungspapiers von den Scheiben ging sehr schnell, aber sie beidseitig zu putzen, kostete viel Zeit. Nachdem der Esstisch von den Fahnen, dem Dolch, dem Ring und den Bildern befreit war, fing ich mit den Fotos an der Wand an, und zum Schluss ging ich zu den Heften und Papieren von Herrn Sohalt über und packte alles sehr sorgsam in Schachteln.

Den gebundenen Bildband ließ ich auf dem Esstisch liegen, so dass Herr Sohalt, wenn er vom Krankenhaus käme, ihn als letzte Fassung seines Bildbandes gleich zu Gesicht bekommen würde. Ob er jemals den druckfertigen Band in Buchform erleben würde, stand aber – wie fünfzig Jahre zuvor – in den Sternen.

Zum Schluss eine kleine Bemerkung: Dass ich, bevor ich wegging, die Zimmerwände mit persischer Schrift beschmiert habe, ist eine böse Unterstellung. Vor dem Abschied von der Wohnung setzte ich mich auf das Sofa und weinte. Danach flüchtete ich zur Beruhigung meiner Gemütslage zu *Molana Dschalal od-Din Rumie,* der mich mit seinen mahnenden Versen befreien sollte. Damit Herr Sohalt bei seiner Ankunft in der Wohnung das kalligrafierte Gedicht auch gleich bemerken würde, legte ich es auf den Esstisch, dann stellte ich nicht ohne Wehmut den Kühlschrank ab und machte alle Fenster zu. Das Gedicht, das ich in schönen *Nastaligh* kalligrafierte, ermutigte mich trotz der mahnenden Worte zum Handeln:

نگفتمت که آنجا له آشنات نیم   در این سراب فنا چشمه حیات نیم
و درغمت روی صد هزار سال زین   به عاقبت به بن آئی که منتهات نیم
نگفتمت که نقش جهان شدی   که نقشبند سراپرده رضات نیم
نگفتمت که نم بحر و تو کلی ماهی   مرو بخشک که در پای با صفات نیم
نگفتمت که چو مرغان سوی دام رو   بیا به قوت پرواز پر و بات نیم
نگفتمت که صفتهای زشت برنهند   لعل منی که سرچشمه حیات نیم
نگفتمت که مگو کاین بنده از چه جهت   نظام گیرد خلاق بی جهات نیم
اگر چراغ دلی دانک راه خانه آنجا   و گر خدا صفتی دانک که خدات نیم

Übersetzung von Hamid Sadr und Michael Cerha auf Seite 239

Bei der Haltestelle Bellaria, während ich auf die Straßenbahn wartete, um zu mir, in die Brandmayergasse, zu fahren, schaute ich kurz zu den Bäumen im Volksgarten, und mir wurde schmerzlich bewusst, dass es das Mietzimmer dort nicht mehr gab. Ich dachte an die armen Rosenstöcke im Volksgarten und brachte es nicht übers Herz, weiter zu fahren, ohne sie begrüßt zu haben. Vor allem die Rose Amadeus, die, wie ähnliche Sorten in Persien, im Hochsommer stark duftete. Das Geräusch des Projektors im Kopf zwang mich aber, die zwei Russen, die an den Gräbern links und rechts Ehrenwache hielten, im Auge zu behalten. Auch die Fliedersträucher entlang des Zaunes waren nicht mehr das, was sie waren. Im Normalfall – würde man sich an einem kleinen Teich vor dem Eingang zum Heldenplatz schräg gegen den Wind stellen – könnte einem durch den Fliederduft leicht schwindlig werden. Der scharfe Geruch von verschossener Munition sorgte hingegen für schlechte Stimmung. Ich ging ziemlich angeschlagen zur Haltestelle zurück und entschied mich für die vorübergehende Flucht aus der Stadt.

Die Nervenheilanstalt Am Steinhof wartete schon in der Sonne auf mich. Ich zögerte vor dem Haupttor, tröstete mich aber mit der Ruhe, die die aufblühenden Linden am Hügel mir spendeten. Ich fragte Herrn Wächter, ob er wisse, wo und bei wem sich ein gemütskranker Mensch melden solle. Er starrte auf den belgischen Stahlhelm auf meinem Kopf und rief die zuständigen Stellen an. Nach einer Viertelstunde kam Herr Egon und nahm mich mit zur Ambulanz. Bevor wir hineingingen, fragte er, wie ich mich fühle. »Schlecht«, sagte ich, denn die Stadt sei mir abhanden gekommen. Ich verstehe, sagte er, und ob es mir etwas ausmachen würde, den Stahlhelm der Schwester zu geben.

Inzwischen geht es mir wesentlich besser. Ich bin schon seit fast einem Jahr hier. Ich sehe Wien von dem Hügel aus und hoffe, dass ich bald die frühere Stadt wiederfinde. Es eilt aber nicht, denn mein Leben ist im Moment durch den Abstand zu Wien nicht unerträglich.

Die belastende Frage, wie lange ich noch vorhätte, hier zu bleiben, stellte ich mir auch selbst oft. Gestern war ich wieder am Zaun. Er ist für die Patienten eine Art geheime Schleuse nach draußen. Ist es Zeit, die Anstalt zu verlassen, kann man durch diese Schleuse hinausgehen und das Leben außerhalb überprüfen. Ist die Welt draußen erträglich, kann man ohne weiteres zur Verwaltung gehen und sich dort abmelden. Ist die Welt draußen aber immer noch unangenehm, schleicht man wieder herein und tut so, als sei nichts gewesen.

Sagte ich dir nicht: Meide die Orte, wo du verkannt wirst?
In dieser Scheinwelt der Flüchtigkeit bin ich der Garant
   deines Lebens,
läufst du vor mir davon, in hundert mal tausend Jahren
schüttelst du mich nicht ab – ich bin deine äußerste Grenze!
Sagte ich nicht: Begnüge dich mit keinem Trugbild der Welt,
ich allein bin der Maler der Bilder, die dich erfüllen!
Sagte ich nicht: Ich bin das Meer, du verwirrter Fisch,
meide das Trockene, die Flut, die du brauchst, bin ich!
Sagte ich dir nicht im Schwarm der Vögel: Du fliegst in die Falle!
Komm! Ich bin die Kraft deines Flugs, deine Flügel und Füße!
Sagte ich nicht: Sie rauben dich aus und jagen dich fort in die
   Kälte!
Ich bin dein Feuer! Ich bin deine Wärme! Ich bin dein Puls!
Sagte ich nicht: Sie stecken dich an mit ihren trüben Gedanken,
damit du mich, den Quell deiner Klarheit, verlierst!
Sagte ich dir nicht: Du sollst nicht fragen, wie handle ich recht,
weil ich bin das Leben, das keine Ausrichtung braucht!
Sind deine Gefühle klar, wirst du das Haus nicht verfehlen,
denkst du geradewegs, findest du mich an der Tür!